曹家渡童话

蔡骏

著

人民文学出版社

图书在版编目（CIP）数据

曹家渡童话　蔡骏著 . —— 北京：人民文学出版社，2024
ISBN 978－7－02－018470－5

Ⅰ.①曹… Ⅱ.①蔡… Ⅲ.①中篇小说－小说集－中国－当代 ②短篇小说－小说集－中国－当代 Ⅳ.①Ⅰ247.7

中国国家版本馆 CIP 数据核字（2024）第016334号

责任编辑　徐晨亮
责任校对　孟天阳
责任印制　王重艺

出版发行　人民文学出版社
社　　址　北京市朝内大街166号
邮政编码　100705

印　　刷　三河市中晟雅豪印务有限公司
经　　销　全国新华书店等

字　　数　182千字
开　　本　850毫米×1168毫米　1/32
印　　张　10.625　插页7
版　　次　2024年10月北京第1版
印　　次　2024年10月第1次印刷

书　　号　978-7-02-018470-5
定　　价　59.00元

如有印装质量问题，请与本社图书销售中心调换。电话：010－65233595

一切都在变,一切都在过渡,只有全体是不变的。世界生灭不已,每一刹那它都在生都在灭,从来没有过例外,也永远不会有例外。

——狄德罗

目 录

鲁先生传 　　　　　　　　　1

猫王乔丹 　　　　　　　　　45

戴珍珠耳环的淑芬 　　　　　133

饥饿冰箱 　　　　　　　　　205

断　指 　　　　　　　　　　233

火　柴 　　　　　　　　　　287

后　记 　　　　　　　　　　325

鲁先生传

一

我在沪西曹家渡的最后一个秋天。

万航渡后路87号103室，背靠苏州河的六层楼房的底楼。家里刚办好丧事，百病缠身的外公肝硬化没了。我是偷偷哭了几日，从此独享一张棕绷大床，不必再跟外公挤了床头床尾。靠墙一边是我的书架，其中一半是翻烂的连环画，剩下分为六种：第一是我妈妈读的华东师范大学中文系自学考试教材；第二是《收获》《当代》等蛮多文学期刊；第三是四大名著，当时看过四分之三，《红楼梦》读不到前三章，《水浒传》已经看过十遍，我没做强盗真是运道好；第四是世界名著，《安娜·卡列尼娜》跟《复活》都在积灰，《钢铁是怎样炼成的》读过三遍，《悲惨世界》滑铁卢战役那一章读过二十遍；第五是全套的马克思、恩格斯、列宁选集，一堆坚硬的红砖，我竟然读过一半；第六是《呐喊》《彷徨》还有《野草》，虽是八十年代版本，封面却有木刻画遗风——这三本书至今尚在我父母家里幸存着。

一九九一年，深秋的某日，恰是外公"头七"，我的初中语文老师不辞而别，听讲是去深圳下海做生意了。我对她的印象，永久性停留在浓密茂盛的波浪卷发上。顶替她的却是一头衰败的地中海，周围一圈灰白的毛笔头，头顶心如同十六瓦电灯泡，黑框眼镜下荡了深厚的眼袋，矮胖身躯披了蓝大褂，略有点跛脚，几乎是从朱自清的《背影》中走上讲台，捏了粉笔在黑板上写一个"鲁"。

代课老师的喉咙里滚出一串闷雷，泥沙俱下地灌进我们的耳朵，起先像在讲日本话，又像某种克里奥尔语。听到最后一个字，我才意识到他在讲普通话，平白无故加了两层密码，必须在耳朵里先解第一层码，翻译成上海话，再解第二层码，方才回到普通话："同学们好，我是你们的代课老师，我姓鲁，叫我鲁先生，就好。"

鲁先生，便是这篇传记的主人。至于先生的名讳，隔了三十年，我竟然记不太清爽，实在罪莫大焉。其实，鲁先生还有笔名，并且为数众多，散落在各种铅字印刷的纸上，至今我却连一个都没发掘出来，恐非战之罪。但在我们第一次相见四十五分钟后，鲁先生便得了一个风光的新名字，同时他也记牢了我的名字。

午后头一堂课,秋阳晒了窗台,上半天上过一节体育课,中午食堂伙食蛮好,我的肚皮盛满油水,看到一只只瞌睡虫飞过。鲁先生又在黑板上写一个"迅",跟在"鲁"的后面,再写四个字"藤野先生",便让我们翻开这一篇课文。

> 东京也无非是这样。上野的樱花烂熳的时节,望去确也像绯红的轻云,但花下也缺不了成群结队的"清国留学生"的速成班,头顶上盘着大辫子,顶得学生制帽的顶上高高耸起,形成一座富士山。也有解散辫子,盘得平的,除下帽来,油光可鉴,宛如小姑娘的发髻一般,还要将脖子扭几扭。实在标致极了。

咬字不清,既没重音,也没起伏,断句都属罕见,像一根濒临死亡的心电图,一路拉平进了太平间。我打一只哈欠,偷瞄最后一排,已有两个同学扑在台板上困着。不过有句讲句,只要慢慢领会发音规律,眼乌珠盯紧课文,你还是可以听懂鲁先生讲话。他的喉咙里永远含了一口浓痰,吐也吐不出,吞也吞不进,肺泡里拉了风箱,像我外公最后一年的腔调。

鲁先生提高调门念课文："我就是叫作藤野严九郎的……"非但没让我们打起精神，中间一排同学不分男女，仿佛吸入克格勃的麻醉气体扑下困着了。我以钢铁般的意志坚持到最后一个，眼皮上挂了一台虎式坦克，额角头几度磕上台板，魂灵头已飘去了仙台医学专门学校。等到藤野先生送给鲁迅一张相片，背后写上"惜别"，我也惜别了清醒世界，七荤八素去了日暮里驿站。换一句阿Q先生名言，便是"困觉"，无关乎吴妈，无关乎男女，单纯而原始的困觉。

下课铃声响起，我从东京神游回上海。眼皮子撑开来，只见鲁先生立在面前，弥散了我外公夜壶箱抽斗里的药罐头味道。鲁先生翻开我的作文本说，蔡骏，我记牢你的名字了。我爸爸欢喜越剧，夜夜放了《梁祝》《红楼梦》以及《沙漠王子》，我可以分清王文娟、戚雅仙还有徐玉兰的唱腔，听懂念白更不在话下——正是鲁先生的绍兴话。

二

经此一役，鲁先生和鲁迅先生联手成功催眠了我们全班同学，遂得一雅号"催眠大师"。

语文课本上讲鲁迅也是绍兴人，班上同学猜想，鲁先生跟鲁迅先生有啥关系？我是嗤之以鼻，鲁迅明明是笔名，真名周树人。但我只知其一，不知其二，鲁迅虽然姓周，鲁迅的妈妈却姓鲁。《社戏》里的"迅哥儿"是他的小名。"鲁迅"就是舅家门的"鲁"加上"迅哥儿"。

  我们鲁镇的习惯，本来是凡有出嫁的女儿，倘自己还未当家，夏间便大抵回到母家去消夏。那时我的祖母虽然还康健，但母亲也已分担了些家务，所以夏期便不能多日的归省了，只得在扫墓完毕之后，抽空去住几天，这时我便每年跟了我的母亲住在外祖母的家里。

  此地写到的外祖母，就是鲁迅先生的外婆。鲁先生的爷爷，跟鲁迅先生的外婆，本是堂兄弟姊妹——听起来七绕八弯的关系，就像我外公办丧事，家里收到各门远房亲眷的挽联落款。按照中国人的辈分算起来，鲁先生就是鲁迅先生的姑表外甥。

  以上野史是我从初中历史课上听来的。历史老师是位五十多岁尚且待字闺中的阿姨。她拥有超乎常人的精神力，每回讲课都是天花乱坠。课本上的历史只需讲二十分钟，剩下来就开了无轨电车。看到"催眠大师"鲁先生回来上课，历史老师便如司马迁被阉割后写《史记》，按照纪传体规则，用牙齿和舌头做了一篇《鲁先生列传》，只差最后"太史公曰"，颇为遗憾。

过了小雪，鲁先生布置写作文，标题《记我的老师》。我用了半个钟头写好作文，头一句"我的老师是一位催眠大师"。刚写好我便后悔，但我是用圆珠笔写的，除非从作文本上撕掉这几页。我困在床上想了想，还是决定原样交上去。因为根据《鲁先生列传》，早在朱建华打破男子跳高世界纪录之前，鲁先生就以"催眠大师"而闻名沪上语文学科界了，若是哪位学生没有当场困着，必定藏了天大的心事，足以震动到校长大人出面关心。听到学生子叫他"催眠大师"，鲁先生从不动气，反而甘之如饴，仿佛得了一块奖牌，犹如时年流行的气功大师、特异功能大师等等世外高人。如今鲁先生刚办好退休手续，要不是校长请他回来做救火队员，便困了家里颐养天年。

隔日交了作文，鲁先生就从几十篇中独独选出我这一篇《记我的老师》。鲁先生立上讲台，先吃一口浓茶，清了清喉咙，黄泥螺味道的绍兴口音念出头一句。同学们一片嗤笑，又是窃窃私语，最后寂静无声，所有人一脸肃穆看我，蛮像追悼会上前来告别的宾客们。坐在第三排的我，面孔通红，额角头冒冷汗，耳朵里只听到鲁先生用绍兴普通话念我的作文："其实，我上一回在课堂上睡着，还是在《从百草园到三味书屋》那一篇课文里。"我并没瞎讲,刚到百草园还是扎劲的,但是坐进三味书屋,我便打起了瞌睡,跑到隔壁苏州做梦去了。当时讲台上还是大波浪卷的女老师,故而这一趟困觉事件与鲁先生无关,而跟鲁迅先生有关。鲁先生的催眠大法施到最末一句:"当我在语文课堂上睡着的时候,鲁先生从不叫醒我,更不用教鞭打我,也没有把家长叫到学校来。我很感激他。"

鲁先生放下作文本,浑浊的双眼盯了我,像一匹衰老的狼。我的同学们呢,都是一匹匹饥肠辘辘的小狼,或是从闰土的钢叉下逃生的"猹",伸长了头颈要看我即将遭受的惩罚,轻则立壁角,重则打手心。我是低了头准备好"咔嚓"一声,却听到鲁先生说,蔡骏同学,文章写得蛮好,蛮好。

我的作文被鲁先生打了一个"优",但我们校门口镶了一块铜牌子——上海市篮球特色中学,操场上永远有几个长脚在抢篮板。我亲眼见到过校园里进来一个巨人,像一座移动的上海电视塔,曾经是跟穆铁柱搭档的国家队主力中锋,退役回来探望母校,校长抱了鲜花迎接,赛过《格列佛游记》的大人国与小人国。如果我不能连续投中三分球,或者身高蹿不到一米九,不能变成体育特长生加上二十分,就不会有人关心我的作文,就像没人关心"催眠大师"的课堂。

三

但我关心起了鲁先生。

平常我欢喜走路上下学,要是懒得走路,就乘13路电车。那一日,我尚记得天气蛮冷的,我披一件灯芯绒外套,里头是我妈妈织的绒线衫。晚高峰,我挤在两节车厢当中的铁转盘上,一回头看到鲁先生在车厢最后。五年前,鲁先生骨折过一回,从此走路有点跛脚,所以每趟都乘公交车。鲁先生吃力地抬起右手,放到残败的头发边上摇了摇,原来他在向我打招呼。区区一站路,13路电车到了曹家渡终点站。马路对面三角形街心岛,便是曹家渡的心脏——密密匝匝的二层楼屋檐下,挤满各色各样店家,包括我老早学过画的画像店。最气派的门面有三家:一是银行,二是邮局,三是新华书店。鲁先生就住在新华书店楼上。

绕到三角形街心岛的第二条边,钻进幽深的小弄堂。此地是曹家渡心脏内的心脏,只要往此扎一根针,曹家渡便顷刻间翘辫子了。低头穿过一道窄门,陡峭的楼梯只够一人通过,我跟在鲁先生背后,听到他每攀上一格楼梯,喉咙里会像唱堂会一样夯起来。

推开一扇油腻的木门，香烟味道呛得我眼泪水落下来，夹了油墨跟纸张腐烂味道，再呛几粒压箱底的樟脑丸，赛过一镬子熬了三日三夜的中药。台子上的玻璃烟灰缸，揿满隔夜的香烟屁股，鲁先生速速开窗通风收作，隔手又点一支大前门。烟头明灭之间，嘴巴跟鼻头孔像三根烟囱，喷射蓝颜色烟雾飘向曹家渡的黄昏。鲁先生说，我不在学校里吃香烟，怕学生子看了学坏，只好在家里拚命地烧，有一趟戒烟半个月，人就横进了医院。我低头看了地板缝隙，漏出一道道白光，依稀可辨新华书店的柜台。鲁先生的房子尺寸相当迷你，自然不会有卫生间跟灶披间。但我也没寻着马桶夜壶之类东西。墙上糊满了过期画报，不是戴了红领巾的小姑娘，就是卡斯特罗同志跟西哈努克亲王。我没看到电视机，无线电都没觅见。除掉半夜来访的野猫跟老鼠，鲁先生唯一的伴侣是从地板堆到天花板的书。一张窄窄的木板床上也是书，枕头边叠了几十本苏联小说。蛮多硬皮的精装本垫在了床板下，仔细看已经代替了床脚，要是抽出来几本，床板就接近地板几寸。

鲁先生搬开一本《楚辞》一本《汉书》，空出一只木凳子给我。他又撬开乐口福罐头，抄了小调羹撒进玻璃杯，热水瓶里倒出一杯温暾水。我的嘴唇皮抿一口就放下了，比起我外公冲的味道差了蛮远。空气沉默片刻。我坐得像一尊刚出土的兵马俑。鲁先生说，蔡骏同学，你好像没朋友，也不大跟人讲话，按照绍兴人讲法，便是一个"独头"，也是一个不响的人。我果然不响了。严格来讲，我还是有一个朋友的，但是个留级生，功课一塌糊涂，老师不会欢喜他，班级里同学也不跟他玩耍。但我跟他都欢喜二次世界大战，每日午休，两个"独头"在操场沙坑上推演诺曼底登陆，或者斯大林格勒战役。鲁先生说，但你在心里头响，在作文里响，好像闷在搪瓷杯里的炮仗，有朝一日放出来，便是于无声处听惊雷。

乐口福不声不响地变凉。鲁先生的烟头不声不响地燃尽。我也不声不响地盯了墙边一排书架，整整齐齐竖了两排《鲁迅全集》，既像砖头，也像墓碑。我说，鲁先生，你当真是鲁迅先生的远房亲眷？鲁先生说，真不好意思，你们都晓得了。鲁先生从《鲁迅全集》里抽出一本，戴上老花眼镜，翻到《社戏》，念出当中一段："那地方叫平桥村，是一个离海边不远，极偏僻的，临河的小村庄；住户不满三十家，都种田，打鱼，只有一家很小的杂货店。但在我是乐土……"

鲁先生靠了窗框，又烧一支烟说，六十年前，我就是在绍兴鲁镇的平桥村出世的，那里离海不远，也是极偏僻的，每年农历七月十八、八月十八，看得到浙江潮。我说，鲁先生，你也看过鲁迅看过的社戏？鲁先生说，鲁迅先生看社戏还是人人拖了辫子的清朝，等到我看社戏已是打日本鬼子阶段，就是你现在的年纪，我还没忘记目连戏里的女吊。我说，目连戏是啥？鲁先生说，目连救母晓得吧？鲁先生随手插进书堆里，眼乌珠都不用看，翻出一本《佛教故事集》，拍去灰尘说，回去慢慢看。我接着问，女吊又是啥？鲁先生说，社戏是演给活人看的，也是演给死人看的，待到太阳落尽，吃好夜饭，乐师吹起喇叭，女吊就来了，大红衣裳，长头发披下来，先在台上走一个字。鲁先生的手指头沾了几滴水，在木头台子上写一个"心"，却像四个不同的"茴"。鲁先生说，女吊唱起戏文，讲自己吃了各种苦，三尺白绫，化作女吊，还想"讨替代"。我不懂，啥意思？鲁先生说，就是寻一个替死鬼，想不到台上跳出一个男吊，要抢走替死鬼名额，真是作孽，还好王灵官来了，手执钢鞭打死男吊，让他做了"鬼里鬼"。我说，女吊蛮可怜的，但是寻个替死鬼，不免自私了。鲁先生说，鬼是人变来的，人就是自私的动物。我说，读书这般辛苦，我也想给自己讨个替代。鲁先生说，我等了六十年都没等着呢。

第二支烟燃尽，剩下一截变凉的残躯，浸在了雪白灰烬里。楼下新华书店关了门。隔壁炒菜油烟气渗入薄墙板。鲁先生送我下楼。天冷黑得早。望了马路对面沪西电影院，我抱了一本《佛教故事集》，轻轻问一句，鲁先生，你是见过鲁迅先生的吧？鲁先生凶猛地咳嗽几声，手指头擦亮一枚火柴，点着第三根大前门，吐一口绵长的烟雾说，当时我只有五岁，也是秋天,我爸爸带我从绍兴出发,乘一艘小火轮到上海跑亲眷,住了十六铺的二叔家里,我爸爸给鲁迅先生写过一封信,没几日收到回信,还邀我们去做客,我爸爸乘不起电车,牵了我的手走路,我还记得这日天气阴冷,路过外滩的胜利女神雕像,黄浦江上排满大轮船,数不清的中国帆船,翻过苏州河上一座桥,邮政局大厦就在头顶。我说,我家搬来曹家渡以前,住在天潼路,经常沿了苏州河看到那座大楼。鲁先生说,走过北四川路横浜桥,看到不少日本人,洋装的、和服的,还有矮笃笃的日本兵。我说,没看到虹口道场跟"东亚病夫"牌子?鲁先生摇头说,没看到,但有内山书店,右手转弯是施高塔路,就到大陆新村,倒数第二扇门,便进了鲁迅先生寓所,许广平先生端出茶水干果,还给我吃了两粒糖,海婴哥哥比我大两岁,给我看他的西洋玩具。我说,鲁迅先生呢?鲁先生说,先生跟照片上不一样,真人相当瘦小,身高不到一米六,穿了一身长衫,长方面孔之上,头发一根根竖了像松针,两鬓蛮多白丝,黑漆漆的胡须眉毛,占了面孔一小半,唯独两只黑眼乌珠闪闪发光。我再细看鲁先生的秃脑门,并没任何相似之处。鲁先生说,这一日,恰是我的五周岁生日,农历九月初三,许广平先生给我准备了生日礼物,一套小人图画书,加上两包上海蟹壳黄,我爸爸也带了上门礼物,一瓮自家酿的黄酒,鲁迅先生蛮开心的,张开手臂膊抱我起来，还在客厅里转了三圈，没想到我当场打了一只喷嚏。

倏忽间，鲁先生捂牢自己嘴巴，别转身去，喉咙里塞一口浓痰说，不送你了，早点回去吃夜饭。我转到鲁先生眼面前说，你在鲁迅先生怀里打了一只喷嚏，后来呢？鲁先生慢吞吞走两步，吃两口西北风，咳嗽着说，回到十六铺的夜里，我就发了高烧，天亮，我爸爸带我去看中医，老城厢的城隍庙隔壁，开好方子去药房抓药，配了药引子服下，还是不见好转，我爸爸带我坐上黄浦江的小火轮，跟大轮船是反方向，过松江，到嘉兴，再从大运河进杭州，渡过钱塘江，调一艘脚底板摇橹的乌篷船，回到绍兴乡下，连续十几个昼夜昏睡，棺材铺老板日日上门来探望，直到落了一场初雪，终归保下一条小命，不讲了。鲁先生钻进曹家渡街心岛的小弄堂。13路电车翘了小辫子进站。对面飘起炸油墩子的诱人味道。我捧了《佛教故事集》小跑回家，也许赶得上半集《圣斗士星矢》。

四

学校操场对面有一排两层楼的矮房子。底楼是音乐教室、体育教室还有医务室。二楼就是学校图书馆。有个年轻的女老师专门管图书，她也是学校里唯一敢穿超短裙的，哪怕数九寒天，也有这番风景。常有高年级男生冲过来借书，其实是想看裙摆下裹了丝袜的大腿。但我可能是唯一真的来借书却没偷瞄她的男生。我从她的手上借过一本《希特勒秘史》，我看到希特勒没考上维也纳美术学院而扼腕叹息，心想世上少了一个画家，还要多死几千万人。我还借过一套《福尔摩斯侦探全集》，至今尚记得其中一篇《巴斯克维尔猎犬》，半夜钻了棉被里读到最要紧关头，仿佛从字缝里看出野兽吃人的故事。

自从鲁先生当了我们的代课老师，他的家里就变成我的私人图书馆。要么放学乘电车到13路终点站，要么礼拜天逛曹家渡新华书店，兜兜转转就爬上二楼的斗室。每趟来还一本书，又要借走一本书。尽管看不到超短裙女老师，还要面对头顶地中海的衰败老头，但我依旧欢喜。鲁先生的上千册藏书基本是发霉的，最古老的是旧上海的《点石斋画报》和竖排繁体字的鸳鸯蝴蝶派小说，当然"恕不外借"。大头还是四九年后出版的，多数收藏二十年以上，侥幸躲过了历次劫难。

我问鲁先生，抗日战争时期你在做啥？鲁先生说，没啥啊，摸鱼，养鸡，看社戏，平桥村太偏僻，从没见过日本鬼子，倒是汪精卫的"和平军"经常碰着，我的小学是在鲁镇念的，等我去绍兴城里念中学，广岛已经炸了一颗原子弹，当时偷偷摸摸看过几篇鲁迅的文章,但是读到《鲁迅全集》,还要等到我从绍兴到上海来读书,华东师范大学中文系毕业,当上中学教师以后。我说,你是哪一年住到曹家渡的?鲁先生掐了手指头算了半天说,我的脑子坏掉了,大概是一九五七年,也可能一九六○年,感谢国家分配这间小房子给我。我肥了胆子问,为啥还是一个人住了此地?轮到鲁先生不响了,慢悠悠点上一支烟,变成一尊凝固的佛像。

鲁先生的往昔就像他脱落的头发,我已经没办法从他身上觅到踪迹了。还好我们有一位记忆力惊人的历史老师,刚上完跨过鸭绿江打败美帝野心狼这一堂课,她便在讲台上补齐了《鲁先生列传》第二部分——

鲁先生是我们学校头一批建校的老师。隔了五年,第二批老师分配进来,其中就有我们的历史老师,还有一位音乐老师——两个人在师范大学读书时就是好姊妹。音乐老师是北方姑娘,她爸爸在山东打过日本鬼子,在大别山打过国民党反动派,在朝鲜半岛打过"联合国军",将军百战死,壮士十年归,官拜正师级将领,家里挂满了勋章,其中一半是朝鲜同志授予的,甚至还有一枚苏联勋章。啥人都没想着,音乐老师这一枝根正苗红的鲜花,竟被黄泥螺口音的鲁先生摘走——恐怕就有鲁迅先生这一层关系。其实,鲁先生跟当时远在北京的许广平、周海婴母子毫无联系,浑身不搭界。每日下课后，音乐老师坐在教室里弹钢琴，通常是苏联歌曲，偶尔还有贝多芬。楼上的学校图书馆，当初是鲁先生亲手筹建的，每个礼拜天跑福州路，背了一捆捆的书回来填充三排书架，其中一半都是鲁迅。鲁先生还是读书兴趣小组指导老师，带领学生子去武宁路对面国棉六厂、苏州河对岸上钢八厂采风，布置的作业就是写诗。鲁先生自费铅印了校刊，既当编辑又做校对还是美工，连续出过五期，刊登学生诗歌，每个月在学校图书馆办朗诵会，音乐老师便在楼下弹钢琴《牛虻浪漫曲》。

我坐在第三排座位上，盯了历史老师原本浑浊的眼乌珠，突然变成两颗刚从蚌壳里剥开来的珍珠。她像一只老灵魂附体在三十年前的鲁先生身上——等到一个黄梅天，落了淅淅沥沥的牛毛细雨，鲁先生带了音乐老师一道去虹口公园，在鲁迅墓前献了花。革命小情侣劈好情操，又去隔壁山阴路。进了鲁迅故居，鲁先生倍感阴寒，绵密的湿气钻进鼻头孔，屏不牢打出一只响亮喷嚏。音乐老师并不嫌贬，掏出绣花手绢来给他揩鼻涕。鲁先生的眼泪水一并落下，讲起五岁时光被鲁迅先生抱在怀里打过的一只喷嚏。

几日后，音乐老师提出分手。鲁先生慌了，三番五次追问到底为啥。音乐老师被缠不过，终究抛出缘由——鲁迅故居二楼卧室写字台上，除了三支绍兴金不换毛笔，还有一只台历，翻在一九三六年十月十九日，便是鲁迅先生忌辰。上趟从鲁迅故居出来，鲁先生讲他见到鲁迅先生这日，恰是自己五周岁生日——农历九月初三，音乐老师心里就打了一格愣。鲁先生是一九三一年出生，五周岁是一九三六年。音乐老师偷偷查了万年历，发觉一九三六年农历九月初三，便是公历十月十七日。这一日，鲁先生在鲁迅先生怀里打过一只喷嚏。两日后，鲁迅先生猝然离世。现在医学发达，都晓得有一种病毒性感冒，不要讲当面打喷嚏了，远开三尺咳嗽也能人传人——鲁迅先生可能是被鲁先生一只喷嚏害死的。蛮多人觉着要删去"可能"两字，全拜历史老师一副伶牙俐齿的小喇叭。半年后，音乐老师嫁给空军某部飞行员，远赴大西北做了随军家属，得了两子两女，平安度过波谲云诡的年代，而今已退休，家住北京西山，含饴弄孙了。

"三年困难时期"，食堂里日日馒头泡饭咸菜，校刊无疾而终，诗歌成了史前遗迹。鲁先生原是一条气宇轩昂的汉子，一日日萎下去、蔫下去，赛过漏气的洋泡泡。常有学生看到他藏在树荫下，一个人吞云吐雾，据说每日两包烟量，但从不留香烟屁股，统统收进铁盒子。鲁先生的头发也似营养不良塌落，柔软，稀疏，先往头顶心两边后退，再变成张乐平画的三毛，最后一毛不拔，只余一圈铁丝网，不到三十五岁，发育成了浩瀚汪洋的地中海。历史老师讲到此地，顺便向学生子们普及了地中海文明，比方克里特岛上的米诺斯牛头怪，青铜时代的迈锡尼文明与特洛伊之战，还有战略之父汉尼拔的誓言。

基辛格博士访华这年，鲁先生已经四十岁，人人觉着他就要孤独终老，没想着突然结婚了。对方是个寡妇，比鲁先生大三岁，带了个十几岁儿子，也在我们中学读书——鲁先生娶了自己学生的家长。寡妇只有小学文化水平，勉强能看懂《人民日报》，肉联厂里上班，工作就是手起刀落，杀牛宰羊。鲁先生并不介意，何况江南古谚云：女大三，抱金砖。鲁先生跟寡妇也没办喜酒，领好证就在曹家渡的老房子一道过日子了。鲁先生也白白添了一个儿子。隔年，尼克松总统访华，《中美联合公报》在上海锦江饭店小礼堂发表，鲁先生的女儿出世了，可惜只有三天寿命便夭折。鲁先生的老婆也留了病根，经常长病假困在家里。鲁先生白天在学校上课，夜里回去照顾老婆跟儿子。

历史老师尚记得鲁先生的儿子叫海生，皮肤白净的少年，超过一米八，篮球场上是得分后卫，每回比赛都有好几排女生围观。海生的功课也好，历史卷子都是满分，作文写得漂亮，不比《文汇报》笔杆子差。鲁先生是拿海生当作亲生儿子的，每日用铝皮饭盒子给海生带饭，有荤有素还有绍兴黄泥螺。海生初中毕业，主动报名去了西双版纳，广阔天地，大有作为。一九七七年恢复高考，海生填报了华东师范大学中文系。鲁先生跟老婆只盼着儿子回来，却收着一张云南拍来的电报。历史老师吃一口浓茶，眼眶子也是红透了。海生插队的傣族村寨，平常就吃不饱饭，常有野象闯进来破坏苞谷地。几个知青小伙子决定放炮仗赶走野象，保护农民粮食。没想到发情期的野象受到惊吓发了疯，竟然活活踩死了海生。鲁先生跟老婆坐了四天五夜火车，再转三天汽车，最后爬了五十公里山路，终于看到海生，已经按照当地风俗被庙里的老和尚火化了。鲁先生夫妻俩抱了儿子骨灰回上海。鲁先生老婆查出肺癌晚期，拖了一年就没了。

五

"催眠大师"鲁先生已经孤零零活了十二年。

沪西曹家渡的每一只流浪猫都有领地范围，通常从三官堂桥到上海美术电影制片厂。鲁先生的活动范围，日益缩小到了曹家渡三角形街心岛的方圆五公里内。最东是人民广场跟福州路的书店，最西是中山公园跟华东师范大学，最北是真如寺，最南是静安寺，地图上看是被两座庙压扁躺倒的长方形。同一张地图上，还有一块绝对的禁区，便是四川北路，包括虹口公园、鲁迅墓，加上大陆新村，鲁先生已经三十多年不曾涉足了。当时这张地图里的上海市区约等于今日的三分之一，隔江相望的浦东尚属乡下，曹家渡是沪西，虹口可算沪东，等于上海的两头——我住长江头，君住长江尾，日日思君是谈不上，避之唯恐不及倒是真的。

我是屏不牢问一句，鲁先生，你真的一辈子都不再去虹口了吗？鲁先生闷头抽一支大前门，直到肺里响起来，如同一台滚筒洗衣机。鲁先生倒了杯白开水，囫囵吞没一把药片。鲁先生肺里开过刀，前两年中过风，身上沾满了跟我外公一样的药味道。老早他的办公桌里有个抽屉，专门用来放药片，其中不少过期了。大家传说撬开这个抽屉，交到化学老师手里，便能制作成大剂量毒药，投进食堂的汤锅足以毒死全校师生。鲁先生说，我也剩不了几日，我去过的地方摆到中国地图上，不过是一根蚊子腿，哪能走得过来？鲁迅先生是五十六岁没的，我比他多活了四年，哪怕现在翘辫子也不可惜。我说，我外公是六十六岁走的，你只要少吃两根香烟，必定活得比他久。鲁先生说，没这必要，我现在没老婆烦，没小囡养，孤家寡人一个，无忧无虑，除掉家里这点发霉的旧书，也没啥遗产供人继承，我是一只标准的"独头茧"。我摇头说，听起来跟李商隐的"春蚕到死丝方尽"有关系。鲁先生说，关系不大，不过都是蚕宝宝，独头茧吐丝裹了自己进茧子，自作自受，活该。

鲁先生的朋友竟然比我还少，这是我没想到的。一般的退休教师，要么蹲了家里享天伦之乐，要么出去跳舞轧姘头，跟了老年团游山玩水，碰着儿子娶媳妇手头紧的，还要出去做家教赚外快补贴小辈。但是鲁先生除了做代课老师，不再跟任何人来往，学校里碰到其他老师，他最多点个头，人家问他，饭吃过了吧？鲁先生憨笑说，吃过了，吃过了。当我坐了曹家渡新华书店楼上，捧了一本伏尼契的《牛虻》，鲁先生又给我冲一杯乐口福，突然意识到一桩秘密——鲁先生唯一的朋友，就是我。

13路电车终点站门口有一家书报摊。老板就住在我家楼上三层，人称"三楼林老师"。他女儿梧桐是我的小学同学，跟我一样升上了五一中学，但我在二班，她在三班，老早关系蛮好，升了初中她先开始发育，放过一个暑假已是大人相，我还是瘦弱的男小囡，从此便不太讲话了。林老师的书报摊本来是卖文学期刊的，还有海子跟顾城的诗集，到了一九九一年秋天，统统换成浩如烟海的武侠小说，金庸古龙自不必说，最多的是卧龙生，洋洋洒洒上百部，堪称文坛领袖。倪匡的卫斯理系列也盛极一时，层层剥茧到天外来客。外国文学不遑多让，东洋的从西村寿行到大薮春彦，西洋的有《应召女郎》系列，伊恩·弗莱明的"007系列"已属高雅艺术。但是销路最广的是几本人体艺术杂志，封面上尽是丰乳肥臀，每趟摆出来仅仅半天，就被文艺中青年们一抢而空。每趟经过这爿书报摊，鲁先生都是别转面孔不看的，更不屑于那几本洛阳纸贵的畅销书。

有个礼拜天，我来到林老师的书报摊读两章《书剑恩仇录》。我已经迷上了陈家洛跟霍青桐的西域历险记，只盼红花会能匡扶汉室。林老师挂出新到的《人体艺术》，两个大姑娘的光屁股悬在我的头顶。我抬头看一眼新华书店二楼，发觉玻璃窗背后，藏了一只地中海头顶，犹抱琵琶半遮面，秘密观赏书摊上的人间美景。鲁先生发觉自己暴露了，旋即拉紧窗帘，藏进一只铁皮监牢。林老师望望对面二楼，眼乌珠眯缝了笑说，譬如勇士，也战斗，也休息，也饮食，自然也性交。我回头问，啥人讲的？林老师说，鲁迅，我这个摊头也卖过鲁迅的书，可惜老早没人问津了。

暂且放落金庸先生，我一口气冲回家里，翻出书架上三本鲁迅：《呐喊》《彷徨》还有《野草》。我从头一篇《狂人日记》看到最后一篇《一觉》，横竖看了每一句每一字每一个标点符号，还是没寻着"譬如勇士，也战斗，也休息，也饮食，自然也性交"。我心想，不会是林老师瞎三话四编的吧？但他只有半瓶子墨水，书报摊上晃来晃去换一点人民币，应该没这水平。鲁迅真写过这样的话？老早我总觉着他是穿了中山装，戴了干部帽，坐在绿颜色玻璃灯罩前头，通宵提了毛笔描啊描啊，一本正经得像个全国五一劳动奖章获得者。但是到了语文课堂上，我们按照老师的讲解开膛破肚，五脏六腑拿出来，逐一称重化验，鞭辟入里，还要根据胃囊里的消化残留物，分析生前吃了葱油拌面还是烂糊三鲜汤，最后大卸八块，每一块顺序编号。到了这一步，人也不再是人，文章也不再是文章，只好算是切片标本。鲁先生不会不懂这个道理，但他要是不装作法医先生，就不再是合格的语文先生。纵然鲁迅本人从虹口公园出来，按照医治活人而不是医治死人的方法给我们上一堂《故乡》或者《孔乙己》，恐怕也会被学校领导打一个差评。

　　这年秋天，我读了两遍《呐喊》《彷徨》还有《野草》——鲁迅不再是被切片的标本，不是藏在博物馆玻璃罩子里的国家级文物，而是一个四肢健全双目炯炯的男人，走上奥林匹克赛场，必是全能选手，不但能投进三分球，还能高台跳水，托马斯全旋，跑一趟全程马拉松。鲁迅有一句"在我的后园，可以看见墙外有两株树，一株是枣树，还有一株也是枣树"。在沪西曹家渡，我也可以看见两个先生，一个是鲁先生，还有一个是鲁迅先生。鲁先生也可以劈成两个人，一个在课堂上用绍兴普通话催眠学生子，还有一个藏了玻璃窗背后偷看对面书报摊上春光。但这两个礼拜，我只在课堂上看到过"催眠大师"。下课后我要寻他,鲁先生一声不响走开了。我只好冲到他的家门口,敲门半天没反应,仿佛门里是个被盗过墓的地宫。难道鲁先生搬了房子？但有一夜,我跟妈妈坐13路电车回家,看到新华书店楼上窗门里亮了灯。

我记忆中的沪西曹家渡,还有一台咿咿呀呀的彩色电视机,翻来覆去放着越剧《祥林嫂》:"听他一番心酸话,倒叫我有口也难开,有钱人娶妻是平常事,那穷人无钱亲难配,他八十千钱非容易,多少血汗去换来,狠心人得了我的卖身钱,害老六他负下了一身债。"

第三遍读罢《祝福》的夜里,我先是梦到了鲁镇的冬天,落了头皮屑似的大雪,又梦到了一个头发雪白的老太婆,她一把揪了我的红领巾,像一台英语复读机,呜里嘛里讲不停,我是半句都没听懂,后来隐隐听出"魂灵""地狱"还有"死掉的一家人"。我晓得自己在做梦,却没法从梦里逃出去,只好一路奔啊奔。我到了白茫茫一片野地,迎面碰着一匹狼,露出两排白森森牙齿,喷了腐臭气味,流了闪光的哈喇子扑上来。我变成几岁的小毛,被狼拖到山坳的草窠里,锯齿一样的牙齿撕开肚皮,吃干净我的五脏六腑,剩下一具小小的躯壳,手上还捏了小篮子。

"我真傻,真的。"一个女人在我的耳朵边吹气,我才睁开眼乌珠,心肝脾肺肾同时痛起来。我发觉自己又回到十三岁,困了曹家渡的棕绷大床上,墙上摇晃我爸爸养的花草影子,好像一对狼的眼乌珠,滴溜溜圆地瞪了我,也可能是一只野猫。我是拼了命回想梦里那匹狼,好像在读《阿Q正传》跟《孤独者》同时都见过它的眼乌珠。我缩在棉被里等到天亮。穿好衣裳,刷牙齿揩面,潦草地吃一碗泡面,急急冲出门去。

礼拜天早上,曹家渡的马路上撒满枯叶子,风一吹,满天金黄的破衣烂衫跳舞。13路电车刚好进站,人人抢得到座位。书报摊还没开门,林老师还没醒呢。马路对面的新华书店拉了卷帘门。我钻进街心岛的小弄堂,爬上一架木头楼梯,轻轻敲门。等了半晌,木头门咿呀一声开了,露出一颗衰老颓败的头颅。

鲁先生面色发黑,穿一件破了洞的绒线衫,手上捏了《鲁迅全集》的某一本。烟灰缸里挤满了香烟屁股,好像叠起一座尼古丁盆景。敞开的窗门吹不散硝烟弥漫,刚打过一场库尔斯克会战。我看到台子上摊开厚厚一沓文稿子,红格子上爬满蝇头小字,旁边横一支钢笔,一瓶蓝墨水,估计他一夜没困,吃香烟,写稿子,看书,发呆,相伴到黎明。鲁先生说,小鬼,有啥事体,学堂里再讲,我要休息了。我说,鲁先生,你见过狼吧?

鲁先生立在窗门前,面孔隐在逆光的深渊,点上一支烟,闪烁的星火仿佛狼的眼乌珠。鲁先生喷出一团烟说,有一年冬天,绍兴落了大雪,我大概十三岁,就是你现在的年纪,跟了我娘去山里的亲眷家,路上碰到一只狼,骨架大得吓人,但是精瘦精瘦,都能数出一根根肋骨,鼻头孔喷出腐臭的热气,我娘吓得脚软了,但我盯了狼的双目,从背后抽出一柄小斧头。我说,你要跟狼搏命?鲁先生说,我是这样想的,僵持了一刻钟,人也不肯退,狼也不肯退,风雪一层层卷过来,埋到我的脚馒头,我想完结了,人的眼睛哪能比得过狼的眼睛?我虚张声势地举起斧头,劈开一根粗壮的树枝,等我再揉了揉眼乌珠,狼已经消失了。

送别这一匹狼,鲁先生还是坐卧难安,好声好气说,上一趟事体,你没跟别人讲过吧?我说,啥事体?老早记不得了。鲁先生尴尬笑笑说,原来这样啊,这就没事体了,抱歉啊,这几日我身体不太好。

我帮忙收作台子上的烟灰,顺便看一眼文稿纸。鲁先生一巴掌揞牢稿纸,不让我看到一个字。鲁先生说,没啥,业余时光开夜车爬格子,准备投稿到《新民晚报》"夜光杯",千年难发一块小豆腐干,聊以自慰罢了。我说,这也老有本事了,我去翻家里旧报纸,看看能寻着吧?鲁先生说,不要白费工夫,我是用笔名发表文章的。我说,周树人的笔名是鲁迅,鲁先生的笔名是啥?鲁先生说,这是秘密,万一传到学堂里就不好了。我说，懂了，你在文章里骂校长。鲁先生眼乌珠一瞪说，瞎三话四。我说，那么就是骂历史老师？她是每上半堂课，就要讲二十分钟你的故事。鲁先生说，随她去罢，我也没权力封了别人嘴巴。我说，鲁先生，你会写小说吗？鲁先生又点一支烟，慢慢吐出烟雾说，跟你不搭界。我说，也许跟他搭界。我指了鲁先生手里《鲁迅全集》的一本。鲁先生摇头说，我有何德何能？这十几年，我就蹲在这个屋檐下，每夜写几张稿纸，涂涂抹抹自己的一生，至今写了七稿，最多六十万字，现在删改到三十万字。我说，我能看看吗？鲁先生说，我还拿不出手。我说，我是你的学生，只想学习写小说的窍槛。鲁先生说，小朋友，劝你趁早死心，我爬了几十年格子，还是困了老鼠窠里，小说倘有窍槛，必是骗人的鬼话，这一碗饭不好吃的。我说，我又没讲要当作家，我只是欢喜读小说，觉着心里有蛮多话，但不好讲给别人听，不如写到纸上给自己看，又觉着脑子里生出各样奇怪的故事，夜里经常做梦，上天入地，翻江倒海，醒过来就要拿支笔记下来，忘记了太可惜。鲁先生说，嗯，老早我经常梦到鲁迅先生，梦到许广平先生，梦到周海婴阿哥，但是最近这些年，我连梦都做不到了。我说，但还是有用场的，否则鲁迅先生为啥写小说？鲁先生说，人做啥一定要做有用场的事体？吃力时在茅坑上骂娘有用场吧？开心时在澡堂子里唱戏有用场

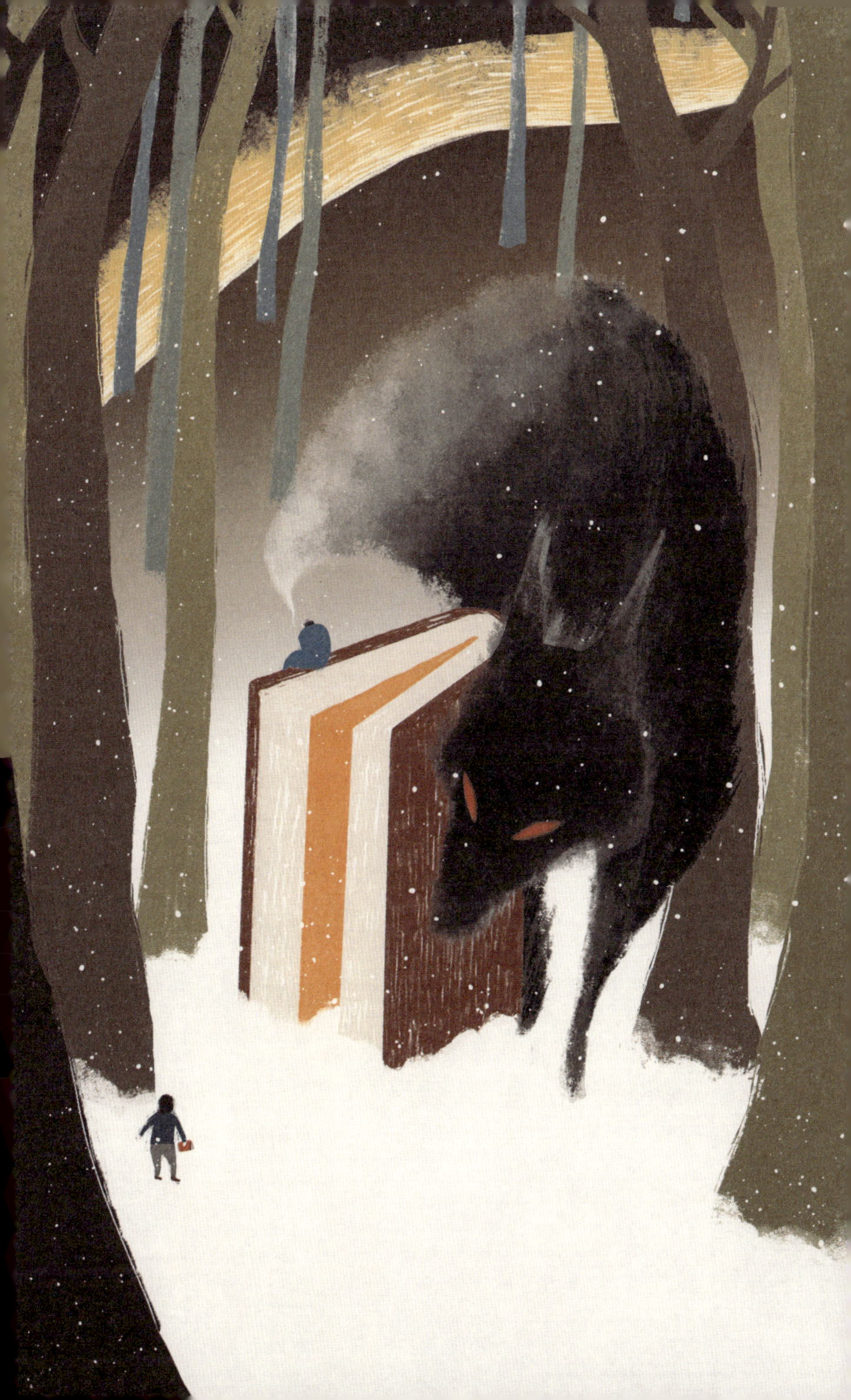

鲁先生传　杜凡 绘

吧？在此地讲起五十年前绍兴山里的狼有用场吧？我想想说，好像是没啥用场。鲁先生说，没用场就对了，等到写出来，也许就有用场了。

我立起来说，鲁先生，你这套《鲁迅全集》，能不能借我几本看看？鲁先生摇头说，你还是回去吧。我说，你讲过这个房间里的书都可以借给我。鲁先生说，《鲁迅全集》例外，一来呢，这是我的宝贝，当初是省吃俭用好几年，方才存得一点积蓄，集齐了这一套书；二来呢，鲁迅绝大多数文章，并不适合你这样年纪的小囡，就连《野草》也得慎读。我心想，小气鬼。我说，你是觉着我读不懂？鲁先生摇头不响，敞开房门，这是要赶我走了。我急了说，等我十八岁成人可以读了吧？鲁先生说，十八岁，勉强可以读茅盾，读巴金，读老舍，但不可以读鲁迅。我哼一声说，那要几岁？鲁先生说，等你结婚娶了新妇，经历男女之事，才是真正的成人。我说，先生讲的男女之事又是啥？鲁先生尴尬说，我是瞎讲了，你也不要再问了。隔了窗门，我瞄一眼马路对面的书报摊，今日并没挂出《人体艺术》。鲁先生又说，就算是《呐喊》《彷徨》还有《野草》，你也根本没读懂，等到三十年后，再读第二遍、第三遍，才能从字里看出字来。我说，三十年后，我都不晓得自己在啥地方，也许阿根廷，也许澳大利亚，也许阿尔及利亚，反正都是 A 开头，也许移民去火星，至少不会在曹家渡。

六

　　一九九一年冬至，上海落了一场大雪。鲁先生请了三天假，乘火车回了绍兴乡下。听讲当地要挖渠道，灌溉海边围垦的荒滩，必须赶在元旦前头迁坟，否则就要永世淹入水底。

　　鲁先生不在的三日，苏联彻底解体了。我每日关注报纸跟《新闻联播》，同时无比地想念鲁先生，哪怕在他的绍兴普通话中安眠于课桌。同学们也甚为想念他，因为午后第一节课没了鲁先生，等于被剥夺了午睡权利，大家精气神都变差了。我的骨头也变痒了，因为觉着只要跟鲁先生讲话，几乎就等于跟鲁迅先生讲话。我总是想起鲁先生的手——当这只手还属于五岁的男小囡，就被鲁迅先生的手掌心抚摸过，现在变成六十岁老头的手，覆满一层松弛的皱皮，还能见着几点老年斑，但只要鲁先生的手指头触摸我的额角头，我就觉着鲁迅先生的手指头也从书里伸出来触摸我的额角头，甚至魂灵头。

　　原本讲好三日，但我等了足足半个月。我心想，鲁先生到底去了啥地方？虽然当时我没去过绍兴，但也晓得跨过杭州湾或者钱塘江就到了，难道鲁先生一路南下去了更遥远温暖的远方，就像上一任不辞而别的语文老师？不过按照鲁先生的年纪还有脾性，恐怕不太可能。校长久久等不来鲁先生，又加上考试就要到了，只好从高年级调了语文老师来上课。新来的老师是北方人，普通话标准得像上《新闻联播》，再没人在课堂上打瞌睡了。

过了一九九二年元旦，班级里没人再提起鲁先生，仿佛他的败顶上飘走的白发。期末考试这日，我在语文卷子上潦草写好作文，头一个交给监考老师，才发觉鲁先生立在教室门口，蓝大褂换成了军大衣。鲁先生掏出一块手帕，捂了口鼻咳嗽几声说，对不起，差点翘辫子。

冬至前，鲁先生到了绍兴，再坐长途汽车，辗转到了平桥村。纷纷扬扬的大雪里，潜伏一条灰蒙蒙的村子，空气夹了咸蟹的臭味道，不过这几年围海造田，地图上一寸寸往前推进，老早看不着海岸线，听不着钱塘潮了。鲁先生父母的坟墩墩，几乎跟白茫茫的雪地一样平了，要不是还记得一棵老榆树，恐怕一生一世都寻不着。鲁先生原本是有弟弟妹妹的。还是抗战时光，日本鬼子没来，瘟神倒是来了，弟弟妹妹统统被卷了草席埋进乱葬岗。唯独鲁先生在镇上读小学，侥幸捡回一条性命。鲁先生请托几位亲眷，觅好了新坟地，村里答应三十年内不动。对于遥远的二〇二〇年代，鲁先生实在想象不出来啥样子，更不认为自己能活到那一日。

鲁先生雇了几个村民，扛了锄头铲子挖开圹穴。不过天寒地冻，泥土也是坚如磐石，几个男丁足足挖了个把钟头，方才掘到几块破烂腐朽的木片。鲁先生心里咯噔一记，跳进冻僵的烂泥，徒手寻觅爷娘骨殖，直到挖出浑浊的地下泥浆，还是没发现哪怕一块骨头。鲁先生的父亲老早死了，母亲倒是长寿，活到十一届三中全会以后，十年前才埋进夫妻合葬墓。鲁先生在棺材里摆进一只无线电，老娘在阴间也听得到绍兴目连戏。现在这只上海红灯牌无线电，随同两具枯骨跟淤泥分解成了无数原子。鲁先生颓唐地爬出来，浑身泥水，坐在大雪覆盖的田野上，人就像一尊石头墓碑，连抽三支香烟，权代冬至上坟的三炷香。鲁先生又给村民男丁们发了一圈香烟，麻烦大家再把泥土填回墓穴，坟墩墩也不必恢复，跟田地一样填平就好。村民惊问，下个月灌溉渠动工，坟就淹到水里了。鲁先生苦笑说，不管皇帝还是圣人，土葬还是火葬，人死以后早晚变成原子，我爷娘一辈子种地，现在已经变成烂污泥，倘若化作渠底肥水，多种出几斤袁隆平同志的杂交水稻也好，何况我也没子女，坟里的爷娘必定绝后了，等到我死后便是无主之坟。

当日夜里，鲁先生开始咳嗽，发高烧。按照农村老人们的讲法，坟墓里的泥浆，阴气特别重。鲁先生是并不相信的。他在亲眷家里困了两天，直到气透不过，才被一部面包车送进绍兴城里医院。X光拍出来是肺炎，血氧低于八十，用了蛮多抗生素，养了十天才好转回来。

鲁先生走出校门，掏出一支大前门，就被我强行没收了。我说，肺炎还吃香烟？鲁先生说，医生关照过我，再吃一根香烟，就要去见马克思。我说，未必是马克思，也可能是鲁迅先生。鲁先生说，我困在绍兴快死的夜里，梦见了鲁迅先生——掐了手指头算来，上一趟梦见先生，还是唐山大地震那一年。我说，鲁迅先生讲话了吗？鲁先生说，讲了，鲁迅先生还在牵记我跟我爸爸，盼了我有空去望望他。

寒假的头一日，气温降到零度，天气倒是晴朗，我穿了棉袄棉裤棉鞋子，早早来到13路终点站。鲁先生比我更早，上车寻了最末一排座位。一老一少听了电车小辫子叮叮当当，笔直向东到天潼路，四川北路邮局门口，再转一班公交车北上，直到横浜桥下来。我是一马当先，鲁先生的脚有点跛，走路像白乌龟，又像大鹅，我只好停下来等他。四川北路拐弯的地方，鲁先生指了一家理发店说，五十年前，此地就是内山书店，抗战胜利那年关门的。我说，记得这样清爽？鲁先生说，我在读华东师范大学的暑假，我们几个同学跟了老师，骑了脚踏车到四川北路，当时内山书店已经不在了。

转到山阴路，没几步路就看到大陆新村"鲁迅故居"牌子。我还是头一趟来呢。鲁先生却有三十多年没来过了。弄堂进去倒数第二只门牌，便是大陆新村九号。鲁先生买了两张门票。参观只用十分钟，底楼是昏暗的客厅；二楼是鲁迅先生卧室，写字台插了三支绍兴毛笔，他的蛮多文章就是在此写出来的，还有一张带蚊帐的大床，一九三六年十月十九日，鲁迅先生就在这张床上离世；三楼是周海婴房间。等到鲁先生爬下楼梯，喉咙里又夯起来。我问他，身体不舒宜？鲁先生笑笑说，没事体，我们再去虹口公园。

从山阴路回到四川北路，实际上是绕路了。后来我看地图，直接从山阴路往前走更近。绕过复兴中学，看到虹口公园南门，正式名字叫鲁迅公园，买了两张门票牌子。我看了指示牌箭头寻到公园尽头，迎面立了一尊鲁迅先生铜像，背后是一道镌刻"鲁迅先生之墓"的花岗岩墙。我回头再看鲁先生，人已经不见了。我怪自己走路太快没顾上他。我寻了一块草坪盘腿坐下，晒了牛奶白的太阳，倘是屁股底下铺几张报纸，钻开两只罐头野餐就更嗲了。

等到太阳直逼头顶，鲁先生还没赶上来，我的心里开始发慌，老头会不会迷路了？我不好意思冲到公园管理处广播寻人，毕竟鲁先生不是三岁小囡，也没老年痴呆。我在鲁迅墓前坐到下半天，饿得七荤八素，只好向先生告别。走出虹口公园，我在四川北路吃了一碗牛肉面。我还是担心鲁先生，会不会过马路太慢被车子撞了？还是突然发了啥急毛病？我是越想越慌，差点冲到最近的海军411医院。

我去附近几条小马路寻人，碰着一条生锈的铁路，据说从老北站通到吴淞口。沿了两根铁轨走一段路，我都快迷路了，终归看见一条大马路。声音跟腔调都有点诡异，路边排满了花圈寿衣店，行人面色都不太好，手臂膊上一律箍了黑袖章，还有腰间缠了白带子的，浑身披了白麻布的，好像到了古装武打片的剧组。我也像丢了魂灵，如同行尸走肉往前走，远处响起了此起彼伏的号哭。直到一扇气派的大门，人潮汹汹，门庭若市，赛过南京路上中百一店。门后竖了一根浓烟滚滚的烟囱。大门口挂了牌子：西宝兴路殡仪馆。

此地就是传说中的"铁板新村"。几年前，我外婆是在西宝兴路开了追悼会烧掉的。天上扬起一片烟尘，我被呛得咳嗽。前头有个公交车站，我来不及看站牌，匆匆挤上一部到站的电车，身上还有几块硬币。整个下半天，我转了三部公交车，等到天快擦黑，才像一只野鬼回到沪西曹家渡。

回家之前，我先去敲鲁先生的门。原来他老早回来，立在窗门口吃香烟。台子上的烟灰缸一天世界。我已经气得发抖，便从鲁先生口中拔出燃烧的烟头，按照《英雄本色》小马哥的腔调，潇洒地丢出二楼窗门，落到停在终点站的13路电车上。鲁先生也不动气，关紧窗门说，对不起，蔡骏同学，我没想到你会在外边寻我到这样晚。我说，为啥一声不吭走了，我要一个理由。鲁先生不响。我继续问他。他继续不响。

我从他的袋袋里摸出两包香烟，都已吃了一半，被我捏在手心里粉粉碎。冲出房门前，我望了二楼窗门外说，鲁先生，你晓得吧，立在此地，就像立在酒楼上。

七

一九九二年春节前几日，我兜了一趟曹家渡新华书店。柜台上尽是教辅教材，唯独有一面橱窗，新到一套《鲁迅全集》，灰颜色素净封面，总共十六本，就跟楼上鲁先生家里那套书一样，总定价一百六十四块四角，比我爸爸一个月工资都贵。除非卖掉一只腰子，我才凑得齐这笔巨款。我只好问，《鲁迅日记》有吧？营业员拉了一张面孔，丢出十四卷跟十五卷，分别是十三块五角、十三块一角五分。我匆忙跑回家里，问妈妈预支了过年的压岁钿，二十六块六角五分，有整有零，包括六枚一角硬币、一枚五分铜钿。

如果讲鲁迅的小说是一瓮绍兴酒，鲁迅的文章是一碟子茴香豆，鲁迅的日记就是一碗泡饭，连一粒黄泥螺都不放的清水咣当。开头总是日期，然后是天气，不是晴，就是昙，要么风，要么雨，偶尔有雪。两三行字的流水账，绝不啰嗦半分的文言文，从早到夜，收到某人的信，回复某人的信，买到某人的书，写了啥的文章，见了啥的客人，下了啥的馆子，还有牙痛、胃痛、头痛，要么"无事"。多少年后，我觉着《鲁迅日记》赛过一台监控摄像头，冰冷地记录你的一切行为，没有声音，没有感情，更没有所思所想，但是极度精准，简直可以做司法证据。日记写到一九三六年秋天，鲁迅的身体已经坏掉了，不是"须藤医生来诊"就是"看护妇来注射"或者"夜发热至三十八度"，称体重只有三十九点七公斤，相当于我小学五年级水平。尽管这样，最后一个月还是忙煞，日日收信写信，读书看报写文章，家里高朋满座，出门去内山书店，去展览会，甚至带了全家去上海大戏院看苏联电影。最要紧是一九三六年十月十七日，我也查了万年历，农历九月初三，鲁先生五周岁生日，更是《鲁迅日记》的最后一日——

  十七日 晴。上午得崔真吾信。得季市信。得靖华信，午后复。须藤先生来诊。下午同谷非访鹿地君。往内山书店。费君来并交《坏孩子》十本。夜三弟来。

日记的最后一日，鲁迅的倒数第三日，并没一个字写到过绍兴乡下来客。下半天，鲁迅出门去了内山书店，与一位日本朋友会面。夜里真的来了亲眷，却是三弟周建人。

  曹家渡飘了雪籽。我奔到13路电车终点站。书报摊的三楼林老师叫我,新到一套古龙的《大旗英雄传》。我没理他,横穿马路,钻进三角形街心岛的小弄堂,好像钻进一条黄鳝的肚肠。

鲁先生在等我。他伏了台子上,没叼香烟,看一本《死魂灵》。鲁先生摘脱眼镜说,你来啦,蛮多天不见了。鲁先生给我冲一杯乐口福。我说,鲁先生,一九三六年十月十七日,农历九月初三,是你的五周岁生日,对吧?鲁先生说,对啊。我说,这一日,你在上海,你跟了你父亲到虹口施高塔路大陆新村鲁迅先生家里做客,对吧?鲁先生说,对啊。我说,鲁迅先生亲手抱过你,对吧?鲁先生说,对啊。我说,你在鲁迅先生怀里打了一个喷嚏,对吧?鲁先生说,对啊……

仿佛祥林嫂连讲四个"对啊",鲁先生停下来摇头说,两日后,鲁迅先生就在家里离世了。我说,你骗我。鲁先生说,你讲啥?我说,这桩事体,并不存在,我看了《鲁迅日记》,这一日,你根本没到过鲁迅先生家里。

鲁先生放下刚冲好的乐口福,慢悠悠坐定下来,从《鲁迅全集》当中抽出一本书来,根本不用眼乌珠看,手指头一伸进去,便翻到一九三六年十月十七日,鲁迅最后一篇日记。鲁先生说,我不肯拿《鲁迅全集》借给你看,就是生怕你会看到《鲁迅日记》,看到这一页,这一日。我说,可我早晚会看到的。鲁先生说,我以为,等你看到这一页、这一日,我老早变成灰了。我说,为啥？鲁先生说,没啥,统统是我的错,除了鲁迅先生的死。

乐口福还冒了热气。烟草味道淡了蛮多,但已渗到墙壁跟天花板,一生一世都消不掉,除非一把火烧干净。鲁先生说,要是想骂我,不要在心里憋坏了,我也不是头一趟被自己的学生骂了。我说,鲁先生,我是来告别的,过两日,我家就要从曹家渡搬走了。鲁先生说,你父母调动工作要去边疆？我摇摇头。鲁先生说,有海外关系要移民？去香港,还是美国？我说,都不是,我妈妈单位分了新房子。鲁先生说,蛮好,但我不会再去代课,以后见面不容易了。我弯下腰板鞠躬说,鲁先生,谢谢你。鲁先生说,啥意思？我说,就是谢谢你。鲁先生说,懂了,你是讲鲁迅先生啊,对不起,我确实从没见过先生,关于四川北路风景,鲁迅先生家里情形,都是我到上海来读书以后,我的老师告诉我的。我说,鲁镇呢？平桥村呢？鲁先生说,鲁镇是先生小说里虚构的地方,就像阿Q的未庄,至于《社戏》里的平桥村,其实叫安桥头,那才是鲁迅的外婆家。我说,那只喷嚏呢？鲁先生说,在我所有的故事里,只有喷嚏是真的,打在一九三六年农历九月初三,我的五周岁生日,打在上海十六铺的亲眷家里,打在我爸爸的怀里,隔天他带我回到绍兴乡下,没过几日,我爸爸死于伤寒。

八

来年开春，我已不住曹家渡。每日早上，我背了书包到海防路54路终点站乘车，头一站西康路，第二站胶州路，第三站叶家宅路，第四站武宁路，就到五一中学门口。开学一个礼拜，我在食堂吃中饭，有人讲一句，"催眠大师"走了。我放下筷子问，走到啥地方？人家说，你还不晓得啊，下半天的课放掉了，改成兴趣小组活动，老师们要去西宝兴路开追悼会。

最后一口汤还没吃，我冲回教室，书包掼到背上，像一匹红眼睛兔子奔出校门。我还记得上趟从西宝兴路回来的路线。转了三部公交车，三个司机爷叔都晓得我的心思一路狂飙。红绿灯也是我肚皮里的蛔虫，统统绿灯相送到了西宝兴路。

我像个混入黑袖章队伍的间谍，穿过摩肩接踵的悲惨人群，站在无数张活人或死人的面孔之间，但没有一张是我认得的。我拼了命地回忆小学三年级外婆的追悼会，还有几个月前外公的追悼会，虽然在上海另一头的龙华殡仪馆。所有殡仪馆都有相似的结构，一间间标了不同名称的遗体告别大厅。我把自己当作一个悲惨的少年,仿佛打一局魂斗罗红白机游戏,冲进每一个厅过关斩将,分辨挂在帷幔上的一张张黑白遗像。但我没有九十九条命的技能。我甚至只能活一次。

虽然都叫"大厅",其实有霄壤之别,面积从四室两厅到亭子间不等。每个厅都有一个中式名字,"松鹤""翠柏""睡莲",还有"仙翁",八仙过海,各显神通。我还幻想出了水泊梁山格局——显赫人物的风光大葬,必要办在聚义厅,全城达官显贵络绎不绝,花圈堆积如山,等于开一场千人表彰大会;生前呼朋唤友的,栖身及时雨宋江厅;生前莽撞之辈,便是黑旋风李逵厅。终于,我在殡仪馆最角落的一只小厅里,看到了鲁先生。

鲁先生困了黑色相框之中。遗像拍得实在潦草,焦距没调好,面孔有点糊,以至于眼神飘忽不定,时而观察前排的校长,时而凝视后排的我。鲁先生的肩上落了一片白点子,可能是头皮屑。衬衫领头恐怕是假的,我外公就有几件这样的"假领头"。

遗体告别大厅左右挂了挽联,上联"此别成终古,从兹绝绪言",下联"故人云散尽,我亦等轻尘"——等我长大后才晓得是鲁迅先生写给范爱农的悼亡诗。参加追悼会的基本是我们学校老师。可能只有我一个是鲁先生教过的学生子。还有几个人穿了亮晶晶的化纤面料西装,必是从绍兴乡下来奔丧的亲眷。校长致了悼词，照规矩是家属致答词，不过乡下亲眷连普通话都讲不来，就此省去这一环节，快进到放哀乐、三鞠躬、瞻仰遗体阶段。

众人排队转到帷幕背后，水晶棺材里困了一个老头，穿了笔挺的中山装，身体却缩小了不止一圈，头戴一顶干部帽，加上黑框眼镜，甚至有点滑稽戏腔调，我竟没能认出这张青灰色面孔。听讲鲁先生是突发脑溢血，倒在曹家渡的斗室，居委会送他到同仁医院已经没救了。鲁先生真的死了吗？我伸出一根手指头，触了冰凉的棺材，等于触了他的魂灵。

后面的老师拥了我往前走。相比隔壁大厅呼天抢地的号啕声，我们这间小厅相当安静，到底是人民教师，高级知识分子，既有坚强的精神，亦有理智的思想，每个人都表示情绪稳定。唯一例外是拖在最后的历史老师，已经哭成一双兔子眼。一个钟头后，鲁先生变成灰了。

隔了两日，我乘54路回到曹家渡，仰头看到新华书店楼上，有个男人坐了窗台上吃香烟。我钻进三角形街心岛，爬上楼梯一看，果然是鲁先生的乡下亲眷。一房间的书搬空了，包括《鲁迅全集》，统统卖去万航渡路的旧货店。我急了趴在遍地垃圾当中，想要抢救鲁先生写了十几年的书稿，就差掘地三尺到楼下新华书店，终归在墙角寻着一只铁皮饼干盒头，费了开天辟地的力道打开，却藏了一堆黑魆魆的灰烬，三五张尚未燃尽的纸片,辨不出半个字,倒是闻着一股乐口福味道。

有人拍拍我的后背说,小弟,你是不是姓蔡? 我仓皇地立起来。乡下亲眷掐灭香烟,抽出一本《死魂灵》——封面上不但印了"果戈理著",还有"鲁迅译"。他操了绍兴话说,鲁先生临死前留了一张纸条,关照这本书必要留给你。我的手指头在衣裳上揩了又揩,免得在鲁迅翻译的《死魂灵》上留下手印子。我准备好从每一行字里再看出字来,轻轻翻开黄兮兮的书页,却滑出一张黑白相片。自然不会是鲁先生,他这辈子最讨厌拍照片,尤其年纪轻轻败了顶以后。

相片里是一个中国男人,穿了深颜色长衫,坐一张圈背藤椅,背景是虚的,但是堆满了书。男人的头发一根根竖直,浓密漆黑的胡须、眉毛还有瞳仁,几乎占了一小半面孔。他的眼神并无传说中强悍,反而有一点温柔,像良宵里擦出一根火柴,凝望你的双眼。夕阳斜刺里穿过二楼窗门,黑白相片有了彩色幻觉,耳朵渐次清澈起来——晚高峰的沪西曹家渡,桑塔纳的喇叭声,凤凰牌脚踏车铃声,路边摊油锅沸腾声,学生子们馋吐水滴落声。13路电车满载而归,蜘蛛网似的架空电线擦出耀眼火花。沪西电影院门前贴了《秋菊打官司》手绘海报。春风习习吹皱酱油色苏州河水,马达轰鸣的船队逆流而上穿过三官堂桥。有个男人立在窗框之中,观赏一台盛大的社戏。

猫王乔丹

一

六百年前，永乐帝都北迁。一户曹姓举人，自杭州行到吴淞江，稻花香里，结庐而居。隆庆、万历间，曹氏在南岸三官堂庙、北岸长生庵间修义渡，得名"曹家渡"。甲申惊变，嘉定三屠，陈子龙与夏完淳殉难，男人剃头留辫易服。两百年田园旧光景，到"约翰牛"在黄浦江边圈地。太平天国烽烟起，忠王李秀成过曹家渡，战上海败于严寒。慈禧太后垂帘听政，帝国风雨飘摇快翻船，苏州河樯橹络绎不绝。湖州人的生丝栈，无锡人的面粉厂，苏州人的小商店，宁波人的裁缝铺，苏北人的贫民窟，各自到曹家渡上岸。五色旗取代黄龙旗，小汽车随洋人越界修路而来。极司菲尔路（万航渡路）、白利南路（长宁路）、康脑脱路（康定路）、劳勃生路（长寿路）如同几根麻绳，迎头撞上打了个结，至今仍未解开。

二〇一六年，我搬回了曹家渡。一个潮汐涌动的傍晚，我难得换了西服，出门赴宴。车库门口正对苏州河。忘记昨晚车停在哪儿了，我掏出钥匙，意外地看到那只猫。

它盘踞在白色车前盖上，背靠挡风玻璃，犹如主人。它看到我，但不逃，辄然静止，像古墓里随葬的陶瓷猫。一只大猫，纯粹骨架大，从头到尾披黑，四只爪子与肚皮雪白。猫耳朵向前竖，这是某种示好。猫眼直勾勾跟着我移动，仿佛我爆出一颗令它垂涎的粉刺。每次身处幽闭空间，我会不自觉躲避别人目光，对猫也不例外。对了，它就坐在我的车上。大猫吐出舌头，舔了舔粉色鼻头，两声低沉的"喵呜"。我打赌这是一只公猫。按下钥匙，大猫跳下来，引擎盖留下猫爪印子。挡风玻璃有两根猫毛，一根黑，一根白，宛如飘浮半空的符号。点火。发动机像口煮沸的锅。开出车库，我放下车窗找那只猫。苏州河的水泥堤上，有它的漆黑剪影，慢慢行着，顾盼自雄。月光下，双目幽绿，再消失。

你听过猫的交配声吗？春秋两季，我坐在夜深人静的书房发呆，流浪猫们的淫欲与欢愉，此起彼伏来敲响玻璃窗。此种声音有幽怨的穿透力，撕心裂肺，如丧考妣，并绵延不绝，有时又像多声部合唱团，嗑了"伟哥"的交响乐。曹家渡的流浪猫"猫口"众多，自从在车库邂逅那只大猫，我就想从中分辨它的声音。

上海一天天变冷，鲍勃·迪伦得了诺贝尔文学奖，我梦见阿多尼斯的孤独是一座花园，其中只有一棵树，每根树枝上都挂着一只猫。这个梦，像某种不祥之兆。我走到车库，弯腰检查轮胎和底盘。它不在。秋冬时节，有些猫爱躲车底下，轮胎旁，甚至排气孔，用发动机的余温取暖。一不留神，它可能被轧死，甚至活活烫死。你们务必要小心。

打开车门，我被惊吓到了。大猫坐在驾驶位，直起上半身，前爪在方向盘上，像个非洲来的小孩。我后退两步。它跳下我的车，潜入隔壁底盘。我抓狂地检查车窗，关得比监狱还紧。每次我下车锁门，都会强迫症般拉车门确认。那只猫怎会在我车里？它有崂山道士之术，或者等到我开门？一只成精的大猫？它认识我，我想这不是错觉。

又隔几日。我步行到曹家渡芳汇广场。某朋友从南方飞来看我，约在星巴克，说起他在非洲创业与旅行的经历，炫耀了一场埃塞俄比亚艳遇，以及在马达加斯加的牢狱之灾，顺便捎来充满赤道气味的海货。

聊完散了。我看到一只流浪猫在街边翻滚挣扎，猫嘴喷血，多半被车撞了。肇事者逃之夭夭，有人看热闹，有人掩面绕行，但没人帮忙。这只猫活不久了，哪怕送去宠物医院，也是一针安乐死。这是只体形娇小的花猫，多半未成年。我跑到水果店，买了个纸板箱，将垂死的猫套进去，挪到花坛，以免影响人们进出。

老头来了。他比我高很多,像一根行走的电线杆。没有驼背,也不秃顶,板寸雪白,老年斑像装饰女人的豹纹。他跨入花坛,抱起纸板箱就往外走。我不敢阻拦,尾随在后。老头对我视而不见,步频几乎跟我一样快,再加一双长腿,跟上他有些吃力。

对面有个天主教堂,门前的小广场,直冲曹家渡的十字路口。沿着绘满《圣经》故事的彩色玻璃和红砖墙,老头走到教堂后院的绿地。三角形小草坪,四周竹林掩映,中间有三棵樱花树。

他从墙角取出一支铁锹,在樱花树下挖坑。我往纸板箱里看一眼,可怜的花猫已往生,六道轮回之中,它必不愿再回畜生道。老头把死猫放进坑里,熟练地填土埋葬。我一回头,四周竟全是流浪猫,有的蹲坐草坪,有的藏身灌木,有的爬上挂满黄叶的树枝,还有的在陆续赶来的途中。这些猫发出"喵呜"的哀鸣,也有的用沉默为同伴送葬。无法目测统计数量,三位数毫无疑义。

中国人的盛大葬礼过后,都有一场饕餮聚餐,规格可比照婚礼宴席打三点五折。办完猫的葬礼,紧接路边野餐。老头解开布袋,掏出几大盒猫粮以及火腿肠,掰碎了扔到草坪上。流浪猫们一拥而上,但并未争抢打斗,而是井然有序,各自享用晚餐。这些猫大多健康灵活,只有个别瘦骨嶙峋,还有母猫带着小猫。教堂背后的樱花树下,老头把两根小手指放到嘴里,打出刺耳的呼哨,粗鲁地吼一嗓子:"乔丹!"

大猫钻出草丛。路灯下,黑色背毛油亮反光,如同冰海中潜浮上来的海豹。白色爪子,像踩着四个雪团,连带腹下白毛,蹿过绿草坪,仿佛约旦王国的黑白绿三色旗。所有猫自动让路,散到数十米开外,毕恭毕敬蹲下。大猫不屑于猫粮,飞身爬上一棵樱花树,劈出个黑色闪电。

"它叫乔丹?"

我在心里自言自语。不晓得为什么,老头却听到了,转头回答——

"乔丹是曹家渡所有流浪猫的猫王。"

这是我们的第一次对话。我看到温柔地唱着 *Love Me Tender* 的球王飞向芝加哥联合中心球馆的篮筐……

猫王乔丹。

二

我刚搬到曹家渡那年,王菲还叫王靖雯,小虎队正青春年少,小马哥在录像带里出生入死。宜乔迁的黄道吉日,风和日丽，万里无云，多半是复活节。我爸蹬着三轮车，载着全家，穿过火车站前广场和大自鸣钟，碾过整条长寿路，途经我未来的小学和中学，直达五条马路汇聚的曹家渡。路口右转，沪西电影院的新片海报徐徐展开。苏州河畔，有栋孤零零的六层楼房。我天真地以为会在这里住一辈子。

二十多年后的万圣节，农历十月初一寒衣节。天气糟糕，阴冷，夹杂冰冷雨点。我后悔没穿秋裤，驾车经过曹家渡，方向盘右转到万航渡后路。天主教堂对面，沪西电影院的招牌被压在"香辣蟹"招牌下。车轮往前滚了五十米，我看到童年住过的房子，孤零零幸存在这世上。长大后重返故地，像格列佛告别巨人国。车开不进小区，冒险停在路边。穿过小型迷宫的入口，记忆像条散开的绒线绳，牵着我回到昏暗的楼道，底楼103室。

没有防盗门与猫眼。背后是楼梯，有人扛着自行车上楼，尘埃与时光一齐从头顶倾泻。我在门口犹豫的空当，就像我离开曹家渡的岁月一样漫长。我没找到门铃，只能用右手食指与中指关节叩响门板。我会被当作推销员或快递员吗？我想逃跑。

门开了。我看到他的雪白短发，乌黑马甲，头顶几乎碰到门框，像具四肢拉伸的骷髅。我认出了这张脸。

"你有什么事？"樱花树下埋葬死猫的老头，就像一块门板，声音沉闷粗哑。我把脸藏入楼梯下的阴影，伪装自己从未来过。几只毛茸茸的猫，挤到他的两腿间，探出脑袋来审问我。老头的态度不算恶劣，我却支支吾吾不知所云，从人口普查到猫的绝孕绝育，直到这扇门对我关上。

我以为我回不去了。走出门洞，一阵风卷着落叶而来。十二岁，我在这条巷子里练自行车却没学会。现在我的车停在路边，车窗贴着一张违章停车罚单。我没埋怨警察，兀自撕下黄色罚单，背后响起老头的声音："你以前在这里住过？"

他站在风口，还穿着黑马甲，露出棉毛衫包裹的胳膊。我没想到他会追出来。

"嗯。"

"你要进来看看吗？"他的表情严肃，但我听出了言语里的友好，"如果不嫌脏的话。"

我摇头，又点头。首先不嫌脏，并且愿意进去看看。跟着老头的背影，我只够到他的后脖子，近距离目测他的身高有一米九。

103室，记忆折叠成莫比乌斯环，像暗室中渐渐显影的底片……进门左手边厨房，右手边卫生间，正面是爸爸妈妈的卧室，搬家新做了全套家具，席梦思床垫，日本牌子的彩电，贴满浅紫色墙纸，还有个柜子装满旧书，打发过我至少四个暑假。

我听到一声猫叫。卧室不见天日，浓烈的猫味像堵透明的墙。谈不上残垣断壁，但也离废墟不远。客厅有沙发和折叠餐桌，墙角里猫粮和猫罐头堆积如山。可进博物馆的显像管彩电，正重播昨晚的NBA比赛，休斯敦火箭对波士顿凯尔特人，哈登暴力扣篮，现场声音震耳欲聋，流浪猫们四处乱窜。这里原本是我家最古老的五斗橱，还有几个樟木箱子，书橱摆满我的连环画小人书。窗边有个方形餐桌，靠墙是张棕绷大床，我和外公各睡床铺一头，在他死去以前。

老头打开底楼天井。我先迈出左脚脚尖，接着脚后跟踩中猫屎。我用餐巾纸擦干净鞋底，抬起头，仿佛看见一只全身纯白的猫，尾巴尖烧成火红斑点，撩人地踱过墙头。

二十世纪九十年代的第一年，我在曹家渡农贸市场门口捡到一只流浪猫。年轻的公猫，骨头很轻，又圆又滑，手指穿过它的胯骨，搂住苗条腰身。它不惊慌，鼻孔里热气与男孩呼吸混杂。它的两只前脚搭住我的肩头，收缩爪子，让我抚摸脚掌心软软的肉垫。我给它起名小白。我家小小的院落，曾种满花花草草。爸爸用铁丝网搭起顶棚，缠绕遮天蔽日的葡萄藤。记得夏天夜来香的味道，春天的月季与蔷薇，冬天搬到室内的君子兰，每年短暂开放一瞬的昙花。小白就养在这些植物中间，偶尔在墙纸上留下猫爪印子，惹得我爸勃然大怒。我晚上抱着它睡觉，抚遍它全身三匝，从两只薄薄的耳朵到脖子再到肋骨，变化多端最不顺从的火红尾巴，扫到小腿肚子毛茸茸的，又热又痒。我妈和老师都警告我，猫身上有跳蚤，但我无法与小白分开。

有一天，它失踪了。妈妈告诉我，小白出去谈恋爱了，跟马路对面的黑色母猫。我专门去那片老房子找过小白，甚至想赶走母猫，但一无所获。流浪猫不是宠物，你不能指望它陪伴你一辈子，或者相反。两星期后，小白突然回家。我惊喜地抱起它，但它的眼神有些怪，甚至让人害怕。这只猫不再跟我亲密，变得神出鬼没，一两天不见踪影，时不时叼只老鼠回来，整栋楼都能听到我妈的尖叫。直到它被卡车撞死的那天。

我没有目睹车祸的过程，就在门口的街上。当我看到小白时，它已在柏油路面打滚，脑袋快被轧扁，血溅一地，没几分钟就断气了。妈妈蒙住我的眼睛把我拖回家。我哭了一个礼拜，并在曹家渡的每个角落，寻觅这只尾巴尖上有火红斑点的年轻公猫。我一度相信猫是一种会死而复生的动物，某个夜晚，它目光幽幽地趴在窗外看我。我记得外婆葬礼后，她无数次出现在我梦中。我幻想外婆还能复活回家，每晚抱着我抚摸后背，后来才知道那叫托梦。但我再没看到过任何一只与小白相同的猫，也没有梦到过小白。

二十多年后，我冷得牙齿打战。荒芜的天井上空，飘过一朵灰色的云。老头让我回屋坐下。我不慎坐在一只大花猫身上,它发出厌恶的叫声跳开。我真诚地向它道歉,尽管它的皮毛颜色跟沙发布太像了。老头挥拳砸了大花猫一下:"巴克利!不准你上沙发!"

"查尔斯·巴克利?"我居然记得这名字,中学时有个同学超级崇拜他。

"嗯,'八四黄金一代'的巴克利,他在76人、太阳还有火箭都打过球。"

在如同难民营的房间里,我如坐针毡。流浪猫们窜来窜去,不时有尾巴扫到我脸上。想必老头是一个人独居。

"快点滚!"他暴怒地喝道,我以为收到逐客令,但他按住我的肩膀。他在对猫说话,它们是自己翻墙进来的,"都是些打家劫舍的强盗。"

老头对流浪猫的评价不堪。但他不会对猫动用武力,除了口头警告与严正抗议,别无他法,屋里的猫气只会愈加旺盛。

"我该走了。"毕竟早已不是我的家,哪怕还能从墙壁缝隙里闻到发育第一年的荷尔蒙。

"别走。"阴沉的秋日下午,老头禁止我离开沙发。底楼采光本就不好,玻璃窗蒙着厚厚的尘埃,经年累月的猫毛,屋子变得分外昏暗。我看不清他的眼睛,只听到喉咙里含着痰的低沉声音:"我原来住在马路对面的老房子里。我记得你们家，还认识你外公，跟他在苏州河边下过象棋。"

"当我还是小学生，你就认识我了？"

"是的。我养过一只全身黑色的母猫。有一天，它带着一只白色公猫回家，尾巴尖有红色斑点，就是你的小白。它在我家只待过两个礼拜就走了。后来，它在街上被卡车撞死。我替它收了尸，埋在三棵樱花树下。"

我才确信无疑，小白真的死了，并且没有复活。

"它害死了我的猫。"老头说。小白死后，黑色母猫怀孕了。隔了两个月，母猫难产而死。唯独一只猫崽存活下来，超乎寻常地强壮，比普通小猫大了两圈。大概是它在娘胎里挤占了过多空间，杀死了自己的母亲和同胞兄弟姐妹。老头用羊奶一滴滴把它喂大。这只精力充沛的小公猫，即便没有母猫示范，三个月就会抓老鼠，六个月跟成年猫一样大。它的头部、身体以及尾巴，继承了妈妈纯黑的毛色，腹部与四肢却像它爹一样雪白，延伸到脖子底下。古人说这种毛色叫"乌云盖雪"，若肚子也是黑的，就叫"四蹄踏雪"。

"我给它起了个名字——乔丹。"

"猫王乔丹？"

坐在充满猫味的沙发上，我感到浑身燥热，大概被猫的体温传染上了。想起坐在我汽车前盖上的大猫，黑亮的皮肤犹如迈克尔·乔丹，这片"乌云"盖住的"雪"，来自我的小白。要相信人的第一感觉,它果然认得我。

"是,它是小白的儿子,也是曹家渡的猫王。"老头回答。

我很感激他,今天让我走进这道门,坐在我睡过四年的房间里,告诉我小白和乔丹的故事。

"猫王叫乔丹,刚才那只叫巴克利,其他的猫呢?"

"皮蓬!"老头向院子里吼,一只瘦长的黑猫蹿进来,原来是乔丹在公牛王朝的战友,他摸摸"皮蓬"的脖子,看到窗外有只大猫,"大梦!"

"奥拉朱旺?"

"对,在火箭拿过两枚总冠军戒指。你再看那只花猫,活络得不得了,它叫魔术师约翰逊。"老头认识每一只流浪猫,全都用NBA球员的名字命名,有的还有外号"大虫罗德曼""狼王加内特""石佛邓肯"。我的眼前,顽固地盘踞着两只白猫,一只叫"姚明",另一只叫"诺维茨基"。

"前几天撞死的猫呢?被你埋到樱花树下。"

"它叫埃迪·格里芬,二〇〇七年酒驾死于火车事故。"老头的世界里,流浪猫与NBA球员已合为一体,共赴生死。人们能记住的球员不过数百,但在曹家渡停留过的流浪猫,一拨拨出生,一拨拨死去,前赴后继来世间走一遭。若是人和猫同时出生,等到我们谈恋爱,猫早已五世同堂儿孙绕膝了。有些名字难免重复,比如邮差卡尔·马龙,被老头亲手埋葬过三次，分别是黑猫、花猫还有黄猫。最近有只斑点母猫怀孕，老头准备给小猫再起这名字。

唯独乔丹，老头只用过一次。在曹家渡，永远不会有第二个迈克尔·乔丹。

"乔丹刚满一岁，就从我家逃跑了。"老头说，这只猫有个癖好，每次奔跑行动，都会伸出舌头，跟乔丹扣篮吐舌头一样，也是小白遗传下来的基因。猫王乔丹始终与人类保持距离，从不亲密接触。哪怕饥寒交迫的冬天，它也拒绝任何猫粮或猫罐头，更不会像同类翻垃圾桶，宁愿自己捕食老鼠与麻雀。

小白死后，一九九二年，比尔·克林顿携全家住进白宫，我家搬出了曹家渡。一九九八年，克林顿与莱文斯基偷情被弹劾，三官堂桥下的老房子拆迁。恰好国家住房改革，街对面有套底楼房子，换过两任主人后刚空出来。他决定留在曹家渡，放弃分配在彭浦新村的一百二十平米新房，用区区十万块拆迁补偿款，买下103室的产权。他再没离开过这里，尽管房价已翻五十倍，只剩四十年期限。二〇〇〇年后，比尔·克林顿搬出白宫，小布什与奥巴马接踵而至，希拉里·克林顿惜败于唐纳德·特朗普，未能重返丈夫偷情过的椭圆形办公室，我却重返曹家渡，孤零零的六层楼房，带天井的103室，不请自来的客人。

"曹家渡的猫王乔丹,它是小白的儿子,算起来,它至少有二十五岁了?"

"嗯,猫的平均寿命是十五岁。"老头摸了摸自己的白发,铜钱似的老人斑,"乔丹其实比我还老,留给它的时间不多了。"

三

猫王失踪了。

曹家渡的三家商场升起巨幅的"双十一"打折广告。最近每次出门,我会检查整个车库,蹲下来看所有底盘,有人以为我是小偷或变态。我发现很多流浪猫,有的被排气管烫伤过,但再没见过乔丹。

天主教堂背后的三棵樱花树下,老头打开猫粮袋子,依次给大鲨鱼奥尼尔、滑翔机德莱克斯勒、小皇帝詹姆斯喂食。夕阳与落叶之间,他的面色灰暗阴沉,老人斑比上次多了一倍,原本挺拔的后背驼了,双手犹如罚篮的慢动作。风吹过草坪背后的小竹林,海浪般的"沙沙"声,他听得出神,袋子里的猫粮都被 NBA 巨星们抢光了。

"它会不会死了?"我说了句不合时宜的话,并为不经大脑思考而愧疚。当小动物预感死亡将近,通常会躲到一个阴暗角落，静悄悄离开世界，如同年迈色衰的老妓女，羞于让别人看到自己死后悲惨而丑陋的模样。

老头最后一次见到猫王，是在七天前。他经过曹家渡花鸟市场，看到乔丹走在苏州河边，叼着一只老鼠。那只老鼠的个头硕大，细长尾巴猛烈甩动，在猫口中挣扎。这说明乔丹的身体状况良好，哪里是病入膏肓等死的样子？

"不管黑猫白猫，捉到老鼠就是好猫。"老头的口头禅，不管说起流浪猫还是NBA，都以此作为终极评判标准。

"它会不会离开曹家渡，去了其他地方？中山公园？静安寺？更远的徐家汇？对啊，那里也有一座天主教堂。"我仰望教堂背后山墙顶上的十字架，夕阳打上去如水花金光闪闪。

"不会，只要猫王乔丹还活着，它就不会离开曹家渡。只要我还活着，我也不会离开。"

老头确信由于不为人知的秘密，乔丹正隐藏在曹家渡的某个角落。离开小草坪和三棵樱花树，抛下一大堆以"九六黄金一代"命名的流浪猫，其中泰半是乔丹的孙子或重孙。我们绕到教堂门口的小广场，正对着曹家渡的十字路口。

二十年前，这是个五岔路口。长寿路到此为止，往西是长宁路，南面射出万航渡路，直通静安寺，北面分出两条路，万航渡支路与万航渡后路——我家就在这条路与横跨苏州河的三官堂桥（现在叫曹杨路桥）的交会点。五岔路口之南，有块三角形孤岛，被万航渡路、长宁路、长宁支路包围，密集数十家商店、餐馆、理发店、照相馆、银行、邮局和新华书店，甚至有个胖嘟嘟的交警岗亭，如拥挤的曼哈顿岛（请原谅我如此不恰当的比喻）。五条马路与三角形孤岛，无数根电线在天空纵横交错，13路电车拖着小辫子开过。当我戴着小学生的红领巾，正在曹家渡的中心路口，想象这是个神秘的五芒星，仿佛正大剧场在播的美国科幻剧《时间隧道》，辐射往五个地质纪元与三维时空。

这辈子我搬过很多次家，沿着苏州河东西两端颠沛流离。曹家渡是我住过的最诡异之处。东接静安，西临长宁，北倚普陀，沪西三区交界。对于躲避城管的排档和小贩而言，则是三不管的法外之地。我的小学和初中都在长寿路，所有人出校门往左走，唯独我往右走。坐13路电车，小学两站，初中一站。13路终点站，一头曹家渡，一头提篮桥监狱。我常被教育，若犯错误，从曹家渡上车一站到底。而今我温良听话的性格，可能就是如此养成的。每天早高峰，自行车铺天盖地，但因路窄，偶尔也会堵车。妈妈送我出门，终点站还要排队，分坐队与站队。我们选站队，反正一两站就到。公交站旁有个画像摊，给死人画遗像，不是对着尸体画，而是依照生前照片，我奶奶就有过这样一幅画。对面是沪西状元楼，糟卤老字号。隔壁的邮局，我此生写的第一封信，便是在这买了信封信纸邮票，寄给小学语文老师。她是来我们学校实习的漂亮姑娘，我才小学四年级，大概是喜欢她，至今记得她的回信。边上是新华书店，小学毕业前，我进去买了本《世界地图册》，看过不下五十遍，以至于我的初中地理成绩是全校第一。地图册还藏在我的抽屉里，早已彻底翻烂。还有游戏机房，常年有人打"街头霸王"或"三国志"，反正我从没挤进去过。

许多黑夜，我跟外公睡在一张床上，听苏州河的航船汽笛声，运来上游的农产品，春天的竹笋，夏天的西瓜，秋天的茄子，冬天的什么忘了，还有船上的老鼠。暑假的清晨，外公带我走过桥下的农贸市场，水桶里的活鱼用哀求的目光看你，宁可被流浪猫叼去化作猫屎。沿苏州河边走十分钟，就到中山公园后门，对面是华东政法学院。还有个精神病院。在我的童年里，曹家渡是个无所不有的国度，既有圣人，也有疯子。

此刻，站在教堂门口的小广场。华灯初上，车流如梭。新月被高楼顶施工的塔吊吞没。右边是后现代的玻璃幕墙商场，左边隔着万航渡后路是沪西电影院，背后藏着曹家渡花市。左斜对面是人气兴旺的悦达889广场。右斜对面三角形的街心花园，正是当年商店鳞次栉比的孤岛。状元楼、邮局和新华书店奇迹般地幸存下来，原地搬迁一百米，热闹市口不再,泯然众人矣。对面烧烤排档开张,曹家渡的黑夜烟雾腾腾。

四

猫王乔丹失踪的第二周,我在梦中跟小白重逢。它在我的潜意识之外,无主孤魂般流浪了二十年。缠满葡萄藤的院子,阳光像剪碎的玻璃纸。小白趴在我肩上,细长而坚硬的猫髭,刺破脸颊与颌骨,让我如一支冰激凌般融化。

手机响了,打碎这梦,小白比我更早融化,变成黑魆魆的天花板。忘了睡前关机,凌晨四点,哪个要投胎的来电?房产中介已加班敬业到如此程度?我选择接听,想知道电话那头是谁?

"这里是派出所,你是蔡骏吗?"

"对不起,警方提示这是电话诈骗,公安局没有所谓的安全账户。"我挂掉电话,重新蒙头睡下。根据我的经验,如果惊醒时间不长,被打断的梦是可以续上的。一分钟后,小白没有回到梦中,派出所的电话又来了,让我现在就去领人。

凌晨五点,派出所,我见到鼻青脸肿的老头。我怒不可遏,刚要向市局投诉,老头说:"他们没有打我。谢谢你过来看我。"

他坐在走廊的长椅上,用毛巾擦着额头的瘀青,像只等待宰杀的长颈鹿。

"谁?"

"花鸟市场。"

"天一亮,我就去找他们算账。"我虚张声势地撸起袖子管,老头指向对面——好几个头缠绷带的男人,鼻孔塞着棉花球,可怜兮兮地缩在墙角。

白天,老头去了曹家渡花鸟市场。那是个固若金汤的要塞,绝对可以防御重武器进攻。除了有个夜总会,底楼是几十家花店,价格比外面便宜很多,楼上是批发小商品的。花市靠苏州河的一边,有着鸟贩子的隔间,挂着成百上千的鸟笼子,从画眉到八哥、鹩哥、鹦鹉一应俱全——小时候我家里都养过,至今还有只会说人话的鹩哥。

此地是流浪猫的乐园,无它,有鸟尔。许多晚上关在笼子里的画眉,早上只剩羽毛和爪子。猫是鸟贩子们的公敌,他们想尽办法驱赶流浪猫,比如养狗、投毒等等。老头怀疑是这帮人害死了猫王,大闹花鸟市场,在多家鸟店翻箱倒柜,不慎踩死几只画眉。他被鸟贩子团团围住,一言不合,拳脚相加。老头的身板超过所有人,并不惧怕打架这件事,撂倒一大片人后,鸟贩子准备抄家伙,有人打110,警察及时赶到,不然就要吃亏。

老头和七个鸟贩子,一齐被派出所关了一宿。审讯确认鸟贩子最近没伤害过流浪猫,老头签字认错,双方都写了谅解书,彼此两不相欠。警察要求家属来领人,老头却报了我的电话。

"你没有子女?"

"嗯,我没结过婚。"

"也没亲戚?"

"有五个兄弟姐妹,但他们都死了,其他人几十年不来往了。"

"朋友?同事?"

"我的朋友都死了。"老头像吃了枪药一样回答,"除了乔丹。"

我提前终止这段对话,走到隔壁房间,向给我打电话的警察道歉,抓紧时间聊几句。他问我是不是老头的亲戚。我说不是,我们是老邻居(我没说谎)。我看到老头的身份证,才知道他的真实年龄:七十九岁。本以为他顶多七十岁。登记的身高有一米九二,年老后可能缩了一点。在他出生的年代是名副其实的巨人。

老头不是第一次来派出所。曾有居民报警,说他在公共绿地埋葬动物尸体,破坏环境传染疾病。派出所传唤过他几次,老头说这三棵樱花树原本就在他家门口,他有权在树下埋任何东西。三棵树长得格外旺盛，每逢复活节到清明节间，开满灿烂的樱花。许多人专程来拍照留念，作为曹家渡的一大景点。殊不知每片粉色花瓣里，都埋着一只猫魂。当樱花掉落成泥腐烂，大概就是猫儿们六道轮回的时刻。

我交了三千块保证金，将老头领出派出所。天蒙蒙亮，曹家渡上空闪着深蓝色的光。他吐掉嘴唇裂开的死皮："这帮鸟人，猫能吃掉几个雀儿？还不是关在笼子里闷死和挤死的？他们每弄来一百只鸟，路上就要死掉一大半。"

街边的早点摊开张，我给他买了豆浆和蛋饼。老头饿了一晚，接连吃掉四个蛋饼，才能补充巨大身体的热量。太冷了，我系紧纽扣，竖起衣领，煎蛋饼的地沟油烟，熏得我双眼模糊。

天彻底亮了，天主教堂的门打开。童年记忆里它并不存在。这两年搬回曹家渡，发现多了个教堂，但从未进去看过。

"从前这里有座庙，叫三官堂庙。"老头说。

"三官？"

"天官、地官、水官。"他给我解释。那时候香火旺盛，善男信女都来排队，"文革"期间被拆了。苏州河上的三官堂桥，也是因这座庙而得名。眼前的天主教堂，原本缩在长宁路的弄堂里，最早是一户姓曹的虔诚信徒捐献的房子，一般人路过看不到。

我们穿过小广场，踏上教堂门口的台阶。门不起眼，里面大厅却很气派，配着哥特式穹顶，纵深直达东罗马式祭坛，交错装饰着生命树、牛膝草、掌形花等《圣经》时代的植物。弥撒时间未到，已有教众陆续进来，多是白发老人。门后有个小小的告解室。有个老太太过来，用上海话向我说明告解由来，电影里神父假借忏悔传递情报全是瞎编的，以及我们所有人都是有罪的。老头不准我说话，拽着我坐到教堂中心的长椅。仰望墙上的彩色玻璃，画着《圣经》故事，比如偷食禁果的亚当夏娃，耶稣在约旦河受洗，在三棵樱花树下的流浪猫公墓就能看到。

"喂，老高！"有个大妈坐到对面，她穿着素净，打量老头的脸，"哎呀，你怎么了？"

"我没事。"老头粗暴地拒绝大妈的关心，他对我耳语，"我家隔壁邻居，烦死了！"

"又跟人打架了？还是为了猫？你看你都几岁了？"大妈喋喋不休，钻进旁边小房间，拿出药膏和药水，直接搽到他受伤的部位。

"弟弟配合一下。"大妈下了命令。我抓住老头双手，不让他犟头倔脑。大妈是他的克星，手势颇为专业，退休前是地段医院护士，关照每天抹三次药膏，很快就会痊愈。

"你第一次进教堂吧，老高？"大妈给我们拿了两瓶水，看得出她年轻时是一枝花，口齿也伶俐，"看到你这副样子进来，我蛮心疼的。不过嘛，我又很高兴，只要进了这扇门，就离主又近了一步。"

老头白了她一眼，嘴上却言不由衷："蛮好，蛮好。"

"在这里要庄重！你看祭坛上那幅画——喂，不准对圣像拍照片！"大妈教训起来，我被迫收起手机，听她用字正腔圆的普通话布道，"大天使弥额尔，上帝指定的伊甸园守护者。你看他是个金头发的男小孩，手握大天使之剑，在跟撒旦的七日战斗中，将撒旦踩在脚下。"

画像上面有一行字母 Quisut Deus——我估计是拉丁文，问了句："阿姨，那是什么意思？"

"谁如天主。"

十年前，大妈的老公生癌症死了。第二年，她受洗进了教门，那时教堂还没搬来。她成了义工，坚持每天做弥撒，发展了好多新教友。而她最想发展的对象，就是住在隔壁的老头。有时大妈还陪老头一起喂猫，对于他把教堂背后的三棵樱花树当作流浪猫公墓也不反对，本来欧洲的教堂就有墓地功能嘛。只不过，老头顽固地拒绝教化，更不肯踏入教堂大门一步。

"老高，你终于相信自己有罪了？"

"不，我是来找猫王乔丹的，它会不会藏在这里？"

这个回答让大妈很不高兴,但她笑笑:"没关系,信仰的大门永远为你敞开,就算你信了其他教门,也欢迎进来坐坐。"

弥撒开始。我和老头是异教徒,识相地告退。走下台阶,背对钟楼,面对曹家渡的十字路口。老头把手指放到嘴里,打了个呼哨,一伙流浪猫蹿出来,聚在教堂门口的小广场。他摸了摸它们每一个,依次叫出皮蓬、罗德曼、库科奇、朗利等最后一届公牛王朝球员的名字。唯独缺了乔丹。我的脑子里却闪过另一个人:"嗨,我能叫你'禅师'吗?"

"芝加哥公牛的主教练菲尔·杰克逊?"

公牛王朝让人难忘的,除了乔丹,还有绰号"禅师"的主教练菲尔·杰克逊。二〇〇〇年后,杰克逊又打造了科比的湖人王朝。"禅师"是球员出身,身高两米以上,最有名的动作,就是把双手小指,伸到嘴里打呼哨指挥球队。

老头欣然接受"禅师"这个绰号,打了第二个呼哨,流浪猫们闻声散去。曹家渡的太阳照常升起,从长寿路沿着13路电车的天线而来,金灿灿地照亮哥特式尖顶的十字架。

五

我决心帮助"禅师"找到猫王乔丹。

寻找一只猫，可能是一只成精的猫，就像破一桩离奇的杀人案。为这只猫，我都进过派出所了，我必须如名侦探那样小心翼翼，像女人笔下的小胡子波罗或马普尔大娘，又如男人笔下的私家侦探菲利普·马洛或酒鬼马修·史卡德，他们更似冷酷好斗的公狼。不过，单靠"禅师"的鲁莽（这可跟他的外号很不相称）往往适得其反，他绝不能再出去闯祸了。我想到一条柔软的线索——女人。推理小说在这种关键时刻，侦探往往会跟女当事人或女证人上床，但我不是这个意思。

我楼下就有一窝猫，有人支援硬纸板和破棉布，加上猫自己叼来的树枝。一只黄色母猫，带着三只小黄猫，其中一只腹部雪白。公猫早已始乱终弃。小猫刚断奶，深夜在猫窝外"喵呜"地叫着，长到三个月，母猫就会把它们赶走，以便自己再找公猫交配。小区最深的角落，有个物业废弃的小屋，挂着牌子："请勿将小动物遗弃在此！没有遗弃就没有伤害！望各位勿爱心绑架！也请勿随意糟蹋爱心人士放置的猫粮及用具，请不要再有此种失德之行。"此地总是堆着猫粮，几十个猫屋里有旧衣服和被褥，常有小猫在这出生和过冬。管理这个秘密基地的，是居民中的爱猫者，全是三十岁以上的女人。

秋风飒飒，天上有六十八年来最大的超级月亮。我带着一大包猫粮，来到秘密基地，遇到三个家庭主妇。一个脸上化妆，一个穿着拖鞋和棉袄，还有个叼着女士烟。跟"禅师"

相处久了，我认出这些猫是拉里·伯德、萨博尼斯、哈达威、麦克格雷迪。我有轻度自闭症，跟女人说话会脸红，但为了猫王乔丹，我觍着脸跟她们交换微信，每人送一本签名书。有个大姐热情地把我拉进"曹家渡流浪猫爱心群"。这个群有五十多人，我是唯一的男性。我发红包求转，张贴寻找猫王的启事。大家七嘴八舌提供线索，有的明显扯淡，有的自相矛盾，也有故意添乱的。

其实，我从不认为自己是爱猫人士。我想念的是陪伴过我的小白，而非猫这个物种。就像我也养过狗，养过兔子，养过乌龟和鸟。"禅师"拒绝参与聚餐，他跟那些喂猫的女人完全不是一路人。此人天生独来独往，如果我不是二十多年前的老邻居，也不是小白曾经的小主人，他不会跟我多说一句话。

我召集了爱猫人士的聚餐，挑了悦达889广场四楼的寿司店，玻璃墙对准曹家渡的十字路口，斜对面是天主教堂。这家店不贵，但符合她们口味。这些女人都比我有钱，老公不是当官的就是搞金融的，孩子也都不小了，才有闲工夫每晚出来喂猫。总共来了七个，全都精心打扮，各自暗暗较劲。其中一个日本主妇，小眼睛，高鼻梁，雪白的皮肤，会说简单的中国话，跟老公在我们小区租房住。我知道这些女人很寂寞，但我让她们失望了。她们的嘴唇如加特林机关枪不停，但我没聊任何猫以外的话题。

说到猫王乔丹，她们只知道猫王，不知道乔丹。NBA 巨星们是专属于"禅师"的秘密。但她们都知道"乌云盖雪"，还有黑猫白尾的"墨里藏针"、白猫黑尾的"雪里送炭"、黑猫白尾梢的"墨玉重珠"、白猫背上有黑斑的"将军挂印"以及全然纯色没有一根杂毛的"四时好"。但没人说起过白猫尾巴尖上有一朵火红，也许我的小白就是独一无二。于是，我给它也起了个雅号"飞雪封喉"。

这些女人说起猫来如数家珍。猫的黑夜视力是人类的六到八倍。我们双眼视野一百八十度，猫则有两百度。但猫不善于看远，只对眼前东西敏感。猫几乎是色盲，只能分辨蓝色和黄色——猫眼里的世界，我们都长着阿凡达的脸吗？猫能准确捕捉快动作，擅长抓老鼠捕鸟，但你要是给它做慢动作，它就不知所措了。

曹家渡的流浪猫，分为两类，一类是自然繁殖的结果，多是猫王的直系后代；另一类则是被遗弃的宠物猫，因为拆迁和旧区改造，有的纯属主人不负责任，少数是自己逃出来的。野外出生长大的猫，抵抗力和生存力都比较强，能自行寻找食物，也懂得如何躲风避雨度过寒冬。被遗弃的就很可怜，往往在饥寒交迫中死去，只能依赖爱心人士投放食物维生。

出乎意料，这一桌子女人都不喜欢猫王。她们常把流浪猫送去做绝育手术，这也是老头讨厌她们的原因之一。猫王攻击过一个女人，因为她抓了一麻袋猫去结扎——都是猫王的后代，它如魔王从树梢上跳下来，几乎抓破她的面孔。不过嘛，这件事仅限于口耳相传，无人亲眼见证，谁知道是猫王还是"小三"干的？

正说这段话的女人，一边吃着三文鱼刺身，芥末加多了，泪流满面。我请她们喝了贺鹤茂一滴入魂清酒，但我只喝玄米茶。掉眼泪的女人有四十了，留着日式大卷发，苍白的脸上长着雀斑。据说年轻时做过T台模特，不知有多少男人为她打破过头，如今围绕她的异性只剩下一堆被阉割的公猫。我避开她的目光眺望窗外，新月挂在对面工地楼顶，夜总会门口停满跑车。女人们酒酣耳热之际，忘了是谁起的头，聊起了"禅师"老头。

这个"长脚老棺材"啊！还会打呼哨召集流浪猫，像有法术耶。他会帮助怀孕难产的母猫，收养被遗弃的孤儿猫，但身上那味道重的啊，简直就是流动的毒气室！哎哟，有时我们喂猫，只要他走过来，大家就提前散了。对啊，我亲眼看到过，他像个骷髅一样，抱着死猫去教堂背后的三棵樱花树下埋葬，我是再也不敢去那个地方了。好邪恶！他什么底细？只知道他在曹家渡住了很多年，一辈子都没结过婚，怪得不得了……

一堆女人七嘴八舌，她们早就给老头起了"长脚老棺材"的外号。我插不进话，坐在寿司店的阴影中，打量她们放肆大笑的鱼尾纹，谈到恐怖传说时翻出的眼白，还有牙齿缝间来不及清理的米粒。但我知道，她们今晚都很快活，哪怕偶尔落泪。

晚上九点，我负责买单。日本女人喝了好多清酒，微醺中，被人扶到门口，却提供了一条线索——悦达889广场B1层有个宠物诊所，她们经常带流浪猫去做结扎。两天前，她看到有人带一只老猫来看病，同样是"乌云盖雪"的毛色，很像猫王乔丹。

我背她到宠物诊所。医生正收拾打烊，他被我们这群人吓到，以为日本女人犯了什么急毛病，抓紧时间请他这兽医来处理。他说很遗憾，老猫已病入膏肓，年龄估计在二十岁以上，当天就不治身亡了。

"死了？尸体呢？"

"第二天就处理掉了，集中运送到宠物焚尸炉，如果是有主人的话，还会提供骨灰。"

"流浪猫呢？"

"下水道。"

听到"焚尸炉"三个字，我想，绝大多数动物，更愿意埋在教堂背后，三棵樱花树下，而非奥斯维辛。

医生打开电脑，从文件里挑出一张照片说："我有个习惯，每只在我手里死去的宠物，都会给它拍照留念——喏，就是这张，是不是你们要找的猫？"

我盯着电脑屏幕，躺在托盘里的死猫，既瘦而大，纯黑身体与尾巴，雪白肚子和四肢，眼角有白色液体，可能是死亡时流出的脏东西。

真的很像猫王乔丹。

六

数日后，上海的气温再降。曹家渡的许多树叶，犹如城郊接合部洗剪吹染发的乡村少年，颜色从翠绿到金黄到咖啡色不等。"禅师"病了。他不认为病因是上回跟人打架，也拒绝承认年纪大了难以抵挡风寒，自称是为寻找猫王乔丹而急火攻心。

我陪他去过一次曹家渡街道医院，从他家抽屉最底下掏出发霉的医保卡和病历卡，发现他已有七年没去过医院。挂号和收费窗口排着长队，大部分人年龄并不比他大，乐此不疲地取着药。我帮他排队挂号，带他找到门诊医生。我看到女医生露出不快的眼神。她打开原本紧闭的窗户，一句话都没问，也没做任何身体检查，戴上一副大口罩，就在病历卡上龙飞凤舞。突然，老头从医生手中抢过病历卡。女医生猝不及防，但手指头抓紧病历卡的一角，直接撕掉半页纸。灰白的大口罩后面，惊恐的双眼闪烁，爆出一句愤怒的上海话："侬啊是有毛病啊？老棺材！"

老头已摔门而去，穿过狭窄曲折的走廊和楼梯，冲出街道医院。深秋街头，遍地落叶，犹如烤煳了的煎蛋。我在后面追问他啥事体。老头像只炸毛的老公猫说，那个女医生嫌鄙他有一身猫味。我苦口婆心劝他回去，徒劳而已。

"禅师"固执地不去医院，在家里煎了好几包中药。次日，我去找他，刚走进楼道，鼻子里全是苦兮兮的味道，令人回想起住在这栋楼里的旧时光，疾病缠身如药罐子的外公。我在门口碰到隔壁的大妈，天主教堂义工，也是居委会成员。大妈说，邻居们投诉过无数遍，说老头家里太臭，总有流浪猫翻墙进出，有时跑错到别人家。但老头屡教不改，宁愿跟整栋楼的邻居为敌。有些楼上的家伙不怀好意，把脏东西直接扔到底楼天井。她让我劝劝老头，喂流浪猫不是不行，但要掌握分寸。我看着大妈胸口晃着的十字架，摇摇头说我尽力吧。

一进门，"禅师"问我："隔壁的寡妇又说了什么？"

"哦，让你注意身体，有病一定要去看病，不要关在家里煮中药，邻居们又要投诉103室的怪味道啦。"

"放屁！"他绝对是在门后偷听呢，"不要把她的话当回事。"

"她喜欢你吧？"我想我说出了真相。

老头关掉煤气灶的火，从铝锅里倒出一碗中药，味道像发霉了七天的猫屎。他把我引到客厅，故意把电视机的音量调大，低声说："我早就知道。"

两只流浪猫从我脚下蹿过，看起来有气无力，大概被中药味熏的。他正在看NBA，洛杉矶湖人对金州勇士，杜兰特又一个暴扣，斯台普斯球场鸦雀无声。第三节休息，大胸妹子啦啦队上来跳舞，我放下一筐水果，抱起名叫帕克的花狸猫。"禅师"非但不谢，反怪我没带猫粮。

老头掏出个铁皮罐头，黄色与红色包装，印着"乐口福"三字。他用指甲撬开盖子，倒出黄色粉末，用热开水冲进搪瓷杯。屋里除了中药和流浪猫的气味，多了浓浓的奶粉与可可味。麦乳精？他说放心喝吧，没变质，现在超市里还有卖。我啜了一小口，果然是童年味道，极甜而腻，尤其黏稠，现在没人受得了。时光在此折叠，而我上次喝麦乳精，也是在这个房间，外公亲手给我冲的，而他已没了二十多年。

我家还在曹家渡的时光，外公住过多次医院，未能逃脱最后一次。有一晚，我从医院探望出来，独自走了好久回家，沿着江苏路到三官堂桥，眺望整个曹家渡。也许年轻气盛的猫王乔丹，就藏在某个屋顶的瓦片间。一抬头，意外发现满天星斗，那是在上海能用肉眼看清猎户座三颗星星的最后一年。那年深秋，外公没了，我家从曹家渡搬走。小白死后，我爸养了几十只鸽子。我还有两只长毛兔，一只小乌龟，一对虎皮鹦鹉，家里一度挂满圆的方的各种鸟笼。更别说蟋蟀、金蛉子、叫蝈蝈……爸爸被迫杀死鸽子和兔子，煮了一冰箱的鸽子汤与兔头，精心修理的花园变成荒芜的"圆明园"。

当我说起悦达889广场宠物诊所提供的线索，"禅师"吐出一口痰："猫有九条命，猫王就有九十九条命，它不会轻易死的，除非见到尸体。"

一九九五年，乔丹成为方圆一公里内的猫王，统治核心在苏州河边的菜市场，连续让三十六只母猫怀孕生了上百只小猫。流浪猫家族风调雨顺，公猫荷尔蒙旺盛，母猫春心荡漾，老猫身体健康，该交配的都交配了，绝无剩男剩女，几乎每一窝小猫都存活了。大量居民投诉，流浪猫发情叫春扰民，影响准备高考的孩子复习。许多人家过年把咸鱼、风鹅吊在阳台上，常常半夜被飞檐走壁的贼猫掠去。秋冬季，马尔萨斯理论应验，恰逢严重的通货膨胀，菜市场价格暴涨，肉食供应紧张，水产尤其金贵。僧多粥少，要贴秋膘的猫，饿得皮包骨头。往年是鼠患猖獗，而这一年的老鼠被猫吃光了,曹家渡猫满为患,大街上有成群结队的猫族出没,根本不惧怕路人,犹如打家劫舍的强盗,看到好吃的就蜂拥而上,引起街道党委的高度重视。曹家渡分属三区,干部们隔一条街老死不相往来,此番打破行政界线,坐在沪西状元楼开现场办公会。一众人酒足饭饱,糟溜黄鱼和醉鸡在胃里发酵,联合发起规模空前绝后的"灭猫运动"。各居委会大妈带头,在主要路口张贴横幅"严格执行计划生育,严厉管控野猫数量"。计生委传授各种绝招,大量投放含有毒药和避孕药的猫食;联防队员彻夜巡逻,看到流浪猫就用网兜捕获,送去猫肉煲批发市场;他们在流浪猫最喜欢出没的地方,放置危险的捕兽夹,夹伤了一个男孩的腿才撤掉。每天早上,都有几十只猫横尸街头,更不用说在阴沟里饿死与冻死的,死猫腐烂的臭气熏天。一九九五年是中国乙亥年,"禅师"将之记录为"乙亥之乱"。猫王为保护家族,跟三个街道的干部,进行持久而惨烈的对抗,无数次偷袭联防队员,许多人被它抓伤咬伤。它甚至夜闯街道办公室,在主任的桌上留下猫屎,撕烂"灭猫运动"的红头文件。街道办恼羞成怒,贴出告示,悬赏两百块,捉拿"恶猫",打死也给钱。每天都有"乌云盖雪"的死猫送到街道办,无法确认是否猫王,一律给两百块打发了。冬至过后,"禅师"给电视台写了封信,晚间新闻报道了"灭猫运动",市领导刚出国考察归来,有感于猫狗在国外地位崇高，亲自下了条子，批示这种"运动"劳民伤财，破坏投资环境，有违国际大都市形象。"灭猫运动"无疾而终。经此一役，到了一九九六年春节，猫王家族的种群数量降到不及五十只，处于灭绝边缘。第二年，曹家渡的老鼠泛滥成灾，街道办再次动员居委会大妈张贴横幅，开展了一场声势浩大的灭鼠运动。

说话之间，有那么几秒钟，"禅师"变得一动不动，仿佛一具骷髅，或一尊化石。我不太相信如此戏剧性的故事，一九九五年的"灭猫运动"，更像天方夜谭。不知不觉，麦乳精已见底，我的胃里装满奶粉、可可豆、小麦粉。这个布沙发有热烘烘的猫味，让我像个小男孩昏昏欲睡，我随口说了句："禅师，你这个故事足够拍一部电影了！"

"电影？"老头像个侏罗纪公园的长颈龙起来，"我想起一个地方——沪西电影院，放映厅楼上有很多猫窝。有一年，猫王乔丹是在那里过冬的。"

七

第一次到沪西电影院，约是一九九〇年的暑假。我记得是部美国科幻片，最后是座海岛，有戴草帽的巨大石像，多半是复活节岛,发现史前的地外文明。放映厅黑漆漆的,冷气开得很足,银幕上的画面让我害怕。走出电影院,回到烈日下,双眼被晒得睁不开,只觉得生活在社会主义中国真幸福,至少外星人不敢入侵我们神圣的祖国,不是吗? 那时候,沪西电影院有个巨大的圆弧形门面,不可一世地坐落在曹家渡五岔路口的东北角。大门两边的海报,画着最新的美国或香港电影。直到搬家离开曹家渡,才知道那些片子早已过时。

夜深后,我把车停在花鸟市场,出门右拐,一楼东北饺子馆,二楼香辣蟹,三楼才是电影院。顶上有栋三十多层的高楼,停业施工了整整五年。楼顶伸出个巨大的塔吊,宛若《星球大战》的飞船,永远悬挂在曹家渡中心的十字路口上空。沿街有个不起眼的售票窗口。午夜有三场电影:郭敬明老师的《小时代》、卡梅隆老师的《阿凡达》与《泰坦尼克号》。

三选一,我勾3D修复版《泰坦尼克号》。

坐电梯上三楼。早已不是童年的电影院,墙上贴着过期的海报,从《重庆森林》《大话西游》《黑客帝国》再到《暮光之城》。我看了眼电影院的介绍——始建于一九二六年。共产党与国民党还在蜜月期,北伐军刚从广州启程。曹家渡属于北洋军阀地盘,但不妨碍歌舞升平,阮玲玉甚至还没出道,人们只能看无声电影。九十年后,我独自坐进幽暗的午夜场,怀疑是否再次看到黑白默片。按照那个时代的习惯,影院里有一支管弦乐队，为银幕上的无声对白配乐，在大西洋的落日里响起 *My Heart Will Go On*。

戴上3D眼镜，艨艟巨轮驶离英格兰海岸，茫茫无边的大西洋上，嫩得出水的莱昂纳多·迪卡普里奥面向镜头，救下将要轻生的露丝。放映窗里射出一束白光，银幕时而昏暗时而刺眼。整个厅里只有两名观众。她与我相隔三排座位，清汤挂面的长发间，脸庞被黑色眼镜遮挡。

一个半钟头后，巨轮撞上冰山。3D效果让我产生一种错觉，仿佛被冰刀刺破肚子。紧张时刻，背后传来什么声音，会不会是猫王乔丹？我一回头，看到长发妹正哭得稀里哗啦。犹豫两秒，我坐到她的身边，掏出餐巾纸给她。恰好银幕上灯火通明，她摘掉眼镜，看来与船上的露丝年纪相仿。

"我吓到你了吧？"她擤着鼻涕，泪水反射朦胧的光，像黑夜里流浪猫的眼球，"这部电影我看过十二遍，每次看到这里都会哭。"

"没关系，谢谢你，让我没有一个人看电影。"黑漆漆的电影院，只有我们两个人，我担心被当作骚扰的痴汉，"请问，你有没有看到过一只猫？"

她在黑暗中注视我的双眼，开出一张不是变态的鉴定证书："你的猫长什么样？"

"不是我的猫，它是曹家渡的猫王。"我越是显得一本正经，就越是显得有精神病。然后，我用了漫长的三分钟，详细描述猫王乔丹的所有特征。

她戴回3D眼镜，不想漏过泰坦尼克号的沉没："我记得这只猫，在我楼下看到过两次。"

突然，她尖叫。我没有占人便宜，打开手机光束照着地下，座位尽头蹿过一条黑乎乎的尾巴。不是猫，是老鼠。她没逃跑，只是换了个座位。她说常来这里看午夜场电影，但没遇到过老鼠，真是见了鬼。泰坦尼克号彻底沉了。如果，船上有只叫乔丹的流浪猫，是从冰海中逃生还是伴随成千上万只耗子沉没？电梯停了，只能走楼梯下去，我没有发现猫王的踪影。

影院门口是露天排档，戴白帽子的人在烤羊肉、板筋和鸡翅。惨白路灯下，烟雾浓重如灰色的云，被寒风糅杂上夜空，横亘在天主教堂的十字架上空。食客们坐在小板凳上，多是刚从附近各家娱乐场所下班。撸串的还有两个老外，斯拉夫人长相的金发美女，身材甩了露丝不知几条街。子夜后，秋风甚紧，我们坐在小方桌边。这边厢寒露逼人，我的鼻涕与眼泪同时掉落，用光了一包餐巾纸。她倒不怕冷，风吹得发丝乱飘，露出一截子雪白脖颈。

"我叫小鱼。"她补充一句，"我姓鱼，你知道鱼玄机吗？"

"嗯。"我知道那个唐朝女人，有人说她是荡妇，但我不能这么跟她说。

她又说，猫爱吃鱼，她天生怕猫。小时候，碰到猫毛就全身过敏，医生说严重点会要她的命。烤鱼来了。我隔着烟尘看她，像看一条刚被猫逮住，还没被刮鳞的活鱼："那你不适合住在曹家渡。你来这里多久了？"

"不到一年。"小鱼是北方人，眼睛细长，薄嘴唇，高而直的鼻子，像只白猫，"你呢？"

看着空旷的十字路口，我想了想说："二十多年。"

"哇。"她吐出烤鱼里小刺问，"你为什么要找那只猫？"

"为什么？"这个问题难倒了我，"不知道。"

我啃着烤串，转头看马路对面，哥特式的教堂钟楼下，有只通体雪白的大猫走过。我在"禅师"家里看到过它，名叫保罗·加索尔。

小鱼的话不多，但比我多一些。拉拉杂杂说了几回合，像剪碎了的电影蒙太奇。我大致听出，她在曹家渡的写字楼上班，住在旁边的高层小区，租的单身公寓，养了两只仓鼠。

"喂，我家楼梯走道里，有一窝被母猫遗弃的小猫。但我不能养猫。既然你喜欢猫，求求你把它们抱走吧。"她咬着我的耳朵说。我在群里听说，偶尔会有母猫遗弃小猫，多半是初次怀胎，相当于我们的少女妈妈，毫无经验，自己也被生孩子吓坏了。

离开排档，走几步就到她的公寓楼。小鱼在前面，头发丝几乎飘到我眼里，带着烧烤的烟熏味，让我忐忑不安。这块地皮当年是上海绢纺厂，初中时，老师带我们来这个厂实践劳动过，不知哪一年关门拆了。她按了电梯的十九楼。幽闭空间，带着两个人扶摇直上。也许不存在被遗弃的小猫，只是个露水姻缘的借口。我很想随便按个楼层逃跑，但为时已晚。我们出了电梯，走廊很长，全是小户型单元，出租给外来人员，租金在四千到六千。

"小猫在哪里？"我煞有介事地问了句。没想到，她领我到逃生通道，推开一扇防火门，果然有个纸板箱的猫窝。我看到被褥，还有猫粮和猫砂，最后是四只小猫。

然后，我听到了小鱼的尖叫。

它们都死了。一窝小猫，总共四只，血肉模糊，墙壁和楼梯上，沾满血污，就像《德州电锯杀人狂》的拍摄现场。我能闻到空气里刚飞溅过血珠子的味道，在半封闭的逃生通道中挥之不去。我的鼻子颇为恐惧地连打七个震耳欲聋的喷嚏，恐怕惊醒了整层楼里熟睡的人们。我强迫自己靠近猫窝，像个勘查现场的刑侦人员。这些猫都被开膛破肚了，内脏和脑浆四溢。猫窝还有余热，说明惨案刚发生不久，与我在隔壁电影院看《泰坦尼克号》同时？

我把小鱼送到家门口，然后说再见，没有交换联系方式。

猫王乔丹

八

虐猫？

以前不是没发生过，比如杀流浪猫冒充羊肉串。"禅师"说曹家渡的地下有股戾气。七十年前，当他光着屁股在苏州河里游泳，此地尽是妓院、赌场与鸦片馆，或三者合一。曹家渡既是贫民窟，也是销金窟，更是亡命窟。一九四九年后，三官堂桥下的咸肉碎尸案，死者身上有副带小孔的扑克牌，公安局遂据此破案，凶手是变扑克牌戏法卖圆珠笔的小贩。

教堂背后的三棵樱花树，"禅师"代替法医，检查被虐杀的三只小猫。伤口不是被刀切开的，而是某种锯齿状的工具，异常残忍。若是人类所为，绝对畜生不如。我问，会不会是公猫干的？偶尔公猫会杀死小猫，为了提前与母猫交配。这种事一旦出现，猫王乔丹便会立即干预，犯事的公猫会遭严惩，轻则终生驱逐出曹家渡，重则横尸街头以儆效尤。我用铁锹挖开树下泥土，随处可见猫的碎骨头。个别头骨还很完整，跟活猫的形状完全不同，像某种史前怪物。

"一九九九年，我在这里埋葬了至少三百只流浪猫。"老头回忆，那年夏天，三角形小草坪光秃秃的，四周竹林低矮。

如今的教堂还没影子，曹家渡依然是五岔路口，沪西电影院刚被改造。

公元后第二个千年结尾，传说世界末日将临，八月十三日英仙座流星雨的一夜。虽然，全人类平安过渡到了新世纪，但对曹家渡的流浪猫来说，一九九九年是个不折不扣的世界末日。老头将之命名为"流星之疫"。中世纪的黑死病，杀死过一半的欧洲人，从一三四七年一艘来自黑海的帆船里的老鼠开始的。一九九九年的"流星之疫"，也来自苏州河的樯橹。那艘运鲜肉的船上，蹿出几千只老鼠。港务部门禁止该船靠岸，但老鼠都是游泳健将，化整为零，密密麻麻爬上堤岸。猫王乔丹率领它的家族，守候在河边各个角落，逮住老鼠们大快朵颐，吃不下也得弄死。曹家渡鼠尸遍野，环卫局打扫了整整一昼夜。

七天后，瘟疫暴发。老鼠对猫的报复。轮到流浪猫横尸街头，皮肉溃烂，口吐白沫，眼珠弹出，从长宁路到长寿路臭气熏天。环卫工不敢再来处理尸体，因为有老鼠的前车之鉴，害怕传染上什么毛病。只有"禅师"亲手埋葬了三百只死猫，公墓就是那三棵樱花树。不仅草坪，还有旁边的竹林和绿地，全被他用铁铲耕耘了一遍。接触过那么多死猫，人们都认为老头必死无疑，看到他就远远躲开。隔壁邻居简直用消毒药水在洗澡。然而，老头活得好好的，曹家渡的流浪狗也安然无恙，更无任何人染病。据说这是某种潜伏多年死灰复燃的病毒，但只传染猫和老鼠这两个物种，对人类和其他动物完全无害。原来，猫鼠才是同生共死的关系。

猫王乔丹捕鼠最多，当然没能逃过病毒，尽管身强体壮，这次也病得奄奄一息。为了救猫王的命，"禅师"骑着自行车，把它放在网兜里去找医生。那时宠物诊所很少，他跨过三官堂桥，沿着曹杨路往下骑了四十公里，找到乡下的兽医站。猫王吊了一星期药水，老头就住在乡下，白天一刻不离地盯着，晚上睡在它身边。他知道乔丹的脾气，哪能安分守己接受输液？

终于，猫王起死回生，老头又骑着自行车把它带回曹家渡。染上瘟疫的流浪猫，差不多都死了，幸存下来如猫王的不过寥寥数只。四年后，当"非典"来袭，曹家渡街头人迹寥寥，倒是成群结队的流浪猫们，放心大胆地躺在大好春光下晒太阳。

天冷后，黑得早，教堂尖顶化入天空。三棵樱花树下，我代替"禅师"挥舞铁铲，埋上最后几抔黄土。这窝不幸的小猫，很快会变成一堆骨头。我是斯蒂芬·金的脑残粉，他的《宠物公墓》写一只被阉割的猫，被公路上的车撞死。它被男主人埋入宠物公墓，当晚就活着回来了。虽然还是那只猫的身体，灵魂却早已被替换……这是我读过的恐怖大师最恐怖的小说。如果，这三棵樱花树就是宠物公墓，我的小白是否早已复活？

葬礼毕，围观默哀的流浪猫散去，就像殡仪馆散场的人群彼此寒暄，互相给个眼神或蹭一蹭痒，想想身后事，也是猫间十五年，与天地长久相较，如梦又似幻；一度得生者，岂有不灭者乎？织田信长若是只流浪猫，作为尾张的猫王，前往桶狭间奇袭来犯的骏河猫王今川义元，大概也会如此高歌一曲。那么猫王乔丹，在整个上海西区的流浪猫战国中，究竟是怎样的一个角色呢？至少不是老乌龟德川家康。鉴于猫的平均体重只有人类的十五分之一，在猫的眼中，人类的一切都要放大十五倍。我们的住房就是宫殿，小区和商场都相当于小型城镇。曹家渡，则是布满高耸入云的钢筋山峰，内里连接无数层复杂如迷宫的宽阔山洞，平畴阡陌由沥青浇灌，白线与黄线纵横之间，飞奔着危险的钢铁巨兽，再不济也是"突突突"的助动车铁马，其间点缀着山川密林、丘陵沟壑，真是个阿西莫夫笔下的未来国度。面积远远大于梵蒂冈，介于新加坡与马耳他之间。人类是这个国家白天的主人，猫王乔丹就是黑夜的帝王。

"禅师"抬头看着对面的高楼，他猜那个虐猫的变态，很可能住在那栋楼的某个窗户里，说不定正躲在窗帘背后，拿望远镜窥视我俩呢。我有些担心，猫王乔丹虽有九十九条命，但碰到这样一个魔鬼，恐怕也难以侥幸逃脱。但我没有放弃，发动了我微博上的二百八十万粉丝，还有微信公众号、今日头条、知乎专栏，以及一切可以动用的资源，甚至惊动了静安区团委，帮助我发布寻猫启事。

但我知道，最终能找到猫王乔丹的人，唯"禅师"一人。

九

不知从何时起，曹家渡成了风月地，密集盘踞着几家有名的夜总会。我有个小学同学，外号"麻皮"，当年家住大自鸣钟，这几年还有联系。他约我吃了顿饭，胡扯些半真半假的风流韵事。他说附近有家夜总会，以前经常请客户玩，但最近不能去了。我问他原因。麻皮掏出块手帕，耐心地叠成小老鼠形状："鼠灾。"

"带我去看看吧。"我低头摸了摸皮夹子，"我请客。"

夜总会就在隔壁，却已门庭冷落，原来的豪车都不见，倒是停满了助动车。小弟殷勤地把我们引入大厅，红地毯两边布满老鼠夹与粘鼠板，正好有只灰老鼠被粘住，发出吱吱的惨叫声，被小弟丢进滚烫的开水桶，扑腾几下发出滋滋的火锅涮肉声后安静了。装饰着LV、迪奥与爱马仕LOGO的包房，悬挂拿破仑在奥斯特里茨战役的油画，皇帝的左颊有道伤口，乍看是被库图佐夫的士兵用燧发枪狙击的，其实是被老鼠咬破的。沙发角落里散落大大小小的糖丸，若是警察来了必当作摇头丸的证据，旁边却压着文字警告"老鼠药，请勿食用"。

麻皮说，原本这家店一只老鼠都没有，但在短短两个礼拜，老鼠从厨房、厕所发展到包房。夜总会想尽各种办法，无法解决鼠患，客人与漂亮姑娘们一个个被吓走。

"养猫呢？"

"早就试过了，那些宠物店买来的猫，看到老鼠就吓得屁滚尿流。"他拍拍我的肩膀，吩咐妈咪把姑娘带出来，"现在剩下没逃走的，都是些歪瓜裂枣的，你可别看恶心了哦。"

妈咪只带进来四个姑娘，前面三个确实吓到我了，但我认出了最后一个。

"小鱼？"

她戴着沉甸甸的假睫毛，脸上抹着厚厚的艳丽妆容，我依旧喊出她的名字，就像一只猫看到出水扑腾的鱼。跟我在沪西电影院看过《泰坦尼克号》的姑娘，仿佛在灌满冰冷海水的宴会厅中，她认出了我，低下面孔，转身就走。

麻皮却说："等等！这姑娘不错啊！"她被拽回来。麻皮把她让给了我，毕竟今晚我买单，而他挑了个《葫芦兄弟》里蛇精脸的姑娘。麻皮开心地喝着小酒,催我点歌。而我沉默是金,不敢看身边的小鱼。她倒是唱了首席琳·迪翁的 *My Heart Will Go On*。妈的,她唱得真好。麻皮完全听呆了。MV画面是电影原版。纵然一只老鼠从墙角蹿过,也打不断这良辰美景。

一曲终了,麻皮起身鼓掌,敬了小鱼一杯。她不推辞,豪爽地一饮而尽。麻皮的兴致来了,点了首《黑猫警长》,抓起话筒高歌:"眼睛瞪得像铜铃,射出闪电般的机灵。耳朵竖得像天线,听着一切可疑的声音。你磨快了尖利的爪,到处巡行。你给我们带来了生活安宁,啊哈哈啊啊啊! 黑猫警长! 啊哈哈啊啊啊! 黑猫警长……"

酒过三巡,麻皮夸我的歌也唱得好。我笨拙地面对点歌屏幕,按照歌手点歌的菜单里,看到个熟悉的名字。当我还住在曹家渡,一天在学校早操前排队,有个同学突然说陈百强死了。于是,我点了《一生何求》。这是个TVB剧的主题曲,唱到副歌,仰头发出高音,天花板的边角线,爬过七八只黑色的大老鼠。它们真有音乐细胞。

但我听到了姑娘的尖叫。我继续唱,直到把高音唱破,地板上钻出几十只老鼠。也许是我唱得太过投入,仿佛被歌手灵魂附体,引来整个夜店的鼠类,汹涌的灰色洪流。麻皮还没喝醉,他也逃遁无踪。小鱼夺过我的话筒,低声问:"你

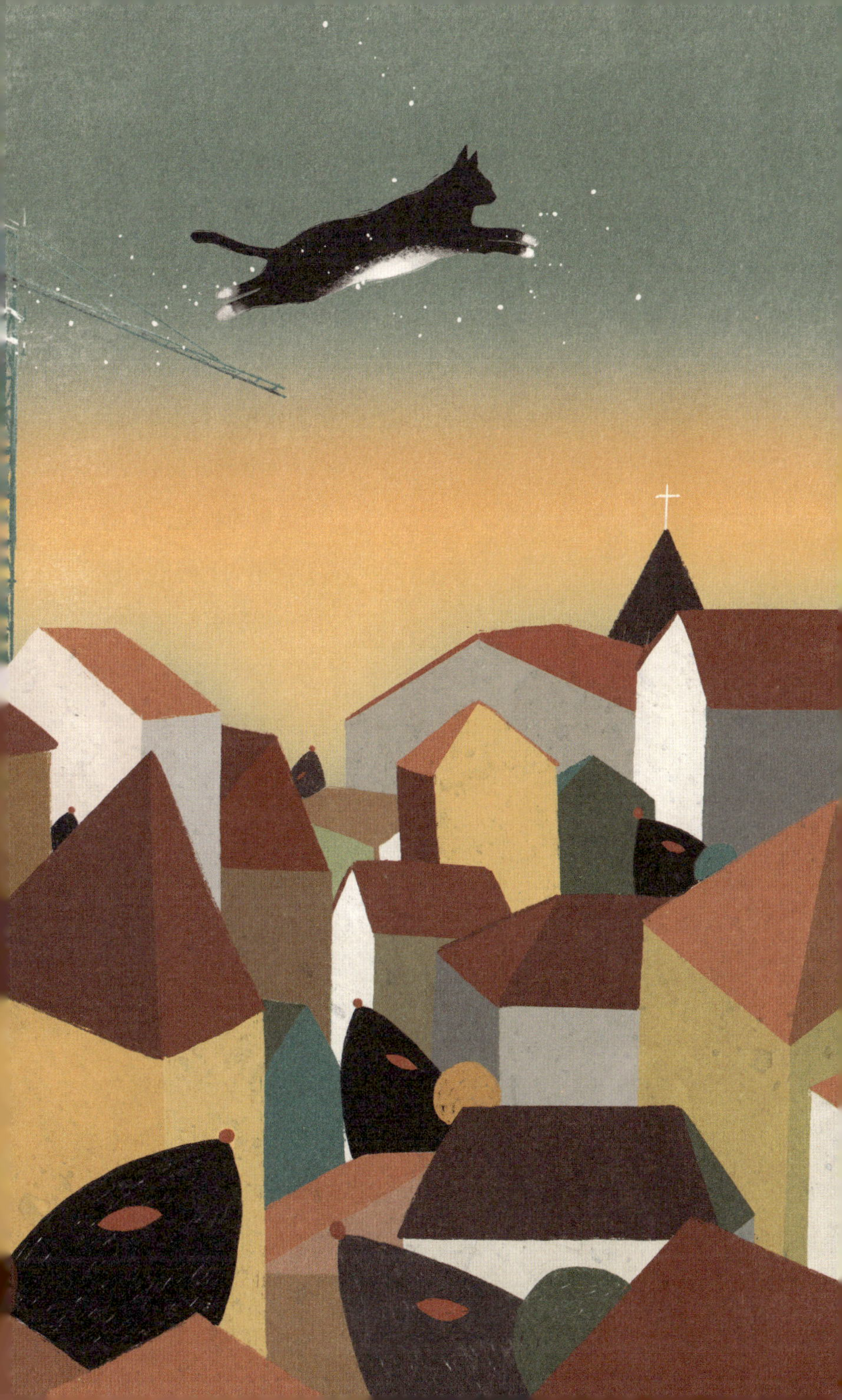

猫王乔丹　杜凡　绘

走吗？"我抓着她的胳膊，冲出老鼠们的包围，跳梅花桩似的踮着脚尖，以免踩死这些小动物。

一路狂奔，逃出夜总会。我深呼吸，寒夜里的空气，带着浅浅的雾霾。望向曹家渡的中心，永远施工中的高楼，彻夜响着机器轰鸣。"你还会来吗？"我问小鱼。但她摇头，金黄色的路灯光束，笼罩脸上半寸厚的粉底，宛如敦煌洞窟里的画像。她卸掉假睫毛，拎着LV包走入黑夜。不晓得是去看一场午夜电影，还是去哪个男人身边？我独自走到十字路口，凝视头顶高耸入云的施工塔吊，仿佛一根刺入星空的巨大阳具。

十

"你谈过恋爱吗？"

"谈过。"

"嗨！什么时候？在哪里？她是谁？漂亮吗？个子很高吧？"我的脑子抽筋，莫名向"禅师"提出这一连串问题。这不符合我的性格。对于七十九岁的老头，一辈子没结过婚，我不可能得到真实的答案，我想。

"在部队里，你猜得没错，她差不多跟我一样高，也是打篮球的。"

"跟你很配啊，为什么没结婚？"

"她死了。"老头放开双手，怀里一只叫基里连科的大白猫，喵呜一声跳走。

不知是中药起了作用，还是身体底子太好？他的病基本痊愈，但后背再也不能挺直，像只阿拉伯的老单峰驼。"禅师"说出去找找猫王乔丹。我陪他走出孤零零的六层楼房，回望我住过四年的旧地，像一座关门歇业的博物馆。种着玻璃碴的墙顶，走过一黑一白两只流浪猫，也许是对刚打得火热的情侣，明天又会各奔东西。猫就是这样的物种，淫荡滥情并且天亮说分手，很适合为约炮软件代言。

爬上横跨苏州河的桥面，对面有个地铁站，过桥步行几分钟就到曹家渡的中心。这条河的两岸布满高楼，偶尔点缀几块绿地，包括天主教堂背后的三棵樱花树。曹家渡花鸟市场，坚固而硕大的四层楼房，仿佛扼守着河岸的巴士底狱堡垒。武宁路桥被改造成山寨版的巴黎亚历山大桥，每夜灯火通明地照亮可笑的欧式雕塑，大概为了跟家乐福的法国外墙保持一致。

河面上卷来刺骨的风，老头穿着羽绒服，白发被吹得像只毛茸茸的猫，高得就像桥上的路灯。他盯着桥栏下面，静水深流的苏州河："一九四九年夏天，我在这条河里游过泳，就是从这个位置跳下去的。"

刹那间,我几乎要搂住他的腰。"禅师"放声大笑,骑助动车路过的快递员用异样的眼光看他。

"不要怕,找不到猫王乔丹,我是不会死的。"老头说。

他生在三官堂桥下的老房子里。那一年,曹家渡的太平岁月终被打破,太阳旗飘扬在上海天空,数万难民从闸北虹口逃亡而来。老娘被炮声吓得没了奶水,只能用米汤把他喂大。他爹是英商电车公司的司机,每天威风地驾驶有轨电车在曹家渡与南京路间来回。不知何故,爹娘与兄弟姐妹都是中等个头,他却比别的孩子大一圈,被叫惯作"长脚"。对面工厂有个日本工程师,他的小女儿带来一只叫小雪的白猫,他在马路边种了三棵樱花树,据说是从京都带来的种子。天皇在广播里宣读投降诏书那天,工程师仓皇逃回日本。一年前,他的女儿就得白喉死了,小雪被遗弃成了流浪猫。七岁的"禅师"把它捡回家,在第二次世界大战的胜利日,展开七十年的养猫史。据说,我的小白就有这只猫的血统。

四年后,小雪病死,他又养了三只流浪猫。解放军进上海,一支炮兵部队过曹家渡,他抱着三只猫,挤在箪食壶浆的人群里,盯着乌黑发亮的炮管,发誓这辈子要当炮兵。十七岁,他如愿以偿成为炮兵团最高大的士兵,连长说他是填弹手的好料子。恰逢军区组建篮球队，教练看中他一米九的个头，立刻挑进体工队。他对篮球一窍不通，对连一次开炮机会都没有过耿耿于怀。

隔壁的女篮队里，有个叫小雪的姑娘。哈尔滨人，皮肤白得吓人，据说有一点点白俄血统。她的弹跳力出众，既可在内线单打，也能拉出来投三分，最强是篮板。多年后，"禅师"还记得小雪半夜打开球场，单独训练他上篮和罚篮的基本功。矫正投篮手形时，不可避免身体接触，他的心脏怦怦乱跳，像只死里逃生的猫。他们谈了七年恋爱，但有一个约定，必须进国家队才考虑结婚。三年困难时期后，她入选了国家队，他因基本功太差而落选。一九六六年夏天，军区篮球队的最后一场比赛，小雪突然摔倒在球场上。当他背着她跑到医院，她的心脏安静下来，在他的背上渐渐变凉，像那只叫小雪的猫。

小雪死于马凡氏综合征。这是一种先天疾病，患者身材高瘦，手脚细长，容易心脏病发猝死。很多NBA的巨星，都在现役或退役后死于马凡氏综合征。

"但我没这种病。"老头补充一句，伸出巨大的手掌，抓紧桥栏杆，"你满意了吗？"

"对不起。"我为好奇心向他道歉。

那年夏天，他从部队退役，回到原籍的上钢八厂，做了一辈子机器修理工。钢铁厂在曹家渡隔壁的武宁路桥下,紧挨我念过的五一中学,每次路过大门,都能望见整堵墙上豪迈的标语:"全世界无产者,联合起来!"仿佛从切·格瓦拉到加西亚·马尔克斯还有菲德尔·卡斯特罗纷纷遥相呼应。曹家渡、大自鸣钟还有曹杨新村,住这一区的多是工人阶级,我也是工人的儿子。中学毕业后第二年,我们学校就被拆了,原址造起金碧辉煌气象万千的夜总会,与斜对面的"天上人间"并称魔都夜生活"双璧"。唇亡齿寒的上钢八厂,在"禅师"退休前一年,联合了"全世界无产者"一并化为废墟。至于,他回上海以后的五十年,有没有再谈过恋爱?我没问下去。

夕阳洒在苏州河深灰色波纹上,像一整块打碎了的玻璃。我幻想看到猫王乔丹走过屋顶瓦片。乌云盖雪的皮毛,洒上一层金黄光芒,如油香四溢的焦糖布丁。我们下桥。遍地法国梧桐的枯叶,被狂乱的西风召唤,如一大群黄皮老鼠狂奔而来。

十一

我陪"禅师"在苏州河上吹风的第二天,隔壁的大妈传来消息：教堂出大事了。

天蒙蒙亮，我和老头赶到教堂。好几个义工守在门口，更多的流浪猫蹲守在台阶前。它们的耳朵都往后竖，眼睛细眯起来，焦躁不安地来回走动。"禅师"说，猫的每种动作都有不同的含义，这个就说明看到了某种猎物。大妈给我们开门，教堂地板上铺满老鼠。不，是老鼠的尸体。我有些害怕。弥撒已经取消。"禅师"蹲下来琢磨，甚至抓起一只老鼠尾巴，倒吊起来观察。老鼠的喉咙都被咬断，血被放光——在教堂里这么说很是亵渎，但这确是猫王的风格。他能闻到乔丹的气味，在千万只猫中绝无重复，就跟老头自己一样，钢种锅里煮了几十年的老荷尔蒙，不甜不腻，浓稠绵密。

猫王乔丹并非嗜杀的冷血动物，吃饱喝足的前提下，不会随意捕杀老鼠，除非被逼到绝路。十五年前的冬天，它让一只年轻的母猫怀孕，小猫出生没几天，母猫出去觅食的空当，整窝小猫被大老鼠咬死了。猫王开始对老鼠疯狂报复，捉住的每只老鼠都不吃，而是咬断喉咙放血而死。这么做并不残忍，甚至是最人道的一种死刑，至少痛苦的时间极短。而一只顽皮的公猫，有九十九种既残忍且漫长的方法虐杀猎物。

本堂神父也来了，是个中国人，穿着便装，对我们和颜悦色。我想起《悲惨世界》开头放走冉阿让的米里哀主教。大妈介绍我们是灭鼠高手，我没表示反对意见，对"禅师"来说也不为过。神父带着我们走进地下室，没有发现宝藏或秘密，却看到一窝小猫的尸体——跟我在对面公寓楼上发现的小猫一样，开膛破肚，血肉模糊，必是同一作案凶手。

昨天晚上，本堂神父听到有小猫惨叫，就下来看了一眼，结果发现了恶魔。

"恶魔？"我对于此类话题，尤其是教堂地下室，总是深感兴趣。

那家伙难以详细描述，总之就是个怪物。从未见过的物种，体型差不多比猫还大，但绝对不是猫或近似动物。更不可能是狗。本堂神父背了《圣经》里一段话——

> 我又看见一个兽从海中上来，有十角七头，在十角上戴着十个冠冕，七头上有亵渎的名号。
>
> 我所看见的兽，样子好像豹，脚像熊的脚，口像狮子的口。龙把自己的能力、王位和大权柄，都交给了它。
>
> 兽的七头中有一个似乎受了致命伤，但那致命伤却医好了。全地的人都很惊奇，跟从那兽。
>
> 因为龙把权柄交给了兽，大家就拜龙，也拜兽，说："有谁可以跟这兽相比？有谁能与它作战呢？"

苏州河爬上来的水怪？想想苏州河流到黄浦江，黄浦江又从吴淞口潜进长江入海口，转个弯就摸到浊浪滔天的东海，穿过琉球群岛便是几千米深的太平洋，天知道藏了什么史前巨兽？比如日本人的哥斯拉，犹太人的利维坦，抑或来自福岛核电站？

不管是老鼠，还是虐杀猫的变态者，抑或《圣经》里的恶魔，有一点确凿无疑，猫王乔丹还活着，它在进行一场殊死搏斗，而且没离开曹家渡。这个发现让"禅师"略感欣慰，他很快就会再见到乔丹。为不辜负"灭鼠高手"之名号，我们帮助教堂里的大妈们，戴上口罩和手套清除死老鼠。"禅师"动作娴熟，看来精于此道。而我没敢吃午饭，害怕会呕吐一地，果然连晚饭都没吃上一口。

在天主教堂忙了一整天，直到黄昏走出这扇门，我俩依然是一对异教徒。教堂门口的小广场，隔壁商场的灯光照在"禅师"身上，投射出骷髅般的高大背影。我回头看自己的影子，怀疑多了一根尾巴。正对曹家渡中心的路口，有个长头发的流浪歌手抱着吉他，慢慢地唱一首英文歌："Love me tender, love me sweet; Never let me go. You have made my life complete. And I love you so."

猫王正分身在曹家渡的无数个角落悄悄凝视我们，我这么温柔地想着。

十二

第一次看乔丹打球,是我搬家离开曹家渡的那年。迈克尔·乔丹第六次加冕得分王,第三次成为常规赛MVP,芝加哥公牛在"禅师"率领下创纪录地六十七胜。季后赛,公牛三比零淘汰迈阿密热火,七局大战险胜纽约尼克斯,东部决赛六场击败克利夫兰骑士,总决赛对手是"滑翔机"德雷克斯勒领衔的波特兰开拓者,乔丹戴上第二枚总冠军戒指。以上,我是分别通过报纸体育版,晚七点体育新闻,以及周末的电视录播目睹的。第二年,我家搬到静安区的昌平路,芝加哥公牛拿到第一个三连冠,总决赛击败菲尼克斯太阳和巴克利。三十岁的乔丹退役,打了个不成功的棒球赛季,翌年归来。一九九五至一九九六、一九九六至一九九七、一九九七至一九九八,芝加哥公牛拿下第二个三连冠。世纪末,乔丹第二次退役。

第一次知道乔丹,却不是打篮球的23号,而是《丧钟为谁而鸣》的罗伯特·乔丹。这本书我艰难地看了半个暑假。海明威笔下的白人乔丹,在西班牙内战中想起《圣经》时代的约旦河,因为他叫Jordan。耶稣就是在这条河里,接受施洗者约翰的浸礼，后来才有 Jordan 这个姓氏。无论美国或英国，约旦与巴勒斯坦，世界上有无数个乔丹。它是一条古老河流，来自黑门山的雪峰，穿越戈兰高地与加利利海，奔向沙漠中沸腾的死海。他也是一个身高六尺六寸，站立摸高八尺十寸，助跑单脚起跳最高四十八寸，地球上极少数可以在罚球线起跳扣篮的男人。而我正在寻找中的曹家渡的猫王乔丹，恐怕不会是我最后一个认识的乔丹。

二〇一六年初冬的曹家渡，在我住过四年的房间里，"禅师"充满流浪猫气味的家，剥落的墙上贴着乔丹吐舌头扣篮的海报，对手穿着犹他爵士的战袍，当是一九九八年总决赛，也是乔丹和芝加哥公牛的最后一个总冠军。"禅师"又给我泡了杯麦乳精，我渐渐喜欢上了这种味道，而我过去最讨厌甜腻的饮品甚至牛奶。我想雇个钟点工来打扫房间，但被老头拒绝。十二月，持续降温，徘徊在五度左右，房间里没有空调，阴冷如西伯利亚的松针刺入每个毛孔。我缩在"禅师"的布沙发里发抖。一只肥大的流浪猫蹭过来，钻到我的脚下取暖，发出拉风箱般的呼噜声。

"这只母猫喜欢上你了。你看到它的大肚子了吗？怀孕了。"

"又不是我干的。"我难得开了句荤玩笑。

"它叫哈登。"

老头把母猫赶走，我忍不住狂笑出来："怀孕的大胡子哈登？火箭球迷知道吗？"

"你是哪支球队的球迷？"

"阿根廷。"

"吉诺比利？"老头说出一个人名，长期在圣安东尼奥马刺打球，代表阿根廷击败美国拿到过雅典奥运会金牌，那届赛事MVP。在曹家渡，它是一只活泼好动的年轻母猫，盘踞在原来三角形孤岛的街心花园。

"不，我是迭戈·马拉多纳的球迷。"我怯生生地回答。

"他是谁？来过NBA打球吗？"

"他在巴塞罗那和那不勒斯踢过球，拿过一九八六年的世界杯冠军，一九九〇年世界杯的亚军。"

"足球？"

"嗯，其实，我更喜欢足球。对不起。"我冻得牙齿哆嗦，"我的俱乐部主队是上海申花。"

"那群矮子！"老头说起中国男子足球，就像吃了一口成年累月的猫屎，"你念的是五一中学吧？就在我们上钢八厂隔壁，你们学校出过很多篮球运动员。"

"嗯，好像是篮球特色学校，但跟我没关系。有一次，学校里出现个巨人，绝对有两米多高，校长还出来迎接他，说是男篮国家队的优秀校友回来了。我挤在人群中看热闹，就像看一只长颈鹿或擎天柱。那时我还住在这间屋子里。"

"你就没喜欢过篮球？"

"喜欢过，一九九五年的暑假，每天傍晚，电视台都在播《灌篮高手》。"我还记得樱木花道、流川枫、三井寿、赤木大猩猩以及安西教练，也能哼出主题曲《直到世界的尽头》，两年前，我在电脑里听这首歌同时写了篇关于足球的小说，"咳，不说这个了。禅师，你是哪个球队的球迷？芝加哥公牛？"

"我是华盛顿奇才的球迷。"

"这……"我认识火箭的球迷，湖人的球迷，甚至马刺的球迷，但从未碰到过奇才的球迷。

"晚上慢慢说。"老头穿上长裤和外套，"出发时间到了吧？"

我请"禅师"看一场CBA的比赛。今年上海球市火爆，姚明的队伍战绩不错，球票要么售罄要么归了黄牛党，我托关系才搞到两张后排的票。冬天黑得早，教堂尖顶下的路灯刺眼。冲过曹家渡的绿灯，横穿晚高峰的上海，我不停地刹车、起步再刹车，像一场与困兽的搏斗，经过黄浦江下的隧道，直达位于浦东的体育馆。

人声鼎沸的球场内，"禅师"全程站在最后一排。我有五六年没在现场看过球了，耳朵与心脏有些受不了。双方都有前NBA球星，主队的外线大神三分雨，客队的黑人内线暴扣，大胸美女啦啦队表演过后，漫长的比赛结束。人们如泄洪的流水退场，球场灯光依次熄灭，空出大片座位，老头反而坐下。清洁工在打扫垃圾。我着急地催他,但他不动不响,有那么几秒钟,我以为他猝死了。

"我第一次看NBA,是在一九七九年的夏天。"老头突如其来一句话,我被吓到几分。我陪他坐下,盯着空旷的球场上的篮网。

"哇,你那么早就去过美国?"

"我从没出过国。"他低头看自己长满肉刺的粗大手指,"中美建交,华盛顿子弹队访问中国,在万体馆跟上海队比了一场。"

那年夏天,万体馆的一万八千个座位全满,灰色、蓝色与绿色衣服的海洋里,四十二岁的他头发乌黑,穿着钢铁厂的工作服,在看台上鹤立鸡群。他记住了埃尔文·海耶斯的封盖,忘不了凯文·波特的助攻,动若脱兔的黑色巨人们,轻轻松松赢了主队二十分。那天起,他不会再放过任何NBA的消息,收集所有报纸的体育版,早早买了电视机看央视的比赛录播。一九九〇至一九九八年,他目睹了公牛的两个三连冠。九七至九八赛季,华盛顿子弹改名"华盛顿奇才"。二〇〇一年,迈克尔·乔丹复出,在奇才度过职业生涯的最后两年,彼时姚明已披上火箭战袍。

"你是华盛顿奇才的球迷,因为是你第一次看到的NBA球队?"

篮球馆差不多全暗了,保安打着手电来赶我们走。回到十二月的夜空下,气温降到接近零度,雨点冰冷细密。深夜十点,上海不再堵车。雨刷划过挡风玻璃,陆家嘴摩天楼顶的灯光,仿佛蹦极或自杀者从天而降,在引擎盖上稀里哗啦碎一地。车灯照亮浦东回浦西的隧道,电台放着今晚比赛的评论。我打开吹风消除蒙上玻璃的雾气:"我听说,以前冬天最冷的时候,黄浦江就会结冰。那流浪猫该怎么办?"

副驾驶座上的"禅师"闭着眼,半梦半醒地说:"二〇〇八年,曹家渡后面的苏州河结过冰。"

二十一世纪,对流浪猫最大的威胁,不再是街道办、饥饿以及疾病。二〇〇八年,除了北京奥运会和汶川地震,"禅师"的编年史上标记为"五环寒灾"。一月起,南中国大雪纷飞,我飞去印度与尼泊尔,躲过了最冷的几天。每晚《新闻联播》,尽是京广线大雪封山,上百万人滞留火车站过夜;高压电线被冰封阻断,几万平方公里停电抢险救灾。气温降到零度以下,三棵樱花树冻得光秃秃的,花鸟市场的鲜花都蔫了,鸟贩子损失惨重,每天冻死上百只画眉八哥,唯独夜总会门庭若市。苏州河面结上一层薄冰,灰乎乎的半透明,能看到冰面下汹涌流水。不断有流浪猫冻死在屋檐下,幸存者逃难到居民家门口,有空调的商场和电影院,还有汽车排气管,又被碾死和烫死好多。每天早上,"禅师"都要拖着一麻袋死猫埋葬,公墓的泥土冻得硬邦邦，必须花十二分力气才能挖开。

最可怕的是，曹家渡来了另一群流浪猫。入侵者来自苏州河北岸，原本在沪西工人文化宫（我们从小叫它"西宫"），偶尔会流窜到南岸觅食，多数时井水不犯河水。那年西宫改造，流浪猫流离失所，便如入侵罗马帝国的匈奴人，推倒民族大迁徙的多米诺骨牌。夜黑风高，数百只猫蹿过三官堂桥，浩浩荡荡杀奔江南岸而来，开始第一次流浪猫世界大战。入侵者的战斗力更强，它们是纯然的野猫，过惯了苦寒生活。曹家渡流浪猫的生活优越，此地房价更高，有闲钱喂养流浪猫的女人也多。好多猫原本是娇生惯养的宠物，后来才被遗弃街头，远非蛮族对手。眼看就要做了亡国奴，藏身于沪西电影院的猫王乔丹，决定出山拯救子民。

对方派出三只大猫迎战，"三英战吕布"片刻成"温酒斩华雄"。胜利者乔丹找到西宫的猫王——是只肥硕的黄猫，怪不得属下都饿得瘦骨嶙峋。双方约定一对一单挑，展开上海西区流浪猫编年史上最惨烈的"双王合战"。决战地在三棵樱花树下，大有成王败寇、输者就地埋葬的气势。"禅师"从不介入流浪猫间纷争，躲在楼顶用望远镜观察。战斗从喉咙深处滚动的低沉号叫开始，黄猫如愤怒的金毛狮王冲向乔丹。这场殊死搏斗，从清晨打到日暮，从晴空万里到大雪纷飞，从达安花园的羽毛球馆，绵延至花鸟市场的屋顶，最后是苏州河边的荒野，堪称曹家渡的凡尔登或斯大林格勒。

乔丹赢了。西宫猫王俯首称臣。当晚，几百只入侵的流浪猫，逃回苏州河北岸故国。一只西宫阵营的小猫，不知何故坠落桥下。冰面刚化开，小猫在水里扑腾，眼看要被淹没。母猫在桥栏杆边哀号，同伴们只能惊恐地乱叫。突然，一只乌云盖雪的大猫，"扑通"一声跳入水中。

"猫王乔丹？"我正好开车路过苏州河上一座桥，从天目西路进入长寿路，方向盘微微一颤，仿佛连人带车坠入冰冷的河水。

三十年来最冷的傍晚，猫王乔丹跳进苏州河。而落水的小猫属于入侵者，曹家渡流浪猫的仇敌。乔丹在水里游了十几米，终于叼起小猫。人们都觉得猫怕水，因为猫的身体小，落水会体温过低冻死，就像泰坦尼克号绝大多数遇难者都不是淹死的。但猫会游泳。二〇〇八年的乔丹，已是十几岁的老猫，加上与西宫猫王一整天血战，早已筋疲力尽。在苏州河的零度水温里，猫王乔丹游得如此艰难，眼看要跟小猫同归于尽。那一刻，"禅师"飞奔到桥上，想起十五六岁少年郎时，经常从桥栏杆最高点跳水。但他从未尝试过冬泳。犹豫之际，奇迹发生了。猫王乔丹叼着小猫上岸，爬上对它来说悬崖般陡峭的河堤，就像飞人乔丹从罚球线起跳扣篮。小猫虽然得救，回到母猫身边，但瞬间冻死了。猫王乔丹浑身发抖，每个毛孔都能挤出水来。"禅师"用毛巾和电吹风帮它弄干净，又敷上兽医配来的药，在家里给它留出个温暖的窝。天亮前，乔丹偷偷溜走，躲藏回电影院自行疗伤。

猫王乔丹，跳下苏州河里救起小猫的情景，被人用手机拍摄传到网上，引起不大不小的轰动。这年冬天，曹家渡多了不少爱猫人士，比如我家小区里那些女人，送来大量被褥和猫粮，修建了九处流浪猫过冬营地。约有两百只猫幸存到天气转暖，鼠年春节以后。

"苏州河就是猫王乔丹的约旦河。"冰冷雨夜，我在曹家渡十字路口右转，自言自语。"禅师"问我什么意思。我笑笑，无从解释。

停在六层楼房前，我看到一只黑斑狸花猫，蹲在屋檐下避雨。这只公猫叫库里，它是乔丹的第七代后裔，体型不算大，但动作尤其灵活，眼神咄咄逼人。

"如果，乔丹真的死了，谁将成为下一任猫王。"我问"禅师"。

"乔丹将是曹家渡最后一任猫王。"

十三

"猫王是个传奇，乔丹也是。"老头说着放下筷子。毕竟是老了，中碗牛肉拉面，还吃剩下几根，他说当年在军区篮球队时能连吃三碗。

这家面店在曹家渡东南角。装修和餐桌都是方方正正，门面是两块大落地玻璃。店内灯光反射玻璃窗，像镜子照出两个食客。一个形容枯槁，喝得汗流浃背；一个落落寡欢，吃得思考人生。玻璃外紧挨一棵行道树，法国梧桐剥落的树干，仿佛布满乳黄色雪花。刚过晚高峰，开夜路的车很快，助动车也像赶着要去投胎。万航渡路对面的公交车站，灯箱广告是"小鲜肉"代言的品牌，LED屏放着张艺谋新片预告，几个明星正热火朝天地保卫神圣祖国。

十二月最冷的一天，我穿上了羽绒服，"禅师"加了翻毛羊皮背心。拉面店的玻璃门被推开，进来个清汤挂面的姑娘。她没化妆，坐在我们对桌，要了一碗干拌面。我认出了这张脸。她是小鱼。面还没吃完，我要买单离开。"禅师"命令我坐下，他说浪费粮食是最大的犯罪。他的声音很响，体格巨大，自然引得小鱼抬头。我看到她的眼里飘过什么，对我摇头，继续吃面。我装作看手机，打开"曹家渡流浪猫爱心群"微信群，却发现被人刷屏炸锅：海上火锅出事了。

那家海上火锅，我吃过几次，这个点生意最火，平常有上百人排队等位，男女老幼如同纪委门口上访的群众，各自喝茶聊天嗑瓜子下五子棋等待叫号。我拉上"禅师"，扔下一百块钱不用找了,冲出兰州拉面店。我能用后脑勺感到小鱼盯着我的目光。

闯过长寿路的红灯,直奔商场大门。一大堆人尖叫着冲下来,其间我还看到一张熟悉的脸,居然是麻皮。我一把拽住他问什么事。他慌乱得张口结舌,连东北话都跑出来了:"粗(出)……粗大四(出大事)了!"说罢他挣脱了我,逃之夭夭。

我和"禅师"走逃生通道上去。海上火锅门口没剩多少人,几个喂猫的女人在等我。她们今晚在此聚餐,为即将回日本的主妇送行,没想到一只老鼠从天而降,活活烫死在沸腾的鸳鸯锅里。天花板响起雨点般的撞击声,不断有黑色的小东西蹿来蹿去,纷纷落入火锅,挣扎翻滚后阵亡。猫王终于出现,就像一九九五年乔丹从职业棒球联盟回归NBA,正在管线裸露的挑空区域捕猎老鼠。她们逃出来的同时,不忘拍照片发到群里,告诉我猫王乔丹回来了。

海上火锅门口拉起警戒线,不准任何人进入,说怕传染疾病。我说老头是那只大猫的主人,依然无济于事,除非拿出养猫证,但派出所好像只发养狗证。我扒着门口缝隙往里看,火锅电源都已掐断,每口锅里漂着至少一只煮熟了的老鼠。火锅店是各种气味的大杂烩,就算鼻子再灵敏的猫狗都会转向,但"禅师"嗅出了猫王的气味。我们都没看到它,只听到瓶瓶罐罐砸碎之音，还有老鼠掉下火锅的惨叫声和滋滋的烤熟声。空山不见人，但闻人语响。我和"禅师"就像守在电话机边等候攻克柏林与希特勒死讯的斯大林同志。

深夜十点，一群黑乎乎的东西陡然蹿出，密密麻麻冲向楼梯。电光石火间，我看到了猫王乔丹。乌云盖雪的大猫兼老猫，垂着尾巴追出海上火锅，嘴里咬着一对老鼠飞奔下楼。"禅师"大喊它的名字，乔丹毫无反应。幸亏老鼠慌不择路没走直线，猫王跟着转了好几圈，我们才得以在商场门口追上。我搀扶老头，跌跌撞撞来到人行道，眼看就要追不上了，"禅师"把双手小拇指放到嘴里，打了个菲尔·杰克逊式的呼哨。

乔丹停住，像在芝加哥公牛的主场，回望黑夜里护法金刚般的"禅师"。而离我上次看到这只猫，已过去整整四十五天。它瘦了。肩胛骨几乎要顶破皮毛，几圈肋骨清晰可辨，原本乌黑的后背满是污垢，四肢与腹部不再雪白，沾满老鼠的血污与灰毛。乔丹吐出长长的猫舌头，抛下两只被嚼烂的老鼠尸体，唯一没有改变的是眼神。曹家渡十字路口的灯光下，我看到"禅师"的眼眶里有泪水打转。

猫王乔丹并没有回头，它选择"宜将剩勇追穷寇，不可沽名学霸王"，继续向逃窜的敌寇扑去。老鼠们躲入最近的建筑工地，那是座三十多层的高楼，历经折腾后早已面目全非。当年沪西电影院改建，原本的门面造起商场和酒店。也许是定位问题，卖的都是高端奢侈品，生意越做越差，很快被隔壁的芳汇广场、对面的悦达889超过，关门大吉，如同烂尾楼荒废数年。

我们打开手电照明，整个工地骤然安静。地上躺着几十只死老鼠，刚被乔丹追上咬死，但猫王去哪里了？"禅师"鼻子猛嗅，耳朵贴着地下，屏息静气，不像炮兵，更像工兵。

"乔丹在地下！"老头发现一个地下室。但找不到大门，只有个通风口，直径约十厘米，刚好容得下猫王。洞很深，手电只能照出一点点，宛如《肖申克的救赎》挖了十九年越狱的洞。

我也把耳朵贴下去，听到轰隆隆的动静，就像女人肚子里的胎动——要真是个子宫，怕是要生出一窝的怪胎。我找来铁锹，用力凿开水泥板，搞得火星四溅，却连个青春痘般的坑都没砸出来。上夜班的建筑工人过来，劝我们不要白费力气，除非用炸药。

"难道是银行？"老头猜得没错。十多年前，这里就是银行，地下室就是金库。后来银行撤走，金库搬空后封闭，成为铜墙铁壁，唯独通风口没被封死。按照改造工程的计划，这里将变成地下车库的厕所。建筑工人说，一个多月前，工地上出现大量老鼠，多是从这个洞爬出来的。大家不是没想过灭鼠的方法，但全部失败了，这个洞里的老鼠很厉害，有人说那不是老鼠，而是个怪物。"禅师"确信，最近莫名出现在曹家渡的鼠患，全部源自这个地下金库。

考虑到猫王随时会出来，我决定彻夜守在通风口外。看着一地的死老鼠，我的心里还是发虚，半夜的工地狂风乱窜，我缩在角落发抖。老头拍我肩膀说："你回家去吧，我一个人留在这里。"

"乔丹值得我等待。"这是我的回答。

后半夜，我在微博直播寻找（或者说是营救）猫王乔丹的过程，全中国保护流浪猫的人士们成群结队而来，同时在线人数超过了十万。有个叫"夜游神"的网友，建议使用"管道内窥摄像机"，建筑工地可能会有。我问值夜班的工人，恰好这两天在做管道施工，他们打开工具箱，找到一个管道内窥摄像机——由一体化主控制器、柔性推杆电缆盘、摄像头三部分组成，推杆把摄像头送入管道深处，加上LED照明灯，有视频预览和录像等功能。

工人们也好奇地下室有什么，几十亿现金，还是价值连城的艺术品或珠宝？"禅师"知道这是痴人说梦，但不阻止大伙的劲头。摄像头被推杆送入通风口，像个微型机器人。电缆线另一头接上电脑，屏幕跳出管道内的画面——居然是彩色的，镜头突破幽暗狭窄的隧道，伪纪录片风格的恐怖电影。看得我头晕，就像自己也变成一只老鼠，钻入肮脏未知的地洞。绕过七八个油腻潮湿的弯道，我看到雨果在《悲惨世界》中所说的"利维坦的肚肠"……

昔日金库，LED灯洒出幽暗的光，一厘米一厘米地啃掉黑暗，捉住乌黑的猫尾巴。我看到黑色猫臀，一双白色后腿。推杆绕过猫的身体，我和"禅师"屏住呼吸。猫王乔丹的侧脸清晰可辨，双眼发出绿色的光，像《生化危机》或《行尸走肉》里的动物。它被光线刺激到了，龇牙咧嘴地恐吓，摄像头无所畏惧地靠近，唯独被吓到的是屏幕前的我。猫王的牙齿里都是血，分不清是老鼠的还是自己的，核桃仁似的猫眼收缩。它的耳朵竖立，脊背拱起，毛发像刺猬似的炸起。"禅师"说过，这都是猫内心焦虑的标志。它在后退，它在咆哮，宛如表情夸张的哑剧演员。九十年前这地方是放映无声片的电影院。我什么都听不到，但能透过模糊的画面，感到猫眼里的恐惧。

"乔丹这辈子从没有害怕过。"老头补充了一句，他的右手也在发抖，不断触碰我的后背。他说，哪怕一九九九年的"流星之疫"，猫王乔丹感染病毒奄奄一息，也不曾有过这样的眼神。

它为何而恐惧？

推杆让摄像机转移，镜头晃得我想呕吐。光影交错之间，我的身体好像跟着眼睛钻进屏幕，直接坐电梯下到地狱。我看到它了。看到本堂神父所说的"恶魔"。看到那从海中上来的兽,看到它的"十角七头",看到豹子、熊、狮子,还有地下的龙。不,何止"十角七头"。LED 照明灯的幽光,直接从死海与约旦河深处射来,正面对准这头不可名状的怪物,才会让猫王乔丹也瑟瑟发抖。我的胃里好像钻进一千只老鼠。于是,我真的呕吐了。

谁能比这兽?谁能与它争战?

十四

在我养猫之前,我先养过老鼠。

六岁,我住在外滩的背面,建于一九二一年的大楼里的一间斗室。爸爸带回来一对豚鼠,黑白双色与黄白双色,我管它俩叫豚鼠先生与豚鼠太太。记不清养了多久,一年,两个月,还是十天?小孩子眼里,一天也很漫长啊,哪像现在白驹过隙。它们的结局,是被我爸煮成豚鼠汤——在原产地南美洲是道传统美食。我忘了有没有吃过它们的肉。据说加西亚·马尔克斯、巴勃罗·聂鲁达、巴尔加斯·略萨们都吃过,老天啊。当时,我不知道它们死了,我还问妈妈,豚鼠先生和豚鼠太太去了哪里?妈妈说,它们去了动物之家,有宽敞的客厅、卧室、卫生间、厨房与小院子,再也不用跟我们挤在一起。而这样的居住条件,对当时大多数上海居民来说,都只是美好的梦想。

搬到曹家渡,我们才住进宽敞的客厅、卧室、卫生间、厨房与小院子。我收养了流浪猫小白。它在死亡前两天,叼回来一只死老鼠。那是小白第一次让我感到害怕。后来,家里的老鼠多了。外公没了之后,每晚我独自睡在棕绷大床上,常被窸窸窣窣的声音惊醒。有时老鼠会蹿到被子上,我只能保持缄默,等它自行离开。后半夜,我睁开眼睛,看到一只小老鼠从窗户上蹿过,月光下小小的剪影和轨迹。我很怕老鼠这种动物,长大后偶尔会在噩梦中见到。

三年前,我路过德国的阿尔滕堡。这是座萧条的古城,曾是有名的诸侯国,三十年前是社会主义民主德国的一部分。城堡中的自然科学博物馆门可罗雀。我独自在空旷的走廊徜徉,注视稀奇古怪的藏品,直到发现噩梦里的东西……硕大的玻璃柜子,海洋般的酒精溶液中,漂浮着一堆怪物。

何止"十角七头",它有二十到三十个头,四十到六十个耳朵,八十到一百二十只爪子,无法统计的尾巴。但它不是史前生物,也不是基因变异的怪物,而是老鼠。或者说,是复数的"老鼠们"。博物馆标签上写着:Rattenkönig。

我查了字典,这个德语词的意思是"鼠王"。

这是一只硕大无朋，长着无数个脑袋和爪子的老鼠，还是无数只老鼠纠缠在一起？一八二八年，一个磨坊主在壁炉后面的缝隙，发现了这堆怪物，已成为烟熏的干尸，送到阿尔滕堡的博物馆。一八四五年，科学著作《哺乳动物》将它们标记为二十七只成年大鼠。但在一九六三年，民主德国的科学家打开玻璃柜精确计算，确认总共有三十二只老鼠，有五只因为残缺而被忽略。这些老鼠的牙齿长而尖锐，说明生前很久没有磨牙，困在墙壁缝隙里数月后才死亡的。它们如何又存活了那么久？也许是其他老鼠送来食物，鬼知道？

　　鼠王，英语 Rat king，法语 Roi des rats，德语 Rattenkönig。以上都是单数。本意并非老鼠，而是人。马丁·路德说过："那就是教皇，老鼠的国王，站在最高的地方。"众所周知，路德一生都与罗马教廷作对，因此口出不敬。十六世纪的《动物志》认为有些老鼠年老后由年轻老鼠喂养才形成鼠王。也有人认为鼠王是一只拥有许多身体的老鼠，而"王"用来形容巨大。传说鼠王是坐在打结的尾巴王座上的国王。

　　其实，鼠王并非一个特别的物种，而是许多老鼠的尾巴缠绕在一起、无法分开而被迫形成的共生关系。通常在管道和地洞，众多老鼠狭路相逢，难以转弯使彼此尾巴打结，加上鲜血、污垢、粪便甚至冰冻，这些老鼠越是逃跑撕扯，尾巴就越盘根错节，成为一团乱麻似的死结。

鼠王是极罕见的自然现象，甚至比白老虎或狮虎兽更稀有。欧洲人传说，一旦某地发现鼠王，便是大瘟疫或大战乱的噩兆。鼠王记录最多的是德国，至今在汉堡、哥廷根以及斯图加特的博物馆，都有酒精保存的鼠王标本。为什么是德国？我想起花衣笛手与鼠疫的故事，还有纳粹党卫军与奥斯维辛的焚尸炉，鼠王戴着"卐"字王冠，盘踞在狼穴地堡的王座上，妄图成为整个地球的王者。也有人怀疑大多数所谓的鼠王，都是德国人把死老鼠尾巴打结伪造的。最近一次记录，是二〇一三年的加拿大，六只活松鼠缠绕在一起被人发现，后来兽医给它们做手术分开，也许是世界上第一例重获自由的鼠王。

凌晨三点，曹家渡十字路口的高楼工地，前银行金库的地下，通过管道内窥摄像机，我看到一只巨大的鼠王。

唯一能让猫王乔丹发抖的东西。镜头稳定下来，LED灯光照亮鼠王全貌。如果你有密集恐惧症，可以直接跳过本章。我见到密密麻麻的老鼠脑袋，每个脑袋都配着两只眼睛，两个耳朵，还有两对龇开的门牙。它们彼此密不可分，就像从同一个子宫出来的连体怪胎。这些老鼠的尾巴纠缠在一起，像个辐射状的车轮，而轴心被牢牢粘住，像朵地底绽开的黑色大丽花。但它并非束手就擒的瘫痪者，比如蚁穴里肥大的蚁后，否则早被猫王乔丹擒获。

镜头又对准猫王。它开始适应 LED 灯光，弓腰抬臀，前爪拉着地面，尾巴下垂。乔丹即将扣篮的姿势，时不时吐出舌头。但它没有轻举妄动，因为心里清楚，对面是怎样的敌人。稍有不慎，耄耋之年的猫王，就会死在这地狱来的鼠王身上。

十二月的寒夜，我的后背心全是汗水，与"禅师"两人凑在屏幕前，看着地下传来的画面。

虽然，鼠王中的任何个体，都不能单独行动，但鼠王作为一个整体，却可以毫不费力地迅速移动。它们中间有个带头大哥，那是一只黑色的大老鼠，目光咄咄逼人，毫不惧怕直捣黄龙的猫王。它是整个鼠王的发动机和中枢神经，通过它的大脑来判断。我猜鼠王中的每一只个体，都通过连接的尾巴，变成神经网络的终端，而带头的大老鼠就是中央处理器。它率领鼠王前进，动作和方向整齐划一，犹如百足蜈蚣，又如圆盘形战车，上百条鼠腿共同进退，绝无半点混乱，犹如孙子四如真言："其疾如风，其徐如林，侵掠如火，不动如山。"

据说，鼠王是猫的天敌，尤其小猫，往往会被鼠王残忍地虐杀……而在曹家渡，被鼠王杀死的小猫，几乎都是乔丹的后代。

猫王决定复仇。这场隐秘的决斗，始于一个多月前。它远离所有人，包括"禅师"。虽然，乔丹曾潜入我的车里，向我表达友善，因为它是小白的儿子。不过，鼠王攻击与猫相关的一切，如果发现乔丹跟我们亲近，也许我和"禅师"都会遭殃。猫王不想给我们添麻烦，所以单独行动。它躲在曹家渡的某个角落，要么是屋顶，要么是下水道，昼伏夜出。乔丹有足够的耐心，它用了一个半月，向所有的老鼠复仇，慢慢寻觅鼠王的线索。今晚，它在海上火锅故意放过一群老鼠，让它们仓皇逃命到最近的鼠穴，终于发现银行的地下金库，正是鼠王的宫殿与王座。

猫王与鼠王的对峙，持续了整个后半夜，漫长得像一战与二战的总和，以及一六一八年至一六四八年的"三十年战争"。

天快亮了。

十五

寻找猫王乔丹的这些天，我在读奥尔罕·帕慕克的《我脑袋里的怪东西》。封面有个通天塔般的旋转高塔，孤零零站着一个男人，俯瞰围绕十字路口的密密麻麻的建筑。两千多年的伊斯坦布尔是"世界的中心"，被博斯普鲁斯海峡劈成两半。黄浦江把上海一分为二,从元朝建镇算起只有八百年。而在猫王乔丹与"禅师"眼中,曹家渡才是"世界的中心"。

清晨六点,空气几乎要结冰。我的眼眶熬得通红,饥肠辘辘,好在建筑工人递给我饼干和热水。谢天谢地,他们都是好人。这栋楼明年将改造完工,还会建造复杂的空中回廊,连接十字路口的四五家商场,到时候又是一番全新的景观。

曹家渡千变万化,只有一个人从未变过。我想。

那个人粒米未进,蹲在屏幕前,监视管道内窥摄像机的画面。猫王与鼠王都蓄势待发,如二次大战初期西线可怕的宁静。乔丹毕竟英雄迟暮,比不得八年前"五环寒灾"在冰冷的苏州河里游泳。哪怕篮球场上的乔丹,也有飞不动扣不进篮的日子。摄像机所拍到的鼠王,绝对是"开挂"级别的怪兽,个头与猫王不相上下。别说是猫,就算是只豹子,恐怕也不敢拿它奈何。

"我们把金库打开!"老头霍地起来,"有没有电锤?"

他从前在钢铁厂做工人,偶尔会用到这种超强破坏力的工具。对付坚固的钢筋混凝土,普通冲击钻根本没用。他说在地下室钻个洞,不会破坏承重墙,更不会让这栋楼塌了。建筑工人们经过商量,决定帮助"禅师"救猫咪。他们搬出强大的电锤,怕老头年纪大了控制不住,大家一齐帮忙。整个工地响彻"突突"声,地面出了裂缝。给大伙儿打下手的我,震得心脏受不了,用餐巾纸塞住耳朵。"禅师"趴在通风口,两根小手指插到嘴里打个呼哨,往里高喊:"乔丹!勿要妄动!等我来!"

他已准备好家伙,一把山东德州产的电锯,马力强劲,听声音像鬼哭狼嚎,轻轻松松能把鼠王锯成两半。金库天花板终被打穿,我的虎口几乎被震出血。而平常使用这种电锤,打穿楼层只需二十秒。一阵烟尘扬起,我们都捂着口鼻。工人用手电往里照射,地面露出直径半米的洞口,裸露断裂的钢筋,像人死后的神经。"禅师"准备直接跳下洞口,我拽住他:"等一等!"

我看到了猫王乔丹。光线穿过氤氲的灰尘,像刺破丛林的晨曦。它趴在地下金库的中心,乌云盖雪的毛发,已被染成一团灰暗。两只前爪,牢牢扣住地面,踩着一大团灰乎乎的物体。

鼠王。

看到这个车轮形状的怪物,无数个老鼠脑袋和身体,我再次有了呕吐的欲望。"从海中上来"的怪物,"十角七头"的恶魔,无人能比这兽,无人能与它争战——除了猫王乔丹。

就在我们用电锤打开金库的十五分钟内,地下刚发生过一场血战。也许是自大天使弥额尔屠杀巨龙撒旦以来,我们所能见到的最可怕的一场战役。猫王身上有斑斑血迹,鼻头滴落浓稠的液体。偌大的鼠王被它擒获脚下，说不定已被送入地狱。

"乔丹！"老头沙哑地吼了一声。猫王回眸望向破开的洞口，猫眼被灯光刺得急剧收缩。

然而，我有句话还没来得及蹦出嘴巴，被踩在猫王爪子下的鼠王，突然动了。上百条鼠腿摆动，瞬间挣脱猫王的控制。它蹿上金库的墙壁和管道，几乎对着我们迎面扑来。"禅师"举起电锯要消灭它，鼠王已从他的裆下穿过。所有人都被吓住，幸好大门及时关闭。鼠王狼奔豕突，只能沿着楼梯往上逃。

猫王乔丹发出凄惨的"喵呜"声，也从天花板的洞口钻出来。它必在嗔怪我和"禅师"，为何在它即将胜利时，擅自打破金库，反而放走了鼠王？乔丹蹬起四条腿，冲上通往楼顶的阶梯。我第一个追上来，几个工人各自拿了铁铲和扳手跟上。我没看到"禅师"，我想他已没有力气爬上来了。

这栋楼有三十几层，施工过程四面围住，如密不透风的堡垒，鼠王无法半路跳下去。猫王紧追不舍，沿着鼠王一路洒下的鲜血，逐层往上冲刺。我一口气跑到七楼，几乎要把肺吐出来。咬牙冲到十层，小腿肚子抽筋，就要从楼梯滚下去，建筑工人才追上来，提醒一句：有电梯啊。

妈的！我差点吐血！不早说？两个工人守在这一层，

防范鼠王再往下蹿。而我跟着另外三个工人，坐进建筑工地的临时电梯，摇摇晃晃让我刚吃完的饼干呕吐出来。额头全是冷汗，我蹲在电梯角落，半分钟才升到楼顶。

三十五楼的天台，感觉整个人要被风吹走。我承认我有恐高症，只能遥望小半个上海的高空，无数摩天楼如刺破云层的山峰，抑或大雾弥漫的海面上的孤岛。

"乔丹！"轮到我高声喊它的名字。楼顶面积并不大，堆满各种建筑垃圾。还有个巨大的塔吊设备，用来装运施工原材料，远远伸出去十几米，悬空在曹家渡十字路口的百米之上。

我听到一声悲怆的猫叫，声音被风刮到四面八方，仿佛同时有无数个乔丹飞身灌篮。

"它在那儿！"有个工人眼尖，指向塔吊方向。黑乎乎一大团鼠王，正趴在塔吊末梢。猫王尾随而至。双方回到对峙状态，但金库深入地底，这里却是天空。一场上天入地的决斗。惊天地，泣鬼神。猫王，鼠王，似乎都是不死之身。英雄相惜，它们的阿喀琉斯之踵又在哪里？

背后响起刺耳的呼哨，"禅师"也乘电梯上来了。在曹家渡的制高点，他的身躯仿佛能顶破头顶的浓云。他冲到塔吊边，遥望猫王乔丹，连续吹了几个呼哨，要把它叫回来。猫王回头看他，一双绿色宝石般的眼里，充满浑浊的液体与污垢，还在流血。我想起二十多年前，死于卡车轮下的小白。它对老头无动于衷，继续站在危险的塔吊上，不杀鼠王，誓不罢休。

我问工人们，谁会开这个塔吊？所有人都摇头，一旦开启塔吊，对楼下会有危险，很容易把上面的猫王和鼠王都晃下来。

"禅师"等不及了，手脚并用爬上塔吊。我的脑子发热，想要跟着他爬上去，却被几个工人拼命拦住。老头如走钢丝的卖艺人，双手抓着塔吊的铁格子，一点点往前去。马戏团走钢丝的都很瘦小，他则是一米九的大个子，明年要过八十岁生日。高空上狂风吹来，老头的白头发全乱了，如同断了线的蜘蛛人。

我从毛细孔到骨髓都冻透了，仰望塔吊上的"禅师"、猫王乔丹，还有难以名状的鼠王，眼面前天旋地转。某种东西从浓云中坠落到我的眼里。一粒雪籽，冰冷的，从固体慢慢融化为液体，最后混合着泪水涌出眼角。

初雪来了。我的嘴里喷出大团热气，在这个高度由浓稠变得稀薄。我听到三十多层楼下的警笛声。早高峰刚开始，曹家渡已被封路，车流一路堵到中山公园。上百米的高度，任何充气垫或防护网，都不可能拯救跳楼者的性命。但为防止塔吊上的人掉下来，砸到路人或产生车祸，警方必须封路。

我声嘶力竭地高喊，劝"禅师"赶快从塔吊上回来。他看了看后面的距离，又对我摇头，意思是回不去了。白发苍苍的退役篮球运动员，爬到这个位置已是奇迹，再要原路返回爬回去……他又不是练体操出身的。就算是一只猫，爬到那上面也会恐惧。对啊，猫不会飞，它是会摔死的。

鼠王已爬到塔吊的极限，那是曹家渡的天涯海角，往前一步，就是乘电梯从天堂直坠地狱。幸好对地面上的人们来说，除非用高倍望远镜，没人能看清楚它的模样，不然将成为上千人终生挥之不去的噩梦。猫王乔丹在接近鼠王，咫尺之遥，猫爪在塔吊上磨刀霍霍。"禅师"继续往前爬，几乎要摸到猫王的尾巴，但他八十五公斤的体重，加上高空呼啸的狂风，让整个塔吊猛烈晃动。我能听到三十五层楼下女人们的尖叫声。

我克服了恐高症，从空中俯瞰天主教堂，整体平面形状是个粗壮的十字架。隔壁大妈正要去做弥撒，意外发现楼顶塔吊之上，竟是她所熟悉的男人。她不停地画着十字架，祈祷天主保佑他。教堂背后的三棵樱花树犹如小小的盆景。对面是我住过四年的六层楼房，孤零零矗立在苏州河畔。三官堂桥跨越波光粼粼的水面，因为曹家渡的封路，桥面上塞满了车。花鸟市场的大屋顶，像丑陋的瘌痢头。我家小区里金灿灿的银杏树，漂亮得像加勒比海盗的金山银海。悦达889

广场与即将开业的长宁88中心,像两扇大门夹住眼前的塔吊。喂流浪猫的女人们赶到楼下,举起手机在微信群里直播。而我看到旁边十九层的阳台上,小鱼清汤挂面的长发被风吹乱,像站在泰坦尼克号的船头,眺望另一艘船头上的猫王与鼠王,底下是黑茫茫的大西洋。

塔吊之巅,曹家渡的制高点,流浪猫帝国的阿尔卑斯山巅。大片雪花滚滚而下,猫王虎视眈眈,向前伸出锋利爪子。鼠王急得团团转,发出恐怖的吱吱叫声。中心纠缠的尾巴,紧紧收缩,陡然变成一团圆球。领头的大老鼠,做出此生最荣耀的决定。

鼠王飞向了天空。

它无法变出翅膀,却把自己压扁成薄薄的圆盘,既像个巨大的蝙蝠,又像一张灌满德奥古典音乐的黑胶唱片,更像外星人的微型飞碟,仿佛借着空气升力,就能高速旋转逃逸。

整个曹家渡都在尖叫,猫王把身体弯曲成一张弓,吐出舌头,全身舒展成一条乌云盖雪的丝巾,又如一颗对空发射的黑白色导弹,向着万丈深渊的高空,把自己发射出去……

You jump, I jump!

我变成十二岁的男孩,抬头痴痴仰望,曹家渡中心最高的天空,漫天雪籽与阴霾之间,飞过一片光碟与一条丝巾,紧接着飞过一个老巨人。

尾声

你有没有在楼顶上打过篮球？三十五层高的楼顶，飞雪连天的一大清早。你要有强大的肌肉、肌腱和韧带，憋足了视死如归的气概，才能跳得足够高，感觉在空中翱翔。你舒展开持球的手臂，仿佛抓着一把斧头，用炮弹出膛的速度，正对篮筐直直地扣进去。传说中的战斧式扣篮，你就像砍倒一棵参天大树，或是敌军大将的脑袋，血脉偾张地爽。篮球进入篮筐，穿过篮网，向着篮球场的木地板坠落。在楼顶扣篮的坠落如此漫长，不仅是篮球，还有扣篮的你。一帧一帧慢动作，按了静音键。篮球与你同时自由落体。坠落一百五十米后，它与你无声地撞击地面，高高反弹跳跃，荡气回肠，粉身碎骨……

今年冬天的第一场雪，"禅师"摔死在曹家渡十字路口的圆心。

上万人目睹了他的死亡，包括四面八方围观的群众，13路公共电车上的乘客，堵在四条街道上的司机，天主教堂的神父和信徒们，以及方圆一公里内高楼上的所有居民。据说，老头滞空滑行了将近半分钟，盘旋围绕着曹家渡的中心，大概是高空的风力太强，减缓了坠落速度，并且导致了螺旋形轨迹。我在想他从天而降的时刻，眼前所见是怎样的画面？最后撞到柏油路面前的一秒钟，他又想要说些什么？

曹家渡的封路和拥堵，直到中午才解除，"禅师"残破的尸体被送往殡仪馆，地面的血污早被融雪化走，顺着下水管道，排入最近的苏州河。

至于鼠王，未能如光碟飞出曹家渡。它更像澳洲土著的飞去来器，旋转数周后回到原点，几乎与老头同时落地，验证了伽利略在比萨斜塔得出的定律。坠地刹那，鼠王原本盘根错节的尾巴，全被震得粉粉碎。它们终获解放与自由，摆脱了领头老鼠的控制，变成一团团的血肉模糊，散布在长寿路、长宁路以及万航渡路之间。人们在地面搜索三天三夜，才集齐鼠王的残骸，总共四十九只死老鼠。这是人类有历史记载以来最大的鼠王。

科研机构的报告说，鼠王每一部分都经过 X 射线检测。每一根尾巴都有厚厚的胼胝，就是俗话说的老茧，表明它们纠缠在一起后共同生存了至少数个月。四十九只老鼠中有二十八只雌性，其中十四只正在怀孕，其他十四只在成为鼠王的一部分后也生过小鼠。这是生物学界的重大发现，说明鼠王依然有旺盛的生殖力，尤其领头的大老鼠，可以跟鼠王中的任何雌性个体交配产下小鼠——站在整个鼠王的角度来看，形同自体分裂生殖。考虑到啮齿动物惊人的繁殖速度，拥有二十八只成年雌性的鼠王，每月都能生二十几窝，绝对是移动的播种机。小老鼠数周就会达到性成熟，又生出成千上万的后代。经过基因分析，鼠王不同于中国常见的老鼠种群，很可能来自战乱的西亚地区，比如约旦河两岸。随便猜想，从海外开来一艘万吨巨轮，停泊在黄浦江边的码头，一群入侵者从下水道流浪到苏州河，溯流而上到曹家渡定居。它们在狭窄的管道内纠缠，不幸尾巴打结，最终变成史上最可怕的鼠王。

我们侥幸躲过了一场大灾难——如果鼠王未被消灭，等到来年开春，不仅曹家渡，大半个上海与长三角都将陷入可怕的鼠患乃至鼠疫之中。我想，鼠王的尾巴会被人工重新粘连起来，浸泡在福尔马林溶液的玻璃柜中，成为自然博物馆的镇馆之宝，也成为来参观的小朋友们毕生的噩梦。

至于，我们的猫王乔丹，它不见了。

原以为它会死在"禅师"边上，毕竟老头是为救这只猫，而从塔吊顶上纵身一跃而送命。鼠王跳下去是走投无路，猫王为什么也跳下去？有人说，猫无法看清远方，所以猫王根本不明白下面有多高，只见一片白茫茫的空气，既然鼠王敢飞出去，为什么自己不能飞？但我不这么认为，否则天天都有猫从楼顶跳下来摔死，你见过吗？

我和喂流浪猫的女人们，103室隔壁的大妈，天主教堂的义工们，以及大批闻风而来的志愿者，在曹家渡搜索了整整三个月，每块屋顶每条阴沟都没放过，至今未能发现猫王乔丹的尸体。除非，那天早上它飞进了苏州河，就像Jordan跳进了Jordan River。或者，它飞到上海的另一边，甚至苏州河上游的虎丘塔和寒山寺。是的，我固执地相信乔丹还活着，就像我相信过猫是会死而复生的动物。

"禅师"享年七十九岁，没有家属，我领取了他的骨灰，埋葬在天主教堂背后的三株樱花树下，并用一个正版的耐克乔丹篮球陪葬。

戴珍珠耳环的淑芬

一

一九八七年，秋天的一日，天潼路799弄59号，过街楼上，我外婆给我吃好早饭，送我去读书。下半天，北苏州路小学，我外公跑到教室门口，穿了蓝颜色中山装，戴干部帽，面色不大好，还落眼泪水。外公拿我牵走，校门口是老闸桥，苏州河上秋风，卷来一百样味道，熏了我鼻头，连打三只喷嚏，想是外婆牵记我了。我一路看野眼，赭石色水面上，一镬子浓油赤酱，夕阳泼上来，油镬子煎开荷包蛋，金光灿灿流溢。苏州河上已难得见到木帆船，一长列水泥机动船，马达声声，首尾相衔，似一串大闸蟹，依次钻过河南路桥、四川路桥、乍浦路桥，徐徐东去。到了第一人民医院，外婆困了病床，不声不响，原来是脑溢血，医生开了病危通知单。拖过几日，外婆没了。西宝兴路办好丧事，当夜，外婆来寻我托梦,我当她还在人间,脑溢血,追悼会,反而是噩梦一场。托梦短暂,噩梦倒蛮长远,外婆一直没再回来,妈妈给我办了转学,画画也不学了,等于生离死别,因为我要搬家了。

等到寒假,选定良辰吉日,万里无云,我爸爸借一部黄鱼车,车了我跟我妈妈,踏上西藏路桥,铁桶般煤气包,像一颗恬静的原子弹。经过天目西路,刚造好的新客站,长寿路笔直往西,我爸爸踏了黄鱼车到底,曹家渡迎面而来。沪西电影院的油画海报,高仓健眺望远方,不是《远山的呼唤》就是《幸福的黄手帕》。斜对面竖起一座街心岛,依次戳了沪西状元楼、邮电局、新华书店、大新照相馆、恒泰昌绸布店、健民浴室、明华药房、长江刻字、环球商店、健民旅舍、工商银行、华森理发店,俱是三层楼房门面,鳞次栉比,形如蜂巢,挤了一作堆,甚为闹忙,又像军港入口,立满炮台碉堡的要塞。一九八八年的沪西曹家渡,万航渡路、长宁路、长宁支路,围出一只三角形,以街心岛为圆心,辐射出去五条马路,像一只五角星,张牙舞爪,扑朔迷离,老话里讲"万箭穿心",颇不吉利。我爸爸踏了黄鱼车,"万箭穿心"右上角转弯,苏州河旁边,三官堂桥下,孤零零戳一栋工房,六层楼,像自来火盒子,万航渡后路85号,底楼103室,便是我的新家。

新房子是我妈妈单位分配,五十个平方,一室一厅,煤卫独用,进门灶披间,卫生间有抽水马桶,马赛克瓷砖浴缸。

新家还有天井，长条形状，抬头看天，二楼到六楼晾衣裳，床单被套万国旗，内衣裤小白鸽，迎风翩跹，跃跃欲飞，水滴滴答答淋下来。我爸爸自家动手，简单装修，新房子贴了墙布，铺了地板、瓷砖，踏了几趟黄鱼车，车来一套旧家具，五斗橱、樟木箱子、电冰箱、洗衣机、黑白电视机。得了新房子，便要上交老房子，我外公搬来同住。客厅只有一张棕绷大床，我困床头，外公困床尾，各裹一条棉被，穿了棉毛衫、棉毛裤，开了电热毯，塞了热水袋，三九寒天，室内比室外冷，一老一少，堪堪熬过。过好年，我妈妈送我去读书，曹家渡13路终点站，电车竖两根小辫子，环绕三角形孤岛一圈，乘两站路，到长寿路第一小学。我认得了新同学，还好无人欺生，都是好小囡。搬来曹家渡头一年，我平安度过了甲型肝炎的瘟疫时期，外婆不再来寻我托梦，她住了西宝兴路"铁板新村"，困了骨灰盒头里，便是大人们讲的"死亡"。小囡一旦懂了这点道理，就离长大不远了。

  我还没来得及长大，淑芬就来了。她的体量长大，骨骼比常人粗壮，肩胛辽阔，屁股丰腴，形如一卷中国地图。淑芬有农村女人的红面颊，好在眼睛大，瞳仁里有光，像猫的眼乌珠，美中不足，眉毛稍显淡薄。淑芬鼻梁高直，人中稍短，嘴唇皮饱满，若是光线恰当，略似敦煌莫高窟造像。淑芬的唇上有绒毛，头发浓密兴旺，绳子扎了背后，飘来荡去，光可鉴人，似一匹黑骏马尾巴，气味醇厚纠结，用力吸入肺腔，一滴滴清香。冬日萧瑟天井，仿佛满山葱茏，绿野仙踪，月朦胧，鸟朦胧。隔了三十年，我去湖南采风，路过一大片山峦，金黄果子的山茶树，熏人迷醉沉郁，夜里梦到淑芬，她头发丝里气味，才晓得是山茶籽油。淑芬是我叔公介绍来的，叔公是外公的嫡亲兄弟。我外公是镇江丹徒人，少年时光被日本人捉了修路，辗转到得上海，再做工人，娶了我外婆，后来有了我妈妈。我叔公命运不同，长江上跑船，一跑就是四十年，从水手跑到船长，操了船舵，上到重庆，中到武汉，下到上海，万里长江角角落落，只要可以通船，他跑遍了不止一趟。我六七岁时光，叔公的货轮开到上海，停了黄浦江上码头。叔公吃了黄酒，带我悄咪咪上船，倒是个奇异世界，柴油跟机油气味里，管道像黑夜大肠，弯弯曲曲，内脏流了油水，肺叶蒸腾。汽笛一声响起，我在甲板上掼倒，随波逐流，轮船已出了吴淞口，要去葛洲坝水电站，运送上海造的电站设备。要不是我叔公老酒醒转，想起我这小鬼还在船上，旋即在长江口掉头返航，我就要逆流而上，去三峡，望望巫山神女。因为这桩事体，我妈妈意见蛮大，等我再看到叔公，已是一九九○年，农历闰年，一年有十三个月，也是我的本命年。我妈妈是共产党员，对迷信讲法嗤之以鼻，没给我穿红内裤。我外公倒是命犯太岁，年轻时光留的病根，拆过两根肋膀骨，等到我外婆走了，外公变成鳏夫，落落寡欢，终日沉郁，早春一夜，外公吃了半斤黄酒，解手时昏倒，送医院，查出来肝硬化，开了病危通知单。我妈妈托了关系，每日给我外公打一支白蛋白，先打进口的，价钿吓煞人，只好再打国产的，也是自费药。听闻我外公命悬一线，叔公从镇江乘火车来上海。我带叔公去医院，到三官堂桥左转，沿了江苏路，过长宁路、武定路、市三女中，愚园路再左转，便到同仁医院。我外公困了病床，手背吊了盐水瓶，面有黄疸之色。兄弟重逢，叔公无啥好讲，叹气，吐痰，落眼泪水，点一支红塔山，又被护士骂，只好掐掉香烟，难以尽述。后来读到杜甫"少壮能几时，鬓发各已苍"，我便想起叔公来望外公的遥远下午。

　　淑芬是叔公的同村，隔几日，叔公带她从乡下上来，照顾我跟我外公，就是住家保姆。是日，太阳光像细细密密金粉，照得微尘乱舞，穿过幽暗天井，撒在我的数学作业上。我偷偷看淑芬侧颜，左边耳朵半透明，曲径通幽，绽开毛细血管，荡一小片粉色耳垂，透光一只耳洞，像春天树梢，弹出一枝嫩芽，有碧绿叶片，也有深深芯子。画画老师教过我，人身上最难画两样，一是手，二是耳朵，既复杂，又完美，尤其是耳朵，统统是曲线，回环缠绕，明暗交错，必是老天爷吃醉老酒，神智无知落脱的副产品。淑芬摆下一只化纤条纹蛇皮袋,一只上海牌女式手提包,灰颜色皮子上,印了外滩风光。斜刺里太阳光,从淑芬的左耳亮到右耳,亮出一只单调、枯萎、衰败红肿的右耳朵,像晒干了的黑木耳,又像风烛残年的我外公。两只耳朵判若天渊,好像两只娘胎里出来,拼了同一个头颅两边。至于淑芬的珍珠耳环,我要再等几个月才见着。淑芬在我家里头一夜,我外公还在医院,叔公搭了夜班火车回镇江,我妈妈翻出一条新被头,让淑芬困了客厅棕绷大床。我说,我困啥地方?我妈妈说,你也困这张床。关了灯,我先钻被头筒,想到有个女人跟我困一张床,我便穿了棉毛衫、棉毛裤,仰天平躺。等一歇,听到窸窸窣窣声音,有人脱绒线衫,静电噼啪作响,怕是腈纶材料。眠床晃一记,隔壁被头翻动,气流扑来,乍暖还寒。我困床头,淑芬困床尾,她后背心朝我,但是两只脚长,几乎碰到我这边床挡。我跟淑芬静下来,好像床上没困人,两只被头筒里皆是空心。摒不牢,淑芬终归翻身,跟我一样平躺。我看了天花板,微微转头,望向玻璃窗外天井,月色清艳,我爸爸养的花花草草,牵丝攀藤,老鼠影子如噩梦蹿过,拖一条细长尾巴。淑芬又翻身,这趟面朝我这一边,喘气声音粗重。我再转身,面朝墙壁,屁股朝淑芬,被头筒渐热,春梦渐生。老早我时常翻来覆去困不着,早上苦作乌拉爬起来,被我妈妈催了揩面刷牙齿去上学。这一夜,淑芬呼吸动静不小,却有催眠功能，好似层层海浪卷来，秋冬枯黄的芦苇丛，沙沙沙，沙沙沙，潮头扑上来，潮头又落下去，泡沫白滚滚，幕天席地，无处逃遁。天亮醒转，我嗅着酱菜、腐乳、花生米味道，一碗泡饭，热气腾腾摆了台子上。半张床已经空了，淑芬的被头叠得整齐，靠了床尾，残留余温。我速速穿衣裳起来，扒筷子，吃早饭，烫着舌头尖。淑芬立了天井门口，问我，好吃吧？我嘴巴笨，先低头，再点头，再背起书包，去上学。

我外公出医院前，我爸爸背了十斤水泥、三十斤黄沙、几十块砖头回来，砌到天井围墙上，连接二楼阳台下沿，再砌一堵砖墙，封掉半只天井，三夹板做一扇门，四边用硅胶密封，便是淑芬的房间。我外公回到家里，看到淑芬，半天没话好讲。外公是老实人，不欢喜跟人搭腔，家里有个保姆，便觉着不自在，淑芬毕竟是女人，有各种麻烦事体。鬼门关前兜过一圈，我外公的肝脏坚硬如铁，等于半个废人，还是个药罐头，每日要吃三种西药，熬一服中药，每个礼拜跑医院化验、打针、配药。淑芬看得懂药瓶上的字，分得清每一种药，一日吃几趟，每趟吃几片。淑芬还会熬中药，抓药手势、火候分寸都好，家里缭绕了丹参、当归、茯苓、阿胶、山茱萸、甲鱼壳的浓烈气味，绕梁三日不绝，让人神魂颠倒，扶摇直上六层楼，飘去三官堂桥，沪西曹家渡数万居民，仿佛集体罹患了肝硬化、腹腔积液,以及肝肾综合征。我爸爸是个电工,在上海第三石油机械厂上班,这两年厂里生意好,经常有机器坏了要修,中班夜班蛮多。我妈妈是上海市交通运输局的纪检干部,下班回来六点钟,再去买小菜、烧饭,七八点钟才能吃夜饭,要是碰到出差,或是去北京开会,我跟我爸爸还有外公,三个男人泡三包方便面,要么开水泡冷饭,吃吃咸菜萝卜干。现在有了淑芬,负责买菜烧饭,她晓得我欢喜吃水里的,东海带鱼、江北黄鳝、太湖螺蛳,犹如过江之鲫,轮番端上我家餐桌,但不铺张浪费,会得杀价钿,不浪费一分菜金。淑芬还会杀鸡、杀鱼,手臂膊戴一对蓝布袖套,刮鳞拔毛,开膛破肚,取胆剔肠,弄得清清爽爽。淑芬杀甲鱼是一绝,先引龟头出壳,眼皮一张一合,手起刀落,关公温酒斩华雄,八大王已身首异处,血溅五步,熬成汤给我外公吃,据说有中药功能,延年益寿。我外公吃饭不上台子,生怕传毛病给我,一个人坐了方凳子上吃,生出凄凉伶仃之意。淑芬晓得我外公忌口,专门烧几样菜给他,统统是家乡味道,镇江城外丹徒县,长江南岸村庄,我小时光去过两趟,每趟皆是寒假,朔风劲吹,天地萧瑟,枯枝衰败,水汊环绕,田埂上男小囡骑了脚踏车,女小囡穿了花棉袄,农舍升起炊烟,白雾茫茫。我外婆也是丹徒县人,我妈妈想把外婆葬在上海的公墓,我外公却想送外婆回乡下,落叶归根。

淑芬来我家时光，我外婆的骨灰盒头，已埋于故乡田野，起了坟茔，刻了墓碑，拜托我舅公照料，就是外婆嫡亲兄弟。我外公说，等他死后，要跟我外婆葬于一穴。实际上呢，我外公来上海五十年，乡音已改，平素只讲沪语。淑芬倒是一口乡音，她也会普通话，但是蹩脚，半是镇江扬州腔调。每夜九点，我外公就要困了，淑芬在煤气灶上烧水，铜铫子倒进塑料脚盆。我外公双脚水肿，脚腕如同馒头，典型肝硬化症状。淑芬坐了小矮凳，佝偻后背，捏一条热毛巾，帮我外公按摩肌肉，软化血管，聊胜于无。我外公汰好脚上床，淑芬再拿一只脚盆，倒满温开水，让我放下两只脚。淑芬手上老茧粗厚，还生冻疮，捏了我的细细小腿，慢慢交搓揉，汰出一池老垢。淑芬粗懂穴位，按了足三里、血海、三阴交、脚底心涌泉，手劲排山倒海，深入骨髓，酸得我吱吱乱叫。待到穴位按好，淑芬摊开毛巾，帮我揩清爽，脚底温热，钻到被头筒里，方能困得熟，噩梦退散。

　　淑芬有两套衣裳，款式一样，一件红、一件绿，每个礼拜换一趟。清明后，天气渐热，她脱了绒线衫，外套不变，经常汗津津。淑芬不在家里汰浴，主仆之间分寸，她是拎得清，泾渭分明，绝不越界。每个礼拜，淑芬拣了空当，去曹家渡公共浴室，买票子汰浴，价钿实惠，每趟回到家里，头发还没干透，湿漉漉披了肩胛，像一圈圈海藻，深海里发了幽光。五一劳动节，淑芬放了一日假，我妈妈亲自买菜烧饭，叫她出去兜兜转转，不要闷了家里。淑芬终归调了衣裳，的确良衬衫，白颜色，涤纶的，蛮挺括，下头黑裤子，总好过红的绿的，脚上还是搭扣胶底鞋。在我贫乏的想象力下，淑芬到了南京路，多半是中百一店，买各色衣裳、鞋子，还有雪花膏。天黑前头，淑芬准时回来，两手空空，只背一只红书包，印了动画片《花仙子》主角小蓓。淑芬打开书包，有一只塑料铅笔盒子，画了米老鼠跟唐老鸭，还有两双回力牌运动鞋，一双红、一双白，都不是淑芬尺寸，她的脚跟男人一样大。两双跑鞋都蛮小巧，分明是我的脚码，白跑鞋是送给我的，至于红跑鞋、花仙子书包、米老鼠铅笔盒子，统统是淑芬买给女儿的。淑芬的女儿叫小桃。

二

隔了三十年，戴珍珠耳环的淑芬，还有小桃的面孔，在我脑海的暗房里，慢慢交冲洗，黑白底片变成照片，一点点鲜明光艳起来。小桃不像她娘，恐怕随她爹，圆面孔，丹凤眼，眉毛清爽，鼻头细巧，皮肤苍白单薄，看得出青颜色毛细血管。她梳一根小辫子，跟她娘一样乌黑油亮，荡了胸口前头，如同麻雀飞散，扑入我的胸口。小姑娘发育比男小囡早，胸部已蛮明显，比我高半个头，还厚颜无耻地叫我阿哥。三伏天，小桃从镇江乡下来上海，淑芬陪女儿住了私人旅舍，就在曹家渡，长宁支路上一条小弄堂。我晒得热昏，脚上蹬了回力牌白跑鞋，穿进小弄堂，两旁搭满前后厢房，造起三层阁，头顶一线天，二楼对面好握手，家家大门敞开，生煤球炉，小囡汏浴，兄弟分家产，婆媳吵相骂，看戏似的。弄堂蜿蜒幽深，深得像人的盲肠，行到山重水复，竟藏一座小教堂，四面被民房包围，竖了木头尖顶。新乐路襄阳路口，我妈妈单位对面，也有一座老教堂，白俄人的东正教堂，气派大得多，拜占庭式圆顶，天蓝色洋葱头，却没一个信徒来祷告，因为白俄人老早离开，教堂等于一具漂亮空壳。曹家渡天主堂，尽管寒酸相，缩了角落里，病恹恹像我外公，却还在心跳，呼吸喘气，门口坐了几个老太婆，满头霜雪，前脚做好弥撒，阖眼皮读《圣经》，尚有阳寿未尽。隔壁私人旅舍，几乎是间危房，木头摇摇欲坠，蜘蛛吐丝结网，反倒衬得小教堂固若金汤起来。爬上三层阁，淑芬看到我进来，也是一惊，抬起手，遮牢自家左边面孔，五根手指间，慢慢泄漏出光来，原来是一枚珍珠耳环。不是一对，只是一枚，单吊在淑芬左耳朵，滴溜溜圆，像一颗玻璃弹珠，但不透明，左边面孔跟头颈，倒映一层银白反光。珍珠背光一面，深沉暗郁，像我爸爸厂里生产的石油机械零部件,送去新疆塔克拉玛干沙漠,深入地下岩石几千米,挖出乌漆墨黑的液体黄金。我头一趟看到淑芬的珍珠耳环,旁边的小桃已失了颜色。小姑娘穿了短袖衬衫,回力牌红跑鞋,眼睛盯牢我不放,叫人进退维谷。房间局促,没电风扇,热得像蒸笼,只有一卷蚊香,袅袅升了绿烟。还好有老虎天窗,浮了黛色屋顶上,正对天主堂十字架,吹入三两热风。淑芬摘脱珍珠耳环,塞了裤子口袋,掏出一张五块纸币,正面炼钢工人,背面露天采矿,叫我带小桃出去兜兜。三十七度高温,到了曹家渡街心岛,我跟小桃进了邮局,兜了书店。我刚读好五年级,还是小朋友面孔,身坯像只猢狲,人人觉着是阿姐带了阿弟。我买两根娃娃雪糕,找回四张一块纸币,正面少数民族女人,背后万里长城。我们嘴唇皮舔了雪糕,糖水滴落到她的红跑鞋上、我的白跑鞋上,鞋舌头像被人舌头舔了。我跑进向阳食品店,摸出两张钞票,买一包盐津枣、一包话梅,跟小桃分而食之,像两只小鸡啄米,吃得舌头发咸。我性情温暾,碰着人就低头,闷声不响,从小养成坏毛病,不敢看别人眼睛,我妈妈总骂我不上台面,但我别转头说,小桃,明早一道吃早饭好吧? 小桃舔了盐津枣说,好啊。

　　小桃在上海小住半个月,我难得每日早起,闹钟调了六点,刷牙齿揩面,走到曹家渡,陪小桃一道吃早饭。晨光微熹，露水蒸腾，彻夜蛰伏的老饕们出洞了，搜肠刮肚，胃液翻腾，舌头发颤，馋吐水答答滴，依次扫荡糕团店、馄饨店、生煎馒头、鸭血粉丝汤、锅贴、粢饭糕、油墩子，围了三角形街心岛，热气滚滚，氤氲蒸腾。肉馅的香味道、内脏的腥气味道、甜蜜酱的幸福味道、臭豆腐的腐败味道，水乳交融，吊了人的鼻头尖、舌头尖。小桃的话开始稠了，普通话咬字周正，只带一点点口音，比她娘讲得清爽多了，像我们班上女同学。太阳光开始旺了，曹家渡一点点闹忙，红绿灯跳起来，13路电车小辫子翘起来，几千部脚踏车转起来，铃铛声甚嚣尘上，赛过坦克车旁边，散开乌泱泱骑兵，静静的顿河，要么分道扬镳，要么胜利会师，浩浩汤汤。沪西曹家渡是三区交界，好像上海的金三角，撑市面是静安区，占了半壁江山，包括三角形街心岛，走万航渡路去静安寺；我家的六层楼工房，沪西电影院，属于普陀区，直通长寿路大自鸣钟，苏州河两岸工厂；隔一条万航渡后路，我家出门右转，钻过三官堂桥，便是长宁区地界，淑芬日日去农贸市场买菜，泊了苏北安徽来的船队，满载活鸡活鸭、虾兵蟹将、碧绿西瓜，随了苏州河的潮汐，浮沉起落。我陪了外公，再约了小桃，三个人穿过小菜场，沿了熏人迷醉的河岸小路，从沸热荡到温暾再到静谧，走到精神病院、华东政法学院（老早是圣约翰大学），最后是中山公园后门。外公精神头上来，买了三张门票，圆形塑料角子，掼进检票箱。公园万树葱茏，顿觉阴凉，老头帮聚拢，听一少年拉二胡，瞎子阿炳《二泉映月》，琴声像哭声，有板有眼，有腔有调。小桃听得呆了，流连忘返，盯牢拉二胡的少年，倜傥年纪，弹眼落睛。我是自惭形秽，拖了小桃说，有啥好听的，下趟我吹笛子给你听。小桃不语。转过石亭夕照，林苑耸秀，极司菲尔花园旧景，终到一株参天古木，树根赛过圆台面，分出五六根巨株，像五根手指头，往上海五个方向延伸，千树万叶，犹如栖了十万只黑鸦，垂了羽翼，遮天蔽日。风乍起，树已成海，浪涛声声，充盈双耳，又像撑开一面巨伞，地上生出无限大的树影子，地下也生出无限大的树根，须须蔓蔓，盘根错节，从头顶到脚底，盖了整个中山公园。我想象其中一条树根，沿了苏州河床爬行，匐匐钻到曹家渡，钻到我家天井，跟夜来香根须纠缠，暗通款曲，节外生枝。大树底下有牌子介绍，学名悬铃木，上海人讲的法国梧桐，树龄一百二十年，从意大利漂洋过海而来，一八六六年，一个英国大班手植，远东所有悬铃木的老祖宗。几个老太婆在树下烧香，据说这棵大树是老神仙，树大根深，法力无边，许愿灵验。我外公不信，笑笑走了。小桃膝盖骨一抖，跪了大悬铃木树下。我惊说，你做啥？小桃说，大树会保佑我的。我说，保佑啥？小桃说，保佑我长命百岁。小桃双手合十，一声不响，大悬铃木却一直在响，树欲静而风不止，几吨重的树叶子，像开了音乐会，盖过尘世嚣嚣。

小桃离开上海这日，我请给她看了场电影。沪西电影院蛮古老的，蒋介石搞"四一二"这年造的，最早叫"奥飞姆大戏院"，曹家渡五岔路口转角上，正对三角形街心岛，门脸气派，等于五六层楼高。今日海报是电影《本命年》，油画上满脸阴霾的男人，半天才看出来是姜文。我说，就看这个吧，我正好本命年。小桃说，我也是。进了电影院，冷气开放，外头撒哈拉，里头西伯利亚，我穿了短裤，冻得刮刮抖。我看不懂电影，却装作啥都懂，看到片尾，刑满释放的姜文被小流氓捅死，小桃问我，到底死了吗？我说，主角是不会死的，肯定救活了。电影散场，鱼贯走出太平门，总叫我想起太平间，我外婆走后的第一站，也是冷气开放，人生散场。走到我家门口，小桃不肯进去，拖我上了三官堂桥。吹拂苏州河上野风，晒了热滚滚太阳，我又问小桃，还会来上海吧？小桃不回答。少顷，小桃扒了桥栏杆说，哥哥，你说这条河底下，有没有水怪？我说，苏州河要是有水怪，老早臭得熏死了。小桃说，我们乡下每条河浜里，都潜了一只水怪，要么乌鱼精，要么泥鳅精，要么黄鳝精，每年都有人淹死，热天游泳的、冬天滑跤的、秋天跳河的。我说，小桃也会吓人了。小桃说，见过水怪的人，魂灵会被带走。我说，我妈妈跟我讲过，不要迷信，《聊斋》里的故事，不作数的。小桃笑笑说，我见过，我家门前小河浜里，有一只蚌壳精，夜里缠了水草，翻开两瓣壳子，吐出几十颗珠珠，月亮下一粒粒反光。我说，这就是珍珠吧，不对，是你的噩梦。小桃说，绝对不是梦，我从蚌壳精身上，捡回来一颗珍珠，养在我的搪瓷碗盏里。我说，珍珠还能养？小桃说，我养了一个热天，珍珠变大了一圈，养到秋天快要过去，珍珠变得透明了。我说，这不是玻璃吗？小桃说，是啊，跟玻璃球一样，最后不见了。我说，你妈妈的珍珠耳环，也是蚌壳精吐出来的吗？小桃朝我翻着白眼说，反正不是偷的。我急说，不是这意思。小桃说，我妈妈的珍珠耳环啊，我从小就看到过，但她不太戴出来。我说，就一只吗？不是一对？小桃说，只有一只，我妈妈不准我碰她的耳环，我偷偷翻她柜子，被我妈妈打过好几次。我说，淑芬阿姨也会打人？小桃摸摸肩胛说，最多几块乌青，三天就褪。我说，你爸爸不拦她？小桃长远不响，我也闷掉。小桃翻转身说，苏州河里的水怪，我猜是乌龟精，要么蝙蝠精。我说，为啥？小桃说，乌龟寿命长啊，藏了淤泥里，闭气一个秋冬不死。我说，蝙蝠精呢，水里有蝙蝠吗？小桃说，你看。小桃跷起手指头，只往苏州河上一指，羊脂玉色的指甲上，泼溅起一片柔光，烈日凌空的水面上，凭空多了一只飞行物体，扇了两片小翅膀而来，竟然真是蝙蝠。这点黑魆魆的小东西，仅在太阳落山后现身，缘何此刻出动？我想起舞台上的魔术师，谈笑风生间，变出一只小白鸽、一缸小金鱼。小桃的手指头，好似擦了金粉、涂了咒语，光天化日下，变出一只活生生的蝙蝠，分明是一场大型幻术，美国大魔术师大卫·科波菲尔也不过如此。小蝙蝠飞来方向，恰是我家隔壁，上海绢纺厂，堆积数以吨计蚕茧尸体，机器开动，轰隆隆，轰隆隆，飞絮漫天，如丝如缕。工厂阴森的屋顶下，便是天然的蝙蝠巢穴，好像南美丛林溶洞，白天倒挂在洞顶，黑夜乌泱泱外出狩猎。苏州河上蝙蝠精，等于小桃白相玩伴，招之即来，挥之即去，转眼消失在桥洞下，可能就倒挂在我脚底下，或者潜入迷醉的河流深处，修炼成精，正宗水怪。我嗫嚅说，小桃。小桃眯起双眼说，看船。只见从武宁路桥方向，首尾相衔而来十几艘船，好像蝙蝠精开道，切开乌漆墨黑水面，船头浊浪翻涌，列队穿过三官堂桥，逆流而上，从吴淞江到大运河，再到镇江城外。下半天，小桃胆子蛮大，自己坐火车回镇江了。二十年后，小桃住过的小旅舍，连同四周围老房子都拆了，造起长宁88购物中心，玻璃幕墙，镜子怪兽。曹家渡天主堂，却从穷屋陋巷之中，凤凰涅槃，搬场到"万箭穿心"正西方，新造一座哥特式教堂，官名"圣弥额尔天神堂"。大门坐西朝东，紫气东来，红砖外墙，彩色毛玻璃，画了《圣经》故事，尖顶直刺苍穹，十字架金光夺目，反倒成了曹家渡地标，好像静安寺之于静安区。

三

淑芬的过去是个谜。我只晓得,淑芬是读过书的。我家里藏书,多是我妈妈老早买的小说和文学期刊,如《收获》《当代》《人民文学》,还有华东师大中文系自学考试教科书,如《古汉语概论》《中外比较文学》,还有我爸爸的养花指南,他当兵时光的防核武器跟生化武器手册,统统藏了壁橱底下,被我一本本翻出来,摊开来晒太阳,家里洋溢了反帝反修、批林批孔、儒法斗争、伤痕文学、先锋文学、寻根文学、拉美魔幻现实主义的丰富且吊诡气味。曾经让我如痴如醉的三百本连环画,已被它们的小主人束之高阁。这是我一生当中的青铜时代,等于古埃及在尼罗河、古巴比伦在两河流域、古印度在印度河、商朝人在殷墟的甲鱼壳上刻字的阶段。《水浒传》宋江招安后征辽国讨田虎平王庆擒方腊的后三十回,我读了十遍;《悲惨世界》第二卷滑铁卢战役,我读了二十遍;姚雪垠《李自成》第一卷,我读了三十遍;《钢铁是怎样炼成的》我读了四十遍。我外公常常摊开文稿纸,捏了狼毫笔,抖抖豁豁抄写,不是佛经,不是唐诗宋词,而是蒲松龄《聊斋志异》,不是原著文言文,而是后人译的白话文,这样外公才看得懂。《聊斋》故事，三分之一美艳女鬼，三分之一仙侠狐妖，三分之一市井无赖。我欢喜看打打杀杀，比方《田七郎》，我外公抄过三遍。田七郎为好兄弟报仇，杀了御史阿弟，再自杀，再尸变，杀了县官，看得我汗毛凛凛。

暑假快要结束，我妈妈陪我外公出去跑亲眷，我爸爸在厂里上班，我去寻同学走四国大战，热得浑身湿透，回到家里，只见淑芬坐了客厅，拿了我外公的白话本《聊斋》，舌头舔了手指翻书，这是她的坏习惯。我凑到她背后一看，原来是《罗刹海市》一篇，我看过蛮多遍，既没女鬼，也没狐妖，却有海外异闻，倒是像《镜花缘》。淑芬的左耳朵上，多了一枚珍珠耳环，让我的瞳孔一缩。原来只要家里无人，耳环就会悄咪咪放光，这是淑芬的秘密，现在是我跟她两个人的秘密。淑芬被我一吓，合上书本，跑进天井做生活了。淑芬来不及摘脱珍珠耳环，拧开水龙头，放满满一铅桶水，拎起来平平稳稳，一滴都不溅出。淑芬手臂膊不粗，但是力道十足，晾晒衣裳被单，直接用手绞干，清清爽爽，好像绞索挂上头颈，包准十秒钟毙命，绝不拖泥带水。我蹑蹑踏入天井，一对娇凤婉转啼鸣，我外公养的，披红挂彩，学名"虎皮鹦鹉"。地上一只长毛兔，我爸爸送给我的，蹭到我的脚馒头，热烘烘，有点焐酥。我说，淑芬阿姨，我看看你的耳环吧？淑芬别转过头，蹙起眉头，甩掉手上水滴，揩布擦清爽，摘脱珍珠耳环。我的两只手掌心平摊,轻轻托了耳环,没啥分量,镶嵌一只银钩子,末端弯曲,细长如钉,用来穿透耳洞。珍珠本身冰凉,残留女人体温,吸收太阳光,困了我手心掌纹里,似要融化,速速物归原主。淑芬收起珍珠耳环,两只耳朵清清白白。我不知足,提了第二个要求,淑芬,我能捏捏你的耳朵吗?淑芬倒是没翻面孔,贴了我的耳朵说,骏骏外公讲过,你从小欢喜摸外婆耳朵,是吧?我打一个寒噤,当我还是小小囡,欢喜困了外婆旁边,手指头捏了外婆耳垂,毫无皱纹,像一块捏不碎的水果软糖。我没见到外婆戴过耳环,但她确有一对耳洞,我能闻着洞内气味,催眠似的芬芳,既无美梦来缠,更无噩梦来惊。这一不上台面的嗜好,从我三岁开始,保持到小学三年级,直到再也摸不到外婆耳朵,因此滋生的悲伤,甚于痛失外祖母这桩事体。淑芬回到客厅,坐于矮凳,转过左边面孔说,骏骏,轻一点哦。我坐定下来,咽一口馋吐水,手已抖豁。我说,真的?淑芬说,不要耽误时光,我还要淘米烧饭。终归,我弹出右手,触到她的左耳朵,大拇指摸耳垂正面,食指摸了反面,两根手指像一对筷子,捏牢碗盏里的肉,淑芬亲手炒的小牛肉,肉头顺滑,纹理细腻。淑芬凝固不动,像服装橱窗里的假人,呼吸也轻下来,扑簌到我头发里;她头发里的气味,扑簌到我鼻孔。太阳光刺进来,先被窗门玻璃切碎,又被头顶吊扇绞碎,天花乱坠下来。淑芬脖颈上有层薄汗，耳垂阴凉，大热天摸了舒意，吊扇都是赘物，人不再燥热，自然凉下来、静下来、稳下来、惬意下来。淑芬被我捏得发痒，咯咯笑了，闭上眼皮享受，反倒是我在服侍她，手指头分泌油脂，渐渐搓热耳垂，像一块碧玉，手心里焐了时光久，也会得变暖热。我盯了淑芬耳朵孔，正对草木葳蕤天井，所谓天堂，就在女子耳垂上，六岁小姑娘，三十岁淑芬，六十岁太太，皆有这一对天堂，永久保鲜不变质。淑芬眼睫毛抖了说，骏骏还想外婆吧？我说，外婆刚走时光蛮想的，后来一直捏不到她的耳朵，才晓得外婆死了，再也不回来了。淑芬说，骏骏要是再想外婆，可以捏淑芬的耳朵，但有个条件，千万不好叫你爸爸妈妈晓得，也不好叫你外公晓得，懂了吧？我缩回手指头，舔舔自家舌头说，懂了。天上飘过一片云，家里又暗下来，彩色片化作黑白片，最后无声片。

热天过去，我升上预备班，到五一中学读书，悄咪咪开始发育，显著标志是饭量倍增，淑芬每趟给我添饭，都要多看两眼，好像我怀了一个日长夜大的怪胎。外公身体一日日好转，不必一直要人伺候，淑芬一日日空下来，要么抱了绒线球，捏了两根棒针，给我结绒线手套，给小桃结绒线裤，要么开无线电，跟我外公一道听越剧《杜十娘》《祥林嫂》，王永生大师唱《金陵塔》，但她只听得懂一半。老早在外婆家，老闸桥的弄堂，左邻右舍都认得，常常串门跑动。现在搬来曹家渡，住了六层楼工房，每层四户人家，几乎老死不相往来，鸡犬相闻不见，倒是麻将牌声音响亮，春夏秋冬梅兰竹菊，大珠小珠落玉盘。二楼阿哥是个例外，此人本是大学生，不知何故退学，变成待业青年，家里蹲，自学日文，天天"阿伊屋哎奥"，准备东渡扶桑读书。二楼阿哥有全套金庸、古龙、梁羽生、温瑞安、卧龙生，时常抱了书来我家里，跟我交换苏联小说和文学期刊，比如我看的第一本金庸叫《碧血葬香魂》，红花会总舵主陈家洛跟乾隆皇帝还有香香公主的故事，至今记忆犹新，后来才晓得大名《书剑恩仇录》。二楼阿哥人是瘦长的，像一根甜芦粟戴了眼镜，他每趟来我家里，看到淑芬在灶头熬中药，自然搭讪几句，多是照顾老人话题。淑芬也不扭捏，大大方方，还能开两句玩笑。二楼阿哥生在贵州遵义，爹娘支援内地大三线，他是十岁才回上海读书，家里只有一个太奶奶，清朝宣统年间生人，已经老年痴呆，上个月掼倒骨折，困了眠床，动弹不得。二楼阿哥照顾太奶奶，单枪匹马，焦头烂额，自己吃饭都成问题。他问淑芬有空儿吧，每日上门一趟，每趟两个钟头，照顾老太吃流食，调尿布，热毛巾揩身，不要生褥疮就好。淑芬既没答应，也没拒绝，她讲此事不小，必要主人同意才好。送走二楼阿哥，我蛮紧张，便问淑芬，你真要走了？淑芬说，骏骏不要吓，淑芬不会离开你的。当夜，淑芬跟我妈妈商量，我妈妈当即同意，也不减少薪水，淑芬还住了我家里，唯一要求是错开时光，不耽误买菜烧饭跟照顾我外公。半夜里，我爸爸埋怨我妈妈，做啥这样大方？我妈妈说，反正淑芬每日有半天空当，上二楼有事体做也好，住家保姆要是太闲，容易生出事端，不是钞票，就是男人。我妈妈讲到此地，我爸爸也就闷掉。

每日午后，淑芬到二楼阿哥家里，但比照顾我外公辛苦得多，老太几乎不能动，一口绍兴话，淑芬也听不懂，老年痴呆，大小便失禁，还要端屎把尿。淑芬吃力归吃力，但在我家里做生活，丝毫不曾懈怠，每趟从二楼下来，都会用肥皂汰手，免得带了老太污秽物。二楼阿哥每趟支付三块酬劳，淑芬在我家里吃住全包，每月可得一百块，等于净赚，加上二楼的外快，淑芬赚得不比我爸爸少了。但我不再跟二楼阿哥热络，他看中我家的《安娜·卡列尼娜》，尽管我看不懂，也不肯借他，哪怕全套楚留香也不换。二楼阿哥祭出法宝，一套雪米莉全集，《女冤魂》《桑拿混血女》《放荡奴隶》《香情猎手》《女娇娃》，封面不是香港艳星，就是欧美荡妇娇娃，让我缴械投降。我拿雪米莉藏了床单底下，家里没人时光，偷偷拿出来翻两页，其实没啥黄色，无非是香港皇家警察派遣美艳女警，卧底国际贩毒集团，却被毒枭做成人肉包子，故事横跨中国香港、东南亚、欧洲，惊动意大利黑手党，蛇蝎美人发射响尾蛇导弹，轰击克格勃特工。隔一个礼拜，淑芬调换床单，发觉我的秘密，她也翻了几页，真是不巧，翻着阿拉伯王子跟应召女郎的春宵一夜。淑芬说，骏骏，你怎么看这种乌七八糟的书？我是面红耳赤，百口莫辩。淑芬没收了雪米莉，还给二楼阿哥，据说臭骂他一顿。我是一声不敢响，生怕淑芬告诉我妈妈。后来我再看到二楼阿哥，装作太平无事，他也不提雪米莉了。

一九九一年，是个多事之秋。年头上，"沙漠盾牌"变成"沙漠风暴"，海湾战争打响，B-52地毯式轰炸巴格达。我每日守了电视机，看报纸上国际新闻。我妈妈不想让我天天看飞机导弹，刚放寒假，便给我请了画画老师。曹家渡三角形街心岛上，原本清一色国营商店，现在新开几爿极小的门面，承包给个体户，其中一家画像店，门口挂了三张肖像素描，一张林青霞、一张山口百惠、一张玛丽莲·梦露，皆是举世无双的美人。门里有几张老头老太肖像，表情僵硬，阴气森森，我有点点戒惧。画像叔叔头发披到肩胛，马脸一张，两撇胡子翘起，竟像超现实主义的达利。他吃香烟有腔调，只吃万宝路，自来火点着烟头，不疾不徐甩灭，手指间星火撩人，再吐一圈烟雾。画像叔叔给我一张画夹、一支铅笔，让我画一只陶瓷杯子。我从一年级开始学画，搬到曹家渡，只好中断荒废，我妈妈有点后悔。在长寿路第一小学，美术老师夸我会素描，懂透视法，还会调色彩，画班级黑板报。我憋了劲，捏了铅笔，手指头发抖，勉强画出一只陶瓷杯，笔触乱七八糟，明暗也是僵硬。画像叔叔帮我补了几笔，化腐朽为神奇。我妈妈说，赞的。画像叔叔说，小鬼画得不错，我收这徒弟了。画像叔叔健谈，嘴巴没停过，他跟我妈妈都是老三届，我妈妈运道好，没兄弟姊妹，免去上山下乡，顶替我外公进了单位，还上了工农兵大学。我爸爸运道更加好，根正苗红，通过政审，光荣参军，当兵三年回来，分配进厂做了工人。画像叔叔就苦大仇深了，他是知青，去了黑龙江，冰天雪地北大荒，偷偷摸摸在农场里画画，先是生产工具静物，再是北国萧瑟风景，最后北地胭脂肖像，差点被诬为流氓罪，还好恢复高考，上了中央美术学院，专攻西洋油画，在北京办过画展，再到高校当老师。我妈妈不禁要问，先生才高八斗，为啥屈就在小小画像店里？画像叔叔说，不谈了，当今高校就是大观园，一年三百六十日，风刀霜剑严相逼，我是闲云野鹤之人，遭到小人算计，不为五斗米折腰，挂冠而去，来到曹家渡，盘下这一小门面，自食其力，一时蛰伏，大隐隐朝市。谈到此地，我妈妈已不好意思还价了。

寒假里，我每天十点钟去画画，上课到十二点钟，从圆锥体、苹果、水瓶，画到石膏像。我妈妈还要上班，就叫淑芬陪我，顺便买点小菜。天寒地冻，人人穿大衣帽子，嘴巴哈了白气,我戴了绒线手套,淑芬一针一线结的,露出四只手指,已冻得通红。淑芬面颊也红,但没老早明显,不再是两只红苹果。我妈妈送给淑芬一瓶油,每日早晚搽一点,皮肤不再皲裂,冻疮也好了,就是老茧褪不掉。画像店里有一扇小门,里厢颜料味道深重。淑芬说,让骏骏进去看看嘛。画像叔叔面孔一板说,这是我的画室,藏了宝贝,啥人都不准进去。淑芬冲他一句,臭美。画像叔叔坐了吃香烟,翻翻艺术杂志,淑芬当即提醒,上课时光金贵,主人用钞票买来的。淑芬骂起人来,元气丰沛,好像教训贼骨头,句句都像臭豆腐干,闻起来恶形恶状,画像叔叔吃到肚皮里,反而吊起胃口,甘之如饴。最后一课,画像叔叔说,今日不画石膏,直接画人像。我说,模特呢?画像叔叔点一支万宝路,眼乌珠盯了淑芬。这一记,淑芬一跳三尺高,学了洋泾浜上海话说,瞎话三千,先生是要吃我豆腐,电视上模特都是小姑娘,穿了胸罩三角裤,走路扭屁股,羞煞人啊。画像叔叔笑说,我讲画像模特,不是时装模特,更不是泳装模特。淑芬面孔煞白,抬起手来,就要抽画像叔叔耳光。我说,淑芬,不要。淑芬的手落下来,指了画像叔叔的美术杂志说,这点书里女人,统统是光屁股光胸脯,你叫我脱光了让骏骏画画,想要带坏我的小囡,还是要对我耍流氓?画像叔叔笑得烟灰烧到自家身上,急忙扑灭火星,还是烧出一只洞眼。淑芬说,活该。

戴珍珠耳环的淑芬

画像叔叔说，淑芬，不要你脱衣裳，只要你坐定此地，让骏骏画你的胸像就好了。淑芬面孔通红说，要死快了，画我的胸，我是养过女儿、奶过小孩的胸，不好看了，实在要看，去看黄花闺女。画像叔叔抱了肚皮大笑说，淑芬，你真是个有趣的人，胸像不是画你的胸，是画你胸部以上包括面孔。淑芬将信将疑说，真不用脱衣裳？画像叔叔说，真不用。我也说，淑芬，真不用。淑芬说，你们这些男人，保证不诓我？画像叔叔存心说，你这样想脱衣裳啊，来来来，今日不画人像，骏骏，我们画人体。淑芬说，滚蛋，你要我坐哪里？前一秒钟，画像叔叔还是嬉皮笑脸，倏尔一本正经，掐灭手里烟头，观察画室光线，让淑芬在墙边坐定，头顶一扇天窗，冬天太阳光，像一泼浆白的淘米水，自斜上方倾囊而下，在她的头发跟面孔上，涂出滴水成冰的反光。画像叔叔说，棉袄脱掉，没形了。淑芬说，你个骗子，不是讲好不脱衣裳吗？画像叔叔拎起一件袍子，外面颜色柠檬黄，内衬是珍珠白色，丝绸料作，挺括反光，邪气金贵，要是油画就赞了，黑白素描是大材小用。淑芬无话可讲，脱了外头棉袄，露出红颜色绒线衫，换上袍子。画像叔叔再上来，两只手捏了淑芬，帮她调整姿势。淑芬拍他手背说，放老实一点，不要趁机出外快。画像叔叔说，你不摆好姿势，骏骏就画不好了。淑芬只得软下来，任人摆布，画像叔叔扳动她的肩胛，直冲画架方向，再别转她的头来,露出左半边面孔,回眸一望。画像叔叔后退观察,又觉得啥地方不对,他拉开抽斗,拿一条天蓝色丝巾,让淑芬包上头发,不许泄露一根,压牢左边耳朵半截,只露出下面耳垂。丝绵袍子加天蓝丝巾,淑芬像被点穴,变成一尊雕塑,僵硬,屏一口气,眼神散了。画像叔叔说,淑芬啊,人要放松,自然一点,就当平常做好生活,坐了休息。淑芬说,我连眼皮都不敢眨,大气都不敢出,吓煞我了。画像叔叔说,你要是浪费时光,就是浪费骏骏的学费。淑芬说,对啊,骏骏抓紧了,快点画。画像叔叔抬起一只手,冲了淑芬说,眼睛看我的手。画像叔叔说罢,手放下来点香烟,淑芬的眼神跟了他的手,落到香烟上。画像叔叔说,眼神不要转啊,留在老地方,我刚才手的位置。淑芬才明白,眼神固定下来,慢慢澄明,好像沉淀后的井水。画像叔叔盯了淑芬说,赞,美人其秀在骨。淑芬浅笑,正襟危坐骂道,十三点。画像叔叔贴了我耳边说,看到了吧,这神态最佳。我是闷声不响,比模特淑芬还紧张,摘脱手套,捏了炭笔,手臂膊发抖,生怕惊走了淑芬的神。我先给淑芬打形,勾出头发、面孔、头颈轮廓,再确定五官位置,稍有走样,画像叔叔便指点几句,然后刻画五官,铺调子,排线,笔触上来了,深入眉眼细节。淑芬跃然纸上,但缺一点装饰,她的左耳朵,好似空枝对晚风。我的道行浅,画到这个程度,已是如履薄冰,生怕多一笔太浓，画蛇添足，少一笔太淡，缺斤少两，淑芬左耳上耳洞，迟迟落不了笔。画架子对面，淑芬眨眨眼皮，浑身发痒，坐不定了。画像叔叔夺过我手中笔，轻描淡写，点出淑芬的耳洞。他再帮我补漏，密密疏疏排线，加强明暗光影，手指头涂抹淑芬面孔，一点点让颜色变匀，指背关节让颜色散淡，磨砂纸一般打磨，血肉立体起来，好像一部黑白电影，女主角淑芬，借尸还魂，呼吸吐纳，要从白纸黑炭里跳出来。画像叔叔叼一支烟，自来火点上，慢慢甩手腕，烧成枯枝熄灭。淑芬还是不动，老老实实坐定，画像叔叔打一个响指说，起来吧。淑芬展开眉眼说，你不诓我？我说，淑芬，好动了。淑芬吐出舌头说，断命的脚都麻了，针扎似的，模特不好当呢。淑芬挪动双脚，短短几米距离，好似万水千山，一路痛骂画像叔叔戳磕，待看到自家肖像，眼乌珠云开雾散，却咬了嘴唇皮说，骏骏画得好，但这不是我。我说，为啥？淑芬叹气说，淑芬要是这样漂亮，哪有如今苦命？画像叔叔说，达·芬奇画蒙娜丽莎，到底像不像她本人，啥人都不晓得。淑芬说，只有眼睛像我。画像叔叔说，对了，这是点睛之笔，我去敦煌莫高窟、洛阳龙门山、大同云冈采风，画过几百个菩萨，你的眼睛、鼻梁、下巴，都有中国早期佛像特点。淑芬解开头上丝巾，脱了丝绸袍子说，不作兴，你说我像菩萨，我压不住的，不如当尼姑。画像叔叔打量淑芬身体，啧啧说，凡是学西洋美术，必先学解剖，淑芬，我看你的身体尺寸、器官比例，不太像中国人，更接近欧洲女人，古希腊身坯，特别适合油画，细细品来，你还是女生男相。淑芬翻翻白眼，穿上自家棉袄说，我们乡下有句讲法，男生女相，一生富贵，女生男相，一生劳累。

十堂画画课学好，画像叔叔赞我花好稻好，赠我一本《人体造型与解剖画范》，封面是个光屁股女人，有句讲句，这幅素描功夫是真好。淑芬说，要命了，这也能给小孩看？一回到家里，画像叔叔送我的教材，便被我妈妈没收，从此再没寻着过。淑芬的素描画像呢，也被我妈妈藏起来，叫我收收心。腊月廿八，淑芬要回乡下过年，我送她到曹家渡。我说，淑芬，小桃还会来上海吧？淑芬说，看小桃的命吧，要是运道不好，就要来上海。我说，为啥是运道不好？淑芬说，不讲了，走了。我说，淑芬，我等你回来。淑芬拎起上海牌手提包、化纤蛇皮袋，登上13路电车，一对小辫子翘起，慢悠悠围绕街心岛，向新客站方向而去。天上好像落雪了。

四

过好年，刚一开学，伊拉克精锐尽没，萨达姆无条件撤军,科威特光复。小桃运道不好,果然来了上海,但她没住旅舍,而是住医院。我问淑芬,我好去医院望望小桃吧。淑芬说,过两日,小桃会来家里做客。两日后,礼拜天,淑芬牵了女儿的手,来跟我妈妈见面。这半年,我长了十厘米,我妈妈不再买童装了,淑芬买的回力牌跑鞋,我的脚已穿不落。但我还不及小桃高,她已蹿到淑芬的个头,样貌也有微妙变化,初看不大觉着,细看面孔长了一点点,非但没变漂亮,反而有点难看相,就像我们班上女同学们,都在这一阶段,传说再过两三年,方才变成美少女。我外公手忙脚乱,冲一杯乐口福,削一只苹果,拿出香瓜子、长生果等家里所有零食。小桃没啥胃口,只吃一粒大白兔奶糖,倒是嘴巴甜起来了。我是第一代独生子女,但我妈妈欢喜小姑娘,无奈计划生育严格,要是生养二胎,开除党籍公职。小桃打扮过了,气色蛮好,身上清爽,并没医院消毒水味道。我妈妈拉了小桃的手,问了读书功课情况。小桃先背一遍王安石《泊船瓜洲》,京口瓜洲一水间,恰是镇江故乡风景,再背龚自珍《己亥杂诗》,皆一字不差。小桃说她欢喜看书,还看科幻小说,最近在看《大西洋底来的人》。我妈妈夸赞小姑娘聪明、乖巧,相比我懂事体多了。房间里热络起来,倒是我立了壁角,闷闷不乐。淑芬还要跟我妈妈讲话,我们转到天井。春光大好,我爸爸最宝贝的君子兰,姹紫嫣红地开了。长毛兔跳过来,我拎起它的长耳朵,送到小桃怀中,兔子肉头厚,热烘烘,雪白细毛飞扬,小桃打了个喷嚏,兔子跳到地上。小桃说,我妈妈住在哪里?我指了指天井里,一扇三夹板小门,搭扣上一把挂锁。我妈妈关照过我,淑芬的房间,不好进去的,天井里的这一角落,变成我的禁区,犹如阿里巴巴的山洞。回到客厅,淑芬跟我妈妈还在讲话,窸窸窣窣,我听不清爽。我爸爸拉我们到卧室,打开新买的录像机,日本原装进口,挂了松下Panasonic、胜利JVC两只牌子。我爸爸挑了一盘录像带,阿诺德·施瓦辛格《终结者》,我已看过两遍,就陪小桃看第三遍。小桃抱了乐口福,目不转睛,录像看到最后,身怀六甲的女主角,开车深入墨西哥荒野,小桃问我一句,你看懂了吗?我说,看懂啥?小桃说,这个女的肚子里,就是男主角的小孩。我说,你怎么知道?小桃说,你真笨,这都不懂。我搔搔头说,嗯,我只看杀来杀去的戏。小桃说,这个小孩长大以后,就是反抗机器人的英雄,所以呢,男主角回到过去保护的人,就是他自己的孩子。我说,你说得有点绕脑子,我们打游戏吧。我翻出任天堂红白游戏机,我爸爸买给我的寒假礼物,但他用的比我多,人家是通宵打麻将,我爸爸是通宵打1990坦克大战。小桃说,男生的游戏,我不玩。我说,你想玩什么?小桃贴了我耳朵说,住医院闷死了,你能陪我出去玩吗?我一愣,点头。小桃说,下个礼拜天,早上七点,我在13路终点站等你,不要告诉我妈妈。淑芬到门口说,小桃,该走了。淑芬眼眶发红,还捏了我妈妈的手。我妈妈摸摸小桃头发,叫她有空来坐坐。小桃只嗯一声,就被淑芬拖走。我说,我想送送。淑芬直摇头,小桃也叫我回去。我妈妈说,你送送吧。淑芬拖了小桃走前头,我像尾巴跟了后头。走到曹家渡,三角形街心岛,淑芬带女儿兜商店,问她要买衣裳吧,要买鞋子吧,要买零食吧,小桃都是摇头。兜到战斗文化用品商店,小桃才开口买了一只圆规、一副三角尺,初中算数几何要用。路过画像店,门口一幅素描肖像,霹雳虎吴奇隆,必是照了磁带封面画的。小桃想进去看看,淑芬捉牢女儿说,呸呸呸,有啥好看,不许进。小桃挣脱妈妈,前脚跨过门槛,门上第二幅肖像素描,却是老太婆面孔,眼乌珠幽深,皱纹盘根错节,好像盯了我要讲啥。淑芬面色大变,从通红到煞白,一只手揪了小桃衣领,一只手甩出去,要打女儿耳光。我辨出苗头不对,抓牢淑芬的手腕,但她手劲粗重,小桃没啥事体,我已掼倒在地。我吓得要命,却虚张声势,硬劲拦了小桃面前说,淑芬,不许打小桃。还好画像叔叔出来,长头发油腻打结,一看到淑芬,画像叔叔笑说,哎呀,贵客到了,进来坐啊。淑芬白他一眼说,坐你的大头鬼,晦气。画像叔叔说,不作兴,我是开门做生意的。淑芬一只手搂了小桃,一只手搂了我,身体越发暖热。画像叔叔看看小桃,点一支万宝路说,淑芬,小姑娘漂亮啊,是你女儿啊?淑芬说,关你屁事。画像叔叔弹弹烟灰,揩揩身上颜料说,淑芬,有啥事体不开心,尽管跟我讲嘛。淑芬说,下回再讲,走了。淑芬捋了捋头发,箍好发圈,牵牢小桃的手,往愚园路方向去了,我外公住过的同仁医院。

淑芬做生活时光改了,每趟我家吃好夜饭,我妈妈自己洗碗,要么叫我洗碗,淑芬就去医院陪夜,早上才回来。上半天无事,淑芬也可去医院,陪小桃看医生、配药、打吊针。隔一个礼拜,我一早出门到曹家渡,13路终点站,小桃已等候多时。她穿一件红衣裳,灯芯绒裤子,面孔发皱,眼圈泛青。我说,没睡好?小桃说,隔壁床位病死了,早上家属哭哭啼啼,吵死了。我是心里一抖,好像小桃背后,跟了一个女人魂灵头。我说,你怕吗?小桃说,死是不怕的,就是怕烦,你也不要怕,这种毛病不会传人。我说,我懂的,你不是甲肝,也不是流感,今天想去哪里玩?小桃说,想走得远一点。我说,跟我上车。我们抢着最后两个空位,卖票员问,到啥地方?我说,终点站,提篮桥。13路是巨龙电车,升起两根小辫子,前后两节车厢,三扇车门,当中绞盘转动,两排香蕉座位,丁零当啷,围绕三角形街心岛,好似一条巨龙出海,要去寻哪吒拼性命。我打开书包,掏出一包牛肉干、一包烤扁橄榄、一包甘草杧果、两包可可豆奶,像小学生春游。电车朝太阳走,第一站,武宁路,我的中学;第二站,叶家宅路,我的小学;第三站,胶州路;第四站,西康路,赫赫有名的大自鸣钟,钟是老早拆掉,徒留地名,还有圆盘路口;第五站,江宁路;跨过苏州河,第六站,恒丰路;第七站,便是新客站。往后我记不清了,从闸北到虹口,经过老北站,电车翘过两趟辫子,抛锚马路当中,卖票员骂山门下来,重新撑起小辫子,电线上火花四溅,小桃扒了后挡风玻璃,看得扎劲。走走停停一个钟头,并不觉得漫长,我乘了几百趟13路,从终点站到终点站,这是头一趟。提篮桥下车,迎面一座厚重门楼,层层嵌套往内,包了两扇铁门,看起来固若金汤,又像镶了木框里的油画。旁边挂了牌子:上海市提篮桥监狱。小桃说,你带我来探监吗? 再换一部公交车,穿过外白渡桥的铁网格,小桃方才见着外滩,一长排古老大厦,老早只存在于淑芬的手提袋上。黄浦江飞了点点白鸥,一艘远洋巨轮切过江面,像手术刀切开病人腹腔,暴露出一只坚硬的肝脏。小桃哈出一团团白气,病中蜡黄面色,染出两团晕红,一树桃李。我打开书包,取出画夹子跟铅笔。小桃说,你干吗? 我说,上次路过画像店,你说想要看人画画,我画给你看啊。小桃说,你要画什么? 我说,画你。小桃说,不要。我说,你站好,很快画好了。小桃说,我生病,不好看,等我病好了再画。小桃别转屁股朝我,望了对岸浦东,尚是无垠旷野,东方明珠还没造,唯有耸峙的码头行车,上海船厂的巨型船坞。小桃说,黄浦江里的水怪,一定是条乌青色的超级大鲇鱼,鱼头上的胡须有那么长。小桃张开双臂做手势,好像这两根鲇鱼须,沿了陆家嘴弯角延伸,从建造中的南浦大桥,一直到还没动工的杨浦大桥。

离开外滩,经过和平饭店门口,便到南京东路。此地是人来疯,摩肩接踵,我带小桃转弯,穿过北京东路,走到江西中路。迎面一栋西洋大楼,我指了三楼阳台说,两边罗马柱围绕,望得到外滩的背面,是我老早爸爸妈妈家里,加上天潼路的外公外婆家里,我是轮番流浪度过童年。小桃说,我家只有我妈妈。我说,你爸爸呢? 小桃说,我爸爸在很远的地方,路过镇江,住了医院,才认得我妈妈。我说,你妈妈也是病人? 小桃说,我妈妈是护士,我爸爸出院那天,留下一只珍珠耳环。我说,为啥只有一个? 小桃说,我爸爸讲这是海水珍珠,贵重得不得了,只有这一个,我爸爸离开一个月后,我妈妈发觉怀孕了。我听了头晕,半懂不懂,小桃吊了我的胃口,荡到苏州河左转,翻过老闸桥,经过我读过的小学,便到天潼路799弄。我在59号过街楼下,望了二楼窗门,已是别人的家了。回到老闸桥,春风习习,夹带苏州河腥臭气,好像淑芬熬的中药味道,纷纷从河底淤泥里生出来，滋养两岸的男子妇女、老人小囡。我外婆还活着的时光，有一日，我外公坐于河边晒太阳，不知何故，失足落到苏州河里，还好没淹死，被河里的船民捞上来，再裹了棉被送回家里。要是小桃没瞎讲的话，我外公的离奇坠河，大概是水怪作祟，不是乌龟精，就是蝙蝠精的复仇，讲不定肝硬化的毛病，还是当时光种下的。我不敢再看河面，倒是催了小桃，还想听淑芬的故事。小桃倚了桥栏杆说，我妈妈肚皮一天天大了，她是实习护士，还在卫校读书，急了要寻我爸爸，可惜，他留的单位地址，统统是不存在的，只剩下珍珠耳环。我妈妈没办法，只好偷偷吃药打胎，但我太想活下来了，就是打不落，捱到八个月，我妈妈被学校送去做手术，医生讲要出人命，只好让我生下来。我妈妈被卫校开除，她抱了我回乡下，等我长到五岁，我妈妈就嫁给我后爹了。我说，后爹对你好吧？小桃说，他还好，就是喜欢吃老酒，吃饱老酒发疯，还会打人，前两年我妈妈怀孕，被他踢了一脚，小孩落掉了，等我后爹酒醒，就去广东打工，没再回来过。我流了清水鼻涕，讲不出话。小桃说，我的毛病加重了，打针、吃药、吊盐水，镇江的医院已经跑遍，南京的医院也去过两趟，看病要花钱，我妈妈听说在上海挣得多，她就到了你家。我说，到底什么病？小桃说，治不好会死，娘胎里带出来的，我妈妈吃过打胎的老偏方，种下了我的病根。我说，有这种事体？小桃说，医生说不是，但我妈妈觉得是她害了我，到处借钱治病，亲眷看到我们就像看到瘟神，我头一趟来上海的医院，我妈妈交了住院费，口袋已经空了，医生开了一个疗程，问是进口药，还是国产药，我妈妈要进口药。我说，钞票从啥地方来？小桃叹气说，你真笨，我妈妈带我来你家，就是来借钱的，我们看录像的时候，我妈妈在跟你妈妈哭呢，最后借到了两千块。我惊说，我妈妈还有两千块，我以为买了录像机、买了游戏机，我家存折就见底了。小桃说，我说多了，我妈妈关照过我，不能让你晓得，你别说出去哦。我说，保证不出卖小桃。

隔天，我就出卖了小桃。我拿出一只饼干盒头，分量不轻，动静不小，丁零哐啷，塞到淑芬手里。打开一看，数不清的硬币角子，各类面值纸币，淑芬惊说，骏骏想做啥？我说，小桃跟我讲了。淑芬眼乌珠一瞪说，这丫头，看我打不死她。我说，不要打小桃，要救她的命。我有一只储蓄罐，一年级开始藏角子，最开始一分，后来五分，再塞一角纸币，这两年塞一块，最大面值五块，一塌刮子倒出，一百零八块七角三分。今年压岁钿，我收到七只红包，准备买游戏卡的，我也一道装进饼干盒头。淑芬眼眶一红，手臂膊勾了我头颈，拿我按到胸口里，好像掼进一团棉花糖，可以听到淑芬的心跳，洗衣机滚筒一般翻转，必定有一只气量庞大的心脏，当中又有一点坚硬，我长大后才晓得是内衣钢圈。

小桃用了进口药，一半口服，一半吊针，一个疗程后，非但不见好转，还有恶化迹象。用药已经无效，医生建议开刀，还有机会保命。淑芬要凑手术费，又问我妈妈借钞票，我爸爸不响，我妈妈想了一夜天，去银行取出两千块，存折真正见底了。但是小桃的手术费、医生红包费，还是差一大块。淑芬决定卖掉珍珠耳环，应该能补上缺口。礼拜日，我陪淑芬到曹家渡街心岛，国营华森理发店，她来上海一年，做头发是头一趟，发卷筒插了乓乓满，像五颜六色的狮子头，烫成波浪卷。淑芬身上衣裳，也是问我妈妈借的，戴了珍珠耳环，理发店的客人们，纷纷侧目。我们乘45路公交车，从万航渡路到静安寺，有一家国营旧货商店，我妈妈介绍的，专收古董字画、钟表珠宝，价钿公道，童叟无欺。淑芬走到柜台上，寻着一个老师傅，撩起刚做好的头发，露出珍珠耳环。本是闷屁的我，竟也学会帮腔撬边。我去学校图书馆借过书，寻着一本科普读物，有一篇专门讲珍珠，就是蚌壳里分泌的碳酸钙，又分淡水跟海水，天然跟养殖，淡水珍珠产量大，但质量低，海水珍珠正相反，波斯湾、大溪地所产，价值连城。淑芬耳朵上这一枚，应是广西合浦的"南珠"。淑芬摘下珍珠耳环，问值多少铜钿。老师傅问，右边一只呢？淑芬也会编故事，她讲本是一对耳环，老祖宗传下来的，抄家被没收，等到落实政策，物归原主，只余下这一枚了。老师傅皮笑肉不笑，打开强光手电筒，十倍放大镜，细细看了耳环，似能鞭辟入里，透视到珍珠芯子，却是摇头叹气。淑芬面孔煞白，我也急了问，啥情况？老师傅说，不谈了。我再问，不是海水珍珠？是太湖的淡水珍珠？老师傅说，根本不是珍珠，是仿珍珠，就是玻璃，涂一层珍珠颜色，不值铜钿。我说，不可能，再看看吧。老师傅板了面孔不响，旁边客人窃笑。淑芬低了头，收起珍珠耳环，塞进裤子口袋。珠宝师傅又说，倒是耳环钩子，我看是925纯银，还值点铜钿，可以收的。淑芬眼里又放光，问多少。老师傅说，一口价，二十块。淑芬往地上吐口痰，呸。

小桃只好等死。我哭了一个月，淑芬叫我不哭，小桃后爹在广东打工，新近寄来汇款，可以做手术了。开刀前一日，淑芬去玉佛寺烧头香，我去同仁医院望小桃。早上，病房里又死一个，小桃缩了床上，人已小了一圈，住院前八十斤，现在只剩六十斤，面黄肌瘦，连胸都没了。小桃只吃流食，我也没拎水果补品，只带一本儒勒·凡尔纳的《神秘岛》，给她解解厌气。小桃让我坐了床沿，我生怕靠她太近，嘴巴里呼出的浊气，会让她灰飞烟灭。小桃说，不要怕，我不会死的。我说，对，现在医学发达，连我外公还活着。小桃说，记得《终结者》最后吗？我说，男主角死了，女的怀孕了，孩子长大是未来的英雄,对吧? 小桃说,记性不错,我这几天在想,我爸爸为什么会突然出现,又突然消失? 我说,你有他消息了? 小桃摇头说,因为啊,他也是一个时间旅行者。我说,你讲啥? 小桃说,这个时代,我爸爸还没出生呢,五十年以后,我爸爸会穿过时间隧道,来到我出生前一年,他是来保护我妈妈的,他和我妈妈的孩子长大后,会是一个大英雄,就是我。我说,好像是个圆圈。小桃说,我妈妈的珍珠耳环,我爸爸只送一个,而不是一对,我也想通了。我说,为啥? 小桃说,五十年后,人类被机器人统治,社会上就会流传,戴珍珠耳环的少女,而且只戴一只耳环,才是拯救世界的英雄。我说,对,戴珍珠耳环的小桃。但我不敢告诉小桃,她妈妈的耳环不是珍珠,而是玻璃。我说,五十年后,我们就六十多岁了。小桃说,如果你还活着,我会嫁给你。我说,要是那时光,我已经死了呢? 小桃说,我们是不会死的。小桃的眼里皆是光,好像立了苏州河上,弹指一挥间,变出一只小蝙蝠。第二日,小桃做了手术。连续三天,我没见淑芬。第四天,淑芬才回来,闷声不响,一进门就做生活,汰衣裳、择菜、淘米。我看她面色暗淡,脖颈松弛,头发披散,眼门前几根乱发,银光闪闪。我妈妈一看山水,晓得情况不妙,便也不问了。

次日,一个老医生到我家里。此人跟我外公同样年纪,样貌气色却有天渊之别,鹤发童颜,背脊骨挺直,走路虎虎生风,面色白里透红,双目有光,太阳穴鼓鼓,颇似电台评书里的世外高人。他是我妈妈托关系预约的退休医生,原本在三甲医院,现在发挥余热,上门社区服务。老医生给我外公量血压,用听诊器,按压脏器,最后打针,手势煞煞清,行云流水,我外公舒舒意意。我妈妈泡好茶叶,老医生已经收工,坐了客厅沙发,开始忆苦思甜。我在写英文作业,偷听几句,这位老医生不简单,新中国成立前,国立上海医学院毕业,四十岁不到,已是医院院长,碰着十年动乱,打倒成"牛鬼蛇神"、反动学术权威,发配乡下给农民打针,送瘟神,治疗血吸虫病,培训赤脚医生,造福一方,后来落实政策,让他回到上海的医院,继续悬壶济世,直到光荣退休。我妈妈听得扎劲,又做思想政治工作,讲起新中国成立以来若干历史问题,劝他不要纠结于老早事体,沉舟侧畔千帆过,病树前头万木春,一切要向前看,你是医学专家,讲讲养生之道吧。老医生跷起二郎腿,抱了茶杯说,我是学西医的,但我家是祖传中医,世代在京城坐诊,专治妇科儿科,清朝贝勒福晋,生了疑难杂症,都来求我家方子,末代皇帝晓得吧?我妈妈说,爱新觉罗·溥仪。老医生说,溥仪虚龄三岁,还没当皇帝,生了急毛病,召了清宫御医,再请德国大夫,统统药石无济,连日高烧,已经神志不清,眼看要翘辫子,溥仪的爸爸,醇亲王载沣,心急如焚啊,三顾茅庐,请我爷爷上门,到了什刹海边上,进了醇亲王府,我爷爷看到三岁溥仪,一搭脉,二看舌苔,三闻粪便味道,便开了方子,王府抓了药,小囡连服七天,好了,活蹦乱跳,第八天,慈禧太后翘辫子,第九天,光绪皇帝也驾崩,溥仪送入皇宫,太和殿上登基,做了末代皇帝。我妈妈赞曰,神医。老医生摆摆手说,不急,隔三年,辛亥革命,清廷覆亡,北洋政府上台,又是袁世凯称帝,府院之争,张勋复辟,兵荒马乱,我爷爷逃难到上海,活到九十九岁,跟溥仪同一年死的,我爷爷记性特别好,跟我讲过好几遍,如假包换,溥仪一辈子没小囡,到底是啥原因,可能就是三岁生毛病,命在旦夕,我爷爷在方子里下了猛药,结果留下后遗症,导致溥仪成年后性功能障碍,断了清室香火。我妈妈摒了不笑。老医生又说,前两年,有个小姑娘,生了一种怪毛病,西医哪能也治不好,三甲医院开了刀也没用,就等办后事了,托人送到我手里。我也是廉颇老矣,束手无策,死马当成活马医,从我爷爷留存老方子里,寻出来一帖,结果哪能啊,半个月内,起死回生,两个月后,已经痊愈。小姑娘重新上学,再没复发过,读书成绩是真嗲,今年还没中考,已经保送市西中学,否极泰来啊。老医生讲了扎劲,我一抬头,看到淑芬立了天井门口,也在偷听。淑芬本身要去二楼,照顾八十岁老太,但她迟迟没走,反而钻回小房间。等一歇，老医生吃好茶，便要告辞出门。淑芬及时出来，换了的确良衬衫，头发重新篦过，面孔清爽，雪花膏气味，左耳朵挂了珍珠耳环，抱一叠子床单，山青水绿，娉娉婷婷，步入客厅。老医生双目一亮，我妈妈跟我外公，同时一惊。淑芬向老医生点头笑笑，便到灶披间，打开煤气，摆上砂锅，给我外公熬中药了。老医生放下茶杯，立了淑芬背后头，看她熬中药手势，砂锅上热气滚滚，淑芬出一层薄汗，头发沾了鬓角，的确良衬衫半透明了，背后洇出胸罩带子。老医生说，这位小姐，你的煎药手势，赛过中医院的护士。淑芬回头笑说，先生夸奖了，我哪里是小姐，我是家里用人。老医生说，哎呀，此地界藏龙卧虎。淑芬说，先生，今朝有缘分，我也读过卫校，做过护士，每趟看到医生，就像看到亲人。老医生叹说，原来是同行，难怪老人护理得好，个个身体康健，何须我这老朽。淑芬忙了煎药，不再搭腔。老医生从背后端详淑芬的珍珠耳环，兴起而吟咏，沧海月明珠有泪，蓝田日暖玉生烟。我说，什么诗？我妈妈说，李商隐《锦瑟》，写你的作业吧。等到中药煎好，一镬子浓汤端到我外公面前，老医生方才告辞。淑芬立了门口说，今日里，先生传授我煎药的窍槛，淑芬实在感激，请让学生子送送老师吧。我妈妈，我外公，还有我，一律不响了。老医生笑说，恭敬不如从命，便跟淑芬一前一后，出了我家大门。

又一歇，不见淑芬回来，我放下作业，走到门口望望，我妈妈叫我回来，不要轧闹忙。二楼阿哥冲下来，面色不大好，浑身臭味道，问淑芬哪能还没来，太奶奶已在床上出了三泡尿两泡污了。天黑了，淑芬还没回来，灶披间里，她留下腌好的带鱼，飘出腥味道，我妈妈等不及，自己开了油锅，给我烧干煎带鱼，但我只吃一块，饭也剩了半碗。我妈妈放下筷子说，不要想淑芬了，笃定是去医院陪夜了。当夜，我跟外公困了床上，听到苏州河里夜航船，马达声声翻滚，要么从苏州城外寒山寺，顺流而下来的，要么走大运河，穿越京口瓜洲，二十四桥明月夜，逆流而上淮河，八公山草木皆兵。暗潮入梦，我睁开眼乌珠，望了天井方向，今宵十五，月光皎皎，农历四月天，花草繁茂，好像一片沼泽森林，让人沉溺不能自拔，沉到上古淤泥里，什刹海畔醇亲王府，三岁溥仪身上，中药味道浓重，呛得喉咙嘶哑，塞满肺泡，一只光溜溜身体，被太监抱进来，纠缠到我身上，头发丝手指甲皆冰凉，吹气如兰，我看不清她面孔，只觉着她的舌头尖温热。我问她，小桃？她不响。我翻身，想摸她面孔，却摸着一只耳朵，吊了珍珠耳环。我再问，淑芬？她还不响。我捏了她的耳环钩子，慢慢交用劲，一点点粗暴起来，好像从门锁里头，拔出一把钥匙，痛得她啾啾叫、呜呜哭，眼泪水淌淌滴。耳环拔出来，耳孔露出来。门开了。梦破了。天井一片宝蓝色,又像一幅水墨画,沾满墨点,一滴滴晕开涟漪。觉着身上黏、湿、滑、冰冰冷,我轻手轻脚爬起,不敢惊动外公。冲进卫生间,我换了一条裤子,坐上抽水马桶,两只脚发抖,额角头冒虚汗,仿佛浸了苏州河底,周遭一腔黑水茫茫,乌龟精从脚底爬过,蝙蝠精从头顶飞过,淤泥里埋了金澄澄的元宝,掐了人的喉咙口。我在卫生间坐到天亮,淑芬还没回来。妈妈帮我弄好早饭,我背了书包上学。上半日,体育课,我没啥精神,跑步落到最后一名,胖子都比我跑得快,老师训我一顿。下半天,我在英文课上困着,又被老师揪起来,罚立壁角。放学回来,我走到家门口,正好碰着淑芬。她也刚回来,珍珠耳环不见,手上拎十几包中药,浑身味道,呛人鼻头。我问她,昨日夜里,你去了啥地方?淑芬不响,面孔一板,进了房门。

　　淑芬天天在家里熬中药,味道比我外公的药还凶。我每趟吃夜饭,都觉着像吃药。我爸爸拼命吃香烟,尼古丁对抗中药,以毒攻毒。半个月后,小桃终归出院,淑芬叫一部残疾车,突突突,屁股冒了烟,先到我家里。小桃气色尚佳,不像开过刀样子,最近吃中药调理,正在恢复元气。淑芬拿一把牛角梳,先帮小桃梳头,统统梳到右边。淑芬再拿一瓶酒精,蘸了棉花,擦拭小桃左耳朵,正反两面,内外耳郭,擦得金光似亮,酒精气味重,好似吃饱二两白酒。我惊问，你们要做啥？淑芬说，骏骏不要管。小桃说，哥哥安心。小桃讲话还是吃力，有点气喘，我只好缝上嘴巴。淑芬拿出一根大头针，开打火机，火舌头像人舌头，一点点舔了针尖，颜色从银转黑，金属哑光亮色。淑芬说，小桃，我跟你讲啊……话音未落，大头针已送出，穿透小桃耳垂。我是吓得一叫，小桃肩胛一抖，咬紧嘴唇皮，大头针已退出左耳，几乎没沾血，露出一只耳洞。淑芬手势极快，像护士打针，抬起酒精棉花，塞到小桃耳朵上，再涂金霉素眼药膏消炎，看得我自家耳朵生痛，我外公都别转头去。小桃眼泪水满出眼眶，顺了面颊下来，耳洞里一点点渗出血丝，好像人生了毛病，血的颜色都变深了。我想，要是我妈妈在家里，必定不会允许淑芬这样做。待到小桃止了血，淑芬说，再忍一忍。淑芬掏出珍珠耳环，钩子如同银针，又像一把细细的钥匙，再用酒精棉花擦拭，轻轻插入小桃耳洞。我抓牢小桃的手，但她抽出手来，反压在我手上，指甲掐了我的手背，痛煞我了。淑芬的珍珠耳环，已荡了小姑娘耳朵上。小桃方才松开手，我用舌头尖舔了手背，几道血印子翻开。我外公说，淑芬，小姑娘打好耳洞，还要养几天的。我外公哪能懂这道理，必是我外婆活着时光讲的。淑芬说，没关系，我的耳环钩子是纯银的，没落过色，没生过锈，不会发炎。我爸爸从里屋出来，抱了照相机说，小桃，现在光线正好，啥地方拍照片？小桃说，曹家渡。淑芬背起小桃，好像没啥分量。我爸爸帮忙拎一只上海牌手提袋，我帮忙拎一只蛇皮袋，分量不轻，味道浓烈，老医生开的中药。我外公都要出来送，淑芬关照他不要折腾。我外公最听淑芬的话，正襟危坐不动。小桃出医院前，提过一个要求，想在上海拍张照片，黑白照就可以，彩色胶卷太贵了。淑芬答应女儿，小桃又提第二个要求，戴了珍珠耳环拍照片，淑芬也同意了。小桃得寸进尺，第三个要求，先要打出耳洞，才能戴上珍珠耳环，淑芬却不同意，怕她吃不消。小桃犟头倔脑，要是不打耳洞，不戴珍珠耳环，不拍照片，她便不吃药、不吊针、不进食，坐以待毙。淑芬只好答应，拜托我爸爸帮忙拍照片。我爸爸除掉花花草草，最欢喜摄影，从竖了拍的海鸥4A，再到海鸥DF-1，还有冲洗黑白胶卷全套行头，宝贝得不得了，不让我碰一记的。走上万航渡后路，最前头是我爸爸，淑芬背了小桃在当中，我拎一蛇皮袋中药在最后。太阳既不稀薄，也不毒辣，真正的温良，如同一镬子汤水，浇出四个人的影子，越拉越长远，淑芬跟小桃的影子，完全叠了一道。到了沪西电影院门口，小桃说，就在这里吧。淑芬放下小桃，我爸爸举起海鸥DF-1照相机，摘下镜头盖，取景框里望了小桃。小姑娘戴了耳环，尽管只是玻璃，也在太阳下一闪一闪。背景是《古今大战秦俑情》电影海报，冬儿葬身火海前，口含徐福长生不老之药，嘴巴对嘴巴喂给蒙天放,保他千年不死。我爸爸连拍三张照片,确保万无一失。小桃连笑三趟,笑到没力道了。淑芬从女儿耳朵上拔出耳环,酒精棉花止血,再贴一张护创膏。淑芬背起小桃,我跟爸爸帮她拎了包,一道乘13路电车,七站路,坐到新客站。下车穿过广场,耳旁南腔北调,不是四面楚歌,便是燕赵悲歌。气味迷宫里,山东大蒜、四川腊肠、武汉鸭头颈、高邮咸蛋,一路纠缠到检票口。淑芬背了小桃,像背一只双肩包,左手拎手提袋,右手拎中药蛇皮袋,深一脚,浅一脚,穿过检票口。小桃匐了她娘背上,回头望我道别。四周围人潮翻涌,各色蛇皮袋、黄麻袋、塑料铅桶、长短扁担,十八般兵器,依次将她们吞没。

当夜,我问爸爸要小桃照片。我爸爸说,瞎胡搞,135黑白胶卷,总共三十六张,今朝只拍三张,全部拍好才能冲。等一个礼拜,我爸爸单位工会活动,嘉定南翔一日游,照相机里胶卷才拍光。我爸爸在家里搭了暗房,显影水、显影罐、量杯,流程繁复,如履薄冰,克格勃间谍腔调,冲出三十六张底片,夹上一根绳子晾成照片。等到天亮,小桃面孔方才清晰,我跑到曹家渡邮电支局,买了信封邮票,塞进小桃三张照片,寄到镇江乡下去了,后来我蛮后悔,当时没留一张下来。三十年后,我爸爸已是真正的老头子,装备也升级到了佳能数码单反,我问他,还能寻到底片吧?我爸爸问,啥底片？我说，三十年前，沪西电影院门口，你给小桃拍的照片。我爸爸说，小桃是啥人？我说，淑芬的女儿。我爸爸弹了弹烟灰说，做梦。一九九一年，小桃离开上海一个月后，我真的梦到她了。小桃变成新娘子，我来吃她喜酒，新郎官是个肥头大耳的男人，简直暴殄天物。淑芬嫁女儿哭哭啼啼，抱了白婚纱的小桃不放。婚礼照片竟是黑白的，只有新娘子一个人，还是小姑娘，耳朵上单吊一枚珍珠耳环，新鲜打穿的耳洞，渗出一滴滴殷红的血，背景还是沪西电影院跟《古今大战秦俑情》。梦醒，天井阶前落了梅雨，房间里潮唧唧，竟能挤出水来。我从床上跳起，我外公被惊醒，问我啥事体。我手脚冰凉，扑到爸爸妈妈房间，只问一句，淑芬有消息吧？我妈妈说，淑芬打电话到我办公室，小桃前几天没了，在乡下办了丧事，遗像用了你爸爸拍的照片。

五

这年热天，马路上最吃香的，是叶倩文的"天地悠悠过客匆匆潮起又潮落，恩恩怨怨生死白头几人能看透"。我妈妈出差了好几趟；我爸爸倒是空了，蹲了家里熬中药，结果炸掉两只砂锅，给我煎荷包蛋，又烧焦两只铁镬子；我外公夜里自己泡脚,脚馒头越来越肿,像两只热水瓶,他还吃错过两趟药,半夜送去医院,一家门忙了通宵。我的长毛兔发情了,脾气暴躁,食欲旺盛,跟这一阶段的我一样。我的暑假特别漫长,上半天看《太空堡垒》,下半天看《同一屋檐下》,夜里看《成长的烦恼》,每隔几日,我就问一趟,淑芬会回来吗?我妈妈每趟说,不晓得。我妈妈又关照我,淑芬的房间,还是不好动的。

但我掰不牢,最热的一日,爸爸妈妈不上班,外公在困午觉,我偷了一把钥匙,打开淑芬房间的挂锁。灰尘翻腾起来,小房间是真小,促狭得不好转身,只好摆一张木床。水门汀潮湿,墙角爬了青苔,经过一季梅雨,皮癣一样蔓延。头顶一根细绳子,挂了一只胸罩、一只内裤,一只像蝴蝶、一只像桃子,都是白棉布的。我摸了摸,淑芬尺寸蛮大,胸怀广阔,老早阴干了,硬邦邦,必是走得太急,没来得及收作。枕头边,有一面椭圆形小镜子,背面是个古代美人,怕是林黛玉。我抓起小镜子,照出一张愁眉苦脸。我穿了背心短裤,爬上小床,靠了淑芬的枕头,阖了眼皮,深呼吸。床单已经发酸,但不熏人,好像栀子花腐烂,混了头发油气味。我不敢困着,一翻身,面孔贴了枕头,觉着隔了床单,有硬物顶我胸口。我掀开床单,藏了一本《聊斋》,白话文本,我外公抄写过的。《聊斋》下头,还藏了好几本书,再一看封面,心旌摇荡，竟是雪米莉全集，《女冤魂》《桑拿混血女》《放荡奴隶》《香情猎手》《女娇娃》，一年前藏了我的床单底下，淑芬没收还给二楼阿哥，哪能还在此地？我翻起一本《女娇娃》，印刷质量差劲，错别字连篇，铅字还会排错行，页角上有折痕，沾了油墨的手印子，舌头舔了手指翻书，方才留下这样痕迹。我困了淑芬床上，看她留在书上的指纹螺旋，又学她的坏习惯翻书，舌尖一片油墨味，竟像我外公吃的中药，传递到大小周天，奇经八脉，直达脚底心涌泉穴。倏忽间，朗朗乾坤，炎炎夏日，天井小房间里，却似堕入后半夜，数九寒天，塞外飘雪。我跟淑芬困同一张床，裹同一条棉被，呼吸同一团霉烂空气，打开同一本禁书，一灯如豆，擦亮蝇头小字，好像未及笄而夭亡的小姑娘，爬出古寺坟茔，唱了淫词滥调，步步生金莲，起舞弄清影，扑倒惶恐的书生，一夜露水夫妻……二十年后，我在四川成都开会，认得一位前辈作家，方知所谓"雪米莉"，种种绮情故事，大半出自他的手笔，纯属当年书商包装。觥筹交错间，脑子里跳出一盏探照灯，光如闪电，劈开一九九一年的曹家渡，天井小房间里，床单下的雪米莉，像一卷录像带，字里行间，一笔一画，纤毫毕现地拷贝、存储、重播、再拷贝，纸页里霉烂味道，也跳到我的鼻头孔里，按下播放键、慢进键、暂停键，按下我的指纹，油墨晕染，竟跟淑芬的手印子，合二为一。

热天还没过去，淑芬倒是回来了。她拎了上海牌手提包，穿了的确良衬衫，脖颈几道横纹，本来饱满壮阔的身体，像轮胎被人扎了洞，一点点漏气干瘪。我外公最开心，我爸爸也觉着解放了，我妈妈不敢再提小桃。每日午后，淑芬还去二楼阿哥家里，照顾老太。我渐渐明白事理，淑芬这趟回上海，是来赚钞票还债的。秋天开学，我升上初一，面孔爆了青春痘，一粒粒红的紫的，被我挤压爆浆，纷纷开到荼蘼，就像我外公肝脏，一日不如一日，一夜比一夜坚硬，淑芬这粒灵丹妙药，已经过期失效。淑芬烧的菜色，一蟹不如一蟹，我妈妈有几趟吃了放下筷子，只好自己拿锅铲上阵。到夜里，淑芬烧了热水，给我外公泡脚。淑芬又端洗脚水过来，让我两只脚放下去，她坐了小矮凳上，要给我按摩汰脚，我却说，淑芬阿姨，妈妈关照我，要自己汰脚了。淑芬看看我，也没动气，立起来便走。我抬起两只脚，自己用毛巾揩干，钻到床上困觉。又一日，我爸爸在天井浇花，觉着味道不大对，露天虽然穿风，但花草叶子留味道。我爸爸是老烟枪，只吃牡丹跟红双喜，难板出客吃一根中华，都是上海卷烟厂的，今朝味道特别，上海隔壁来的。我爸爸鼻头嗅来嗅去，好似电影《虎口脱险》中的德国狼犬，嗅到淑芬小房间门口，至此案破。淑芬承认在天井偷吃香烟，她从镇江带来一包烟。我妈妈跟淑芬长谈蛮久，具体谈了啥，我不清爽，反正我妈妈面色不大好。

　　我跟淑芬有了生分，真拿她当成一个保姆，细想想，好像也没错。一日，我外公出门去晒太阳。家里没别人，淑芬存心靠近我，我低头躲开，淑芬笑笑说，骏骏长大了，会得害羞了。我说，淑芬阿姨，我要专心看书。我打开一本海明威的《丧钟为谁而鸣》，其实看不懂。淑芬说，好啊，骏骏专心看书，现在每到夜里，淑芬也在看书。我心里一惊，难道我翻过她床铺，偷看雪米莉的秘密，已经穿帮？听说有人在书里夹头发丝，外人一经翻动，必定生出异样。还是我留下油墨手印子，淑芬比对指纹，发现不是她自己的？淑芬说，我在看你外公的《聊斋》。我松口气说，淑芬阿姨欢喜哪一篇？淑芬说，聂小倩。我说，看过。淑芬说，聂小倩运道好，宁采臣把她从棺材里挖出来，起死回生，宁采臣家里还有老婆，等到大老婆死了，宁采臣便跟小倩做了夫妻，生了儿子，小倩还让宁采臣纳妾，又生两个儿子，长大统统当官，有福气。我说，这段恶形恶状。淑芬说，骏骏，不好瞎讲，老祖宗写的书，终归是好的。我说，不讲鬼了，讲讲活人吧。淑芬说，活人不及死人，没啥讲头。我撑起胆子说，小桃呢？淑芬说，乡下不方便火化，小桃是土葬，请人打了一副桃木棺材，埋进我家自留地里。我说，你是想让小桃变成小倩？淑芬说，万一有这可能呢？我想起小桃讲过，五十年后来的爸爸，又想起她的蚌壳精，后背心一凛。我不敢看淑芬的眼睛，以为会发红，眼角浸湿，慢慢交流溢，扑扑满出来，可惜一样都没变。淑芬说，骏骏，坐到淑芬旁边来。我说，做啥？淑芬说，捏捏淑芬耳朵。淑芬撩起鬓边头发，露出一只左耳朵，不管面孔身体哪能走样，这只耳朵坐定不变。但我想起小桃的耳朵，也跟淑芬左耳朵一样，便悌惶说，不捏了，我又不是小囡。淑芬说，骏骏是嫌弃淑芬了。我说，不嫌弃。淑芬说，瞎讲，骏骏也会骗人了。我说，淑芬阿姨，珍珠耳环还在吧？淑芬说，还在，你要看吧？我说，不看。淑芬一脸愠怒，想要发火，却也强压下去了。

秋风起，冷暖无定，时晴时雨，总体来讲，一日日冷下去，老人最是难熬。我外公终归进了医院，还是肝硬化顽疾，住了同仁医院一个月，我爸爸妈妈加上淑芬，三人轮流陪夜。我去望过两趟外公，看他奄奄一息，我没心思讲话，生怕让他吃力。秋天快过去，天尚未亮，我梦到一只蝙蝠，从隔壁上海绢纺厂屋檐下出来，贴了苏州河水面擦过，又飞进我家天井。我被一阵阵哭声惊醒，分明是我妈妈在哭，蛮伤心的，淑芬在旁安慰，皆是陈词滥调。我一翻身，钻了被头筒里，枕头蒙了面孔，遽然浸湿了。外公并不算太老，只有六十六岁，老话里讲，这是一道坎，外公运道不好，没跨过去，便进了太平间，再送殡仪馆，穿上我妈妈买的寿衣，暂住冰柜

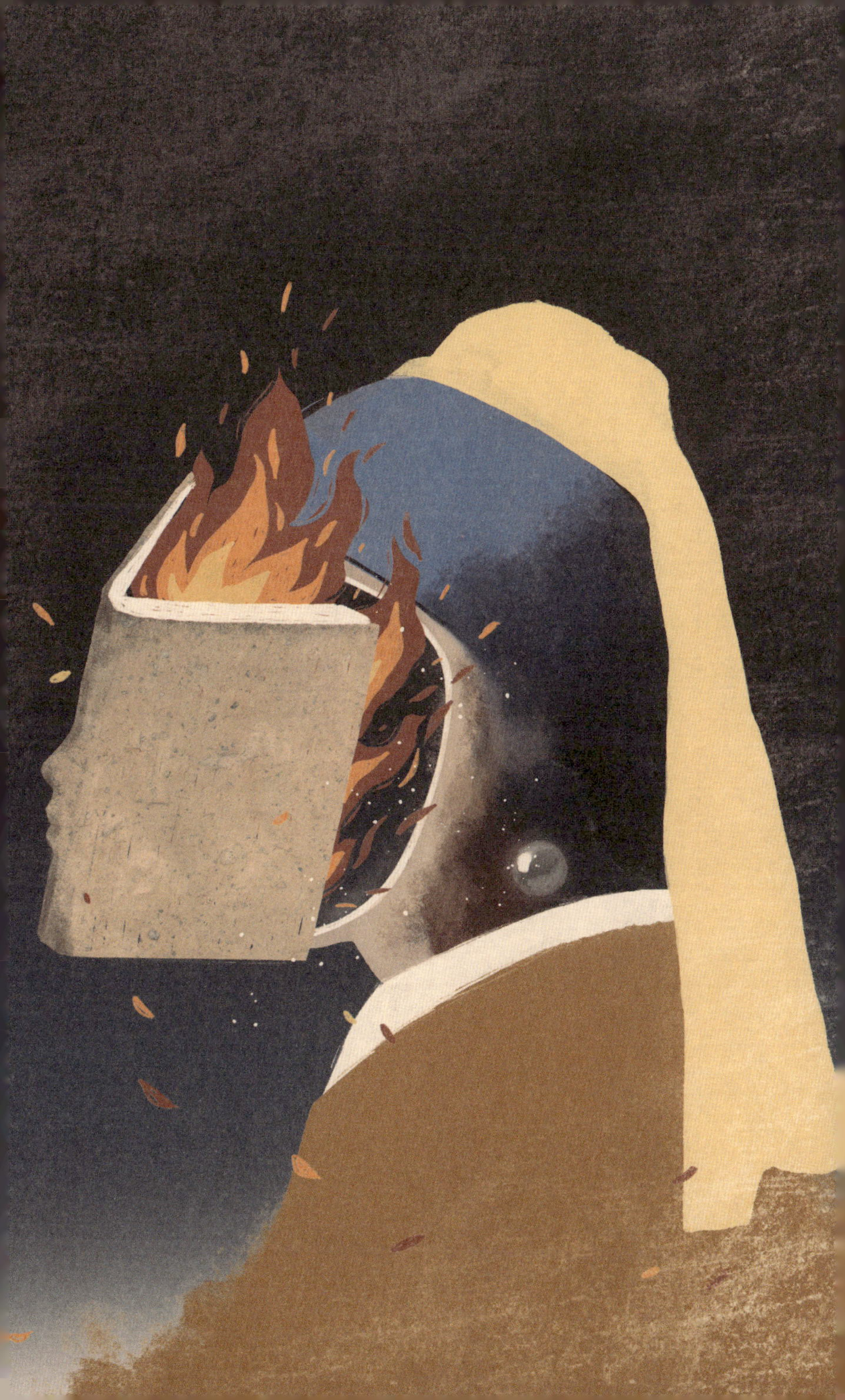

戴珍珠耳环的淑芬　杜凡　绘

之中。家里开始闹忙，轮番有人上门吊唁，送白纸挽联，毛笔写了"千古""驾鹤"等等，通常配了皮棉子，就是丝绸被单，绳子吊起来，好像绸缎庄，又是书法家协会。我爸爸连夜搭了暗房，从老早留下的底片里，放大出一张黑白照片，是我外公正面照。我妈妈抱了照片，去曹家渡画像店，请画像叔叔画一幅遗像。隔了两日，我妈妈拿回画像，不是素描肖像，而是正宗油画，黑边木头画框包了，又像炭笔画，因为是黑白油画，要么纯黑，要么灰白，要么明光，要么暗黑。外公坐了画框里头，跟照片一式一样，面孔却更立体，似笑非笑。

大殓之日，也是我外公头七，我妈妈租了龙华殡仪馆大厅，油画遗像挂了帷幔正中。我外公是个小人物，平生唯唯诺诺，与世无争，却因这幅遗像，死后哀荣，亲友们印象深刻，经久难忘。我才明白，画像店里的老人肖像，统统是人死以后，已经困了太平间，或者殡仪馆里化妆，家属子女拿照片来，请画像叔叔要么素描，要么油画，完工之日，挂起遗像，哭天抢地大殓，塞进焚尸炉，烈火烹油，化为灰烬。追悼会上，淑芬戴了黑袖章，头插白花。她不是亲眷朋友，保姆身份尴尬，单吊立了最后。旁边是二楼阿哥，送了一只花圈，顺便也来道别，日本签证下来了，过两天乘船东渡，既不是东京，也不是大阪，而是金泽。我说，你去了日本，太奶奶哪能办？二楼阿哥说，我爸爸妈妈已办好退休，回上海来住了，可以照顾老人，不必劳烦淑芬了。等我外公火化，我妈妈捧了骨灰盒，我爸爸捧了遗像，又租两部大巴，载了大半宾客，回来吃豆腐羹饭。酒席订了沪西状元楼，宁波甬帮菜，曹家渡最高档馆子，我还是头一趟吃，有名的是糟卤，也接红白喜事，上了全鸡、全鸭、全鱼、全蹄髈。酒席散尽，我妈妈结了账单，送走镇江来的叔公，已没力道走路，还是淑芬搀了我妈妈回家。

后半夜，我一个人困在大床上。外公已在骨灰盒里，好像洞穴里的两匹狼，一匹死了，另一匹便独占地盘。秋冬之交，夜里最难将息，我穿了棉毛裤，裹了厚棉被，缩了靠墙一边，不敢困到眠床当中，好像外公还在旁边，跟我一个床头，一个床尾，他喉咙里的浓痰、僵硬的肝脏、水肿的双脚、淑芬煎熬的中药，纷纷散逸气味，萦绕在我鼻孔。我睁开眼，望了天井方向，月光像老鼠足迹，笃笃笃，爬进玻璃窗，爬进客厅地板，爬到我的棕绷床上，钻进被头筒，跟我捉迷藏。我想捉着这只老鼠，轻轻一扑，便滚落到地板。我还是棉毛衫、棉毛裤，穿上拖鞋，蹑手蹑脚，扑入天井。夜凉如水，鸟笼子里，我外公的虎皮鹦鹉单足独立；地上草窟里，我的长毛兔温热地发梦；我爸爸养的植物在吞入氧气，吐出二氧化碳；淑芬的小房间门缝里，泄漏一点点亮光，好像收集了月光的边角落。我推开三夹板房门，看到淑芬坐了小床上，日光灯照了她的后背，肉色棉毛衫，右手一把牛角梳，梳齿插入头发，一粒粒篦出尘埃、油脂、皮屑。淑芬左手端了小镜子，小到照不出面孔全貌，只有两只眼乌珠、一只鼻梁、两片嘴唇皮，本身丰润，现在裂了几道口子，像伤疤。小镜子稍稍一转，我看到淑芬左耳朵，戴了一枚耳环，哪怕是玻璃，依旧发出深海生物的光，又像滚烫的蜡烛油，扑簌扑簌落到脖颈、肩胛，顺了后背起伏，坠入腰眼的深潭，方才凝固熄灭。小镜子再一转向，照出一双陌生眼睛，既不是小囡，也不是大人，我一时间认不出。但我眨眼皮，镜子里也眨眼皮，好像我的魂灵头，已被收入这面椭圆形镜子，《红楼梦》的风月宝鉴，还会照出小桃，也许是具白骨，但我不会害怕。淑芬放下小镜子，别转头来，竟没丝毫表情，两只眼乌珠盯了我，犹如下水道地漏。我的心内一绞，落荒而逃，关上三夹板门，再关天井铁门，跳回床上，头蒙了被头筒里，海水便淹没头顶。醒转天亮，穿好衣裳起来，我妈妈给我做了早饭。我说，淑芬呢？我妈妈说，你外公没了，二楼老太也有人照顾，淑芬没生活做，已经回乡下了。我说，啥时光走的？我妈妈说，早上六点，跟你叔公同路。我说，哪能不告诉我？我妈妈说，快吃饭，上学要迟到了。当日，我爸爸清理了天井里的小房间，一套雪米莉已经不见。

没几日，家里来了不速之客，画像叔叔来敲门。我妈妈蛮意外，问他有何贵干。画像叔叔说，淑芬去啥地方了？我妈妈说，回乡下了，不会再回来了。画像叔叔说，真的走了？画像叔叔往门里瞟两眼，我爸爸出来说，真的走了，你想做啥？画像叔叔后退一步说，有乡下地址吧？我爸爸说，不晓得。画像叔叔说，你们不晓得吧，淑芬欠了我三千块。我爸爸一惊说，哪能这样多？画像叔叔递给我爸爸一支烟，我爸爸一看是万宝路，摆摆手说，我只吃国烟，不吃外烟。画像叔叔点上烟，慢慢甩灭自来火说，不谈了。我妈妈说，我给乡下写信，看看能不能寻着淑芬。画像叔叔说，算了，不必再浪费一张邮票了。画像叔叔隔了门缝，看到我立了我妈妈背后，笑笑说，骏骏长高了嘛，记得有空多画画，再会。我嗫嚅说，再会。画像叔叔拍拍屁股走了，门口残留万宝路香烟味，我爸爸说，外烟就是臭。我妈妈说，淑芬没讲实话，她老公的救命汇款，怕是不存在的。我说，要给淑芬写信吧？我妈妈摇头说，就算淑芬收到信，也没钞票还啊，要她卖血卖腰子？我爸爸点上一支牡丹，烟头都在抖豁说，淑芬还欠我们钞票呢。

圣诞节，恰是外公断七，我妈妈早上烧了遗物，我外公穿过的中山装、戴过的干部帽、冬天的保暖鞋，还有毛笔抄的《聊斋》。下半天放学，我走到曹家渡，遍地枯黄落叶，沪西电影院隔壁,清仓甩卖冬装,挂了横幅"大出血",尚无任何圣诞味道。三角形街心岛上,画像店挂一把铁锁,两幅素描遗像迎风招展。唯独长宁支路弄堂里,曹家渡天主堂,老头老太们排队去做圣诞弥撒。我不想太早回去,趁了天没黑,一个人立了马路边,看看读报橱窗里《人民日报》《解放日报》《文汇报》,全是苏联解体报道。旁边还有一个老头,披了灰呢大衣,雪白头发,面色红润,也在看国际新闻,嘴巴里念念有词。我盯了他的面孔看,老头说,小弟弟,你认得我啊?我说,你是医生吧?老头点头说,从医四十年。我说,今年春天,你上门给我外公检查身体,对吧?老医生说,我去过的人家多了,你是哪一家啊?我说,万航渡后路,三官堂桥边上,六层楼工房,底楼有天井一家。老医生笑眯眯说,想起来了,你外公还健吧?我说,上个月没了。老医生叹气说,生老病死,节哀顺变。我不响。老医生尴尬说,小弟弟,你也欢喜看报纸啊?我还是不响,橱窗玻璃上,映出一老一少对峙。老医生说,小弟弟,你到底有啥事体啊?我像一幅素描画像,黑白分明,直角挺硬地盯了老医生,盯了他耷拉的眼皮、浑浊的眼乌珠,甚至看到自家倒影。老医生惊说,小弟弟,你家的保姆,她叫叫叫啥?我说,淑芬。老医生嘴角上翘说,对,淑芬,她还好吧?我说,淑芬回乡下了。老医生说,代我望望她,我走了。老头刚要转身,我说,等一等。

老医生说，小弟弟，又哪能了？我看不到自己眼睛，但我晓得蛮吓人的，像一把刀子。我说，这辈子不许你再到曹家渡来。老医生一怔，面色仓皇，后退半步说，晓得了。老医生别转屁股就走，三步并作两步，恨不得插上翅膀，地上结了几块冰，他一脚踏上去，结果打滑，仰天掼倒在地。还好旁边有人路过，赶紧搀他起来，年纪大摔跤最易骨折，老医生不慌不乱，还能自己立定，动动脚骨，转转腰腹，好像无啥大碍，拍拍裤子上污垢，继续往中山公园走，也没回头，消失不见。圣诞节的太阳坠落，天终归漆黑，我的眼神终归柔软。

六

我家又要搬场，就像外婆没了以后，我家搬来曹家渡，"万箭穿心"的三区交界地带，一艘生老病死的摆渡船，让我外公熬过最后阶段，现在我外公已经上岸，这艘船便要顺流而下，带我去下一阶段了。我妈妈单位又分了新房子，这趟要搬到静安区昌平路。我在曹家渡的最后一冬，此地多了一帮子野猫，据说是曹杨新村流窜来的，凛凛寒风里，昼伏夜出，打家劫舍，从来不捉老鼠，倒是偷走了我妈妈吊了天井里的一整条鳗鲞，无法无天。上海落了罕见的大雪，零下三四度，淑芬给我织的绒线手套，我的手指已穿不落，我妈妈给我买了一副皮手套。这日，我从信箱里开出一封信，邮票上印了男人头像，左边四个小篆"日本邮便"；右边写了"夏目漱石"，寄信地址是日本国石川县金泽市……二楼阿哥来信，金泽是江户时代名城，加贺百万石之地，面临日本海，冬天会积下厚厚的雪。我望了白茫茫天井，雪花从云端跳伞，降落到曹家渡，冷酷地处决植物，玻璃窗积一层霜花。二楼阿哥在语言学校读书，夜里到居酒屋打工，辛苦是辛苦，钞票赚得也是多。二楼阿哥拜托我打听淑芬的下落，因为淑芬欠他五百块。我没告诉爸爸妈妈，藏起这封信，剪下盖销过的日本邮票，夹了我的集邮簿里。

过了年，雪融化，等到开学，我爸爸忙了装修新房子。曹家渡的老房子，一日日了无生气。等到清明，按照常规套路，天上落了雨，宜上坟，宜入土。良辰吉日，我妈妈请出我外公骨灰盒，赶去乡下入葬，我爸爸自然同行。我说我也要去，我妈妈本不同意，后来拗不过我，只得补买一张火车票。春风又绿江南岸，镇江火车站下车，小店里吃了肴肉、小刀面。此处离长江不远，还有金山寺，法海压了白素贞，我倒想去北固山，刘备招亲的甘露寺。但我们抱了骨灰盒，实在不便当，只好乘长途车去丹徒乡下。出城往东，道阻且长，如海上行舟，颠得人胃里不舒意。到了我外婆出生的村庄，穿过几道田垄，金灿灿油菜花田里，孤零零一座坟冢，浸在淅淅沥沥雨中，已长出一层青青的春草。舅公来了，跟我爸爸一道，掘开坟墓，葬入我外公的骨灰盒，终归跟我外婆同穴，长眠于故乡风景，三尺黄土下。新的墓碑刻好，我妈妈备好供品，葱烤河鲫鱼、百叶结烧肉、王家沙青团、绍兴花雕酒。磕好头，烧好香，我妈妈叫我吃了青团。舅公留我们过夜，但我妈妈婉拒，反而留给舅公两百块，嘱托照顾坟墓。

我以为要回镇江城里，我妈妈说，去寻淑芬。倒是离此地不远，但不通车，只得步行。我爸爸顶了伞，背了照相机，一路咔嚓咔嚓，拍油菜花田。我跟妈妈合一把伞，越陌度阡，裤脚管尽是泥泞，雨雾蒙蒙入眼。终到一座静阒的村庄，家家户户都造二层小楼，唯独一栋破败农舍，好像得了瘟疫，离群索居，四周小河浜围绕。门口一株桃树，枝干扭曲枯瘦，像个驼背老人，勉强生出几簇绿叶，爬了碧绿的洋辣子。不过，桃花开得正艳，春风春雨零落，一簇簇粉白花瓣，大团云彩，从天上降落枝头，再向房前屋后蔓延，篱笆墙般保护主人。我一低头，遍地花瓣葬身，一抔淤泥浸成血色，让人无从落脚。我说，好像小桃。再看旁边小河浜，墨绿颜色，雨点落了圈圈涟漪，浮了几片桃叶。我想这池水底，必有一只蚌壳精，悄咪咪吐出珍珠，或者玻璃。淑芬家里没人，门口挂了大锁，隔了窗门，可以看到灶头，结了硕大的蜘蛛网，几个月没人住过了。我绕到屋后，想寻小桃的坟墩墩，一无所获，白雾茫茫，只有河浜、稻田、蒿草丛生的林子。我妈妈摸了我的头说，去寻你叔公。没几步路，便到叔公家里，毕竟是老船长，房子气派，门口两部摩托车。叔公备好夜饭，底楼摆开圆台面，烧了七八样农家菜，专为招待我们一家。我叔公说，淑芬刚回乡下，她男人就来了，带她去了广东。我妈妈说，广东啥地方？叔公说，这就不晓得了，怕是不再回来。我爸爸两手一摊说，乃末好哉，死蟹一只。我妈妈说，淑芬跟我诉过苦，小桃又不是她男人亲生的。我叔公说，小桃怎的不是她男人亲生的？我妈妈惊说，小桃不是私生女吗？我叔公吃一口老酒说，瞎讲了，淑芬只有一个男人，十八岁出嫁，第二年小桃出世，这丫头不像娘，倒是随她爹。我妈妈说，淑芬没读过卫校吗？我叔公说，淑芬只念过初中，几时上过卫校啊？那个是中专，要托关系的。我爸爸敬给叔公一支中华，正要搭腔，我妈妈瞪他一眼，叫他熄角。妈妈说，淑芬的珍珠耳环，又是啥来历？我叔公吐出一只烟圈说，淑芬娘原是地主小老婆，解放后地主被镇压，留下一只梳妆箱，淑芬娘改嫁才生了淑芬，"文革"头一年，淑芬娘上吊死了，梳妆箱被公社抄走，后来还到淑芬手里，箱子已经空了，只剩这一只耳环。当夜，叔公在楼上腾出一间客房，农村房子宽舒，我们三人挤了一张大床上。我问我妈妈，小桃也会骗人吗？我妈妈说，小桃不是骗人，小桃是想活下去。我说，想活下去，就可以骗人吗？我妈妈蛮长时光没声音，但我晓得她没困着，我用手指头捅了捅她，我妈妈翻了个身说，不要烦我，快点困，明早去镇江城里，带你看看金山寺、北固山，望长江。我爸爸翻身钻出蚊帐，烟头星火明灭，窗门开一道缝，春风春雨愁人，跟尼古丁一道挤进来，蚊帐摇曳得影影绰绰，水怪一般妖冶。

镇江回来没几日，我家就要搬场。天井里的花花草草，我爸爸不会舍弃。我外公留下的虎皮鹦鹉，还是要一道搬走的。但是新家在三楼，仅有一个阳台，实在养不了长毛兔，只好被我爸爸宰了，烧一镬子兔子肉，我一口都没吃。在曹家渡的最后一夜，吃好夜饭，我一个人溜出去了。荡到沪西电影院门口，油画海报是《大红灯笼高高挂》，巩俐坐了两只红灯笼当中，可怜兮兮，但我还是欢喜《古今大战秦俑情》的冬儿。马路斜对面，三角形街心岛上，除掉沪西状元楼，各家店面都已打烊，灯火一盏盏灭了，月亮吊上头顶，像莲蓬头洒了清辉。画像店里没人，门板紧闭，挂锁套了搭扣上，我带了我爸爸的电工刀，慢慢拧开螺丝钉。挂锁依旧完好，门已经开了。摸进画像店，开灯照出十几张素描，也有彩色油画，有的已裱好画框，涂了黑油漆，为追悼会准备的。还有一扇小门，飘出颜料油彩气味，画像叔叔的画室，他不准我碰的禁区。我偏偏要进去，打开两盏大灯，迎面看到淑芬，不是正面，她侧了头，下巴跟肩胛平行，穿了柠檬黄的丝绸袍子，内衬是白颜色，每道褶皱都有颜色，低落是灰褐，弹出是金黄。她的两只眼睛都睁大，眉毛稀薄，鼻梁蛮高，嘴唇皮丰润，头上绑了天蓝色丝巾，好像青花瓷的釉彩，收藏起所有头发，只露半截左耳朵，像一扇撬开的蚌壳，吐出一枚珍珠，吊了耳垂下方，圆心深邃，上下耀目，照亮脖颈后一片。淑芬坐了油画里，不是黑白素描，而是威尼斯红、孔雀绿、绿松石蓝、天青、赭石、绿褐，高高低低涂了画布上，侧面看有浮雕般阴影。背景乌漆墨黑，衬得淑芬的面孔透亮，像涂了奶油，颊上化开红晕。最亮是珍珠耳环，再是一对眼乌珠，凝神盯了我，涂上丰艳的嘴唇皮，画中人从腐烂中复生，在我心里敲上钢印，牵走魂灵头，她不再是淑芬，而是《戴珍珠耳环的淑芬》。这幅油画边上，挂了一领柠檬黄色丝绸袍子、一条天蓝色丝巾。我慢慢拎起它们，仿佛拎起一身皮囊，鼻头嗅了，喉咙发抖起来。我方才发觉，丝绸袍子背后，还藏了第二幅油画，模特还是淑芬，角度大差不差，也是侧了肩胛，别转面孔望我，露出一只左耳朵，吊一枚珍珠耳环。但在这幅画里，我头一趟看到淑芬的身体，她脱了丝绸袍子，不着一丝一缕，从脖颈到脚指头，一身白光荡漾，落到我的眼乌珠里，让我的喉结弹出来，像一颗小核桃，上下咽翻滚。淑芬用后背朝了我，我的目光好像手指头，触摸她的三角形肩胛骨，像一只猫的后背，左边手臂膊垂下，露出半只乳房，乳头是赭石颜色，一颗樱桃般大小，笔触在此地停留，不再是二维平面，堆砌交关多颜料，画布上突出几厘米，立体三维世界，喂养过小桃长大。白如月光的颜料，顺了淑芬的背脊骨线条，堆积到后腰，胯骨扭曲扩张，暴露两瓣臀部，像两片擦亮了的扇贝，从深海捕捞上来，尚在一张一合呼吸。至此，画幅开始辽阔，像铺一幅中国地图，无边无际地丰饶，年复一年，夜以继日，生养她的子民，不必掩盖装饰，甚至不加遮羞，颜料中叠加，光线中流溢，明暗中交错，笔触里发酵，乳头跟乳晕的天堂，腰肢凹陷的伊甸园，臀部丰腴的巴比伦，大腿肌肉的雅典，膝盖跟小腿的罗马，一双赤脚的佛罗伦萨，四十码尺寸的维纳斯，脚底老茧的阿佛洛狄忒，脚指甲泥垢涂抹的奥林匹斯山峰。

　　裸体的《戴珍珠耳环的淑芬》油画下有落款，画像叔叔的完成日期，恰是去年春天，小桃在上海住医院时光。画架子上有包香烟，万宝路只剩一半，加上一盒自来火。我掏出一根火柴棒，对准火柴盒的黑磷面，轻轻一擦，火苗刺啦刺啦来了。我的手抖得太凶，两秒钟便熄灭。我擦亮第二根自来火，这记手指头平稳了，火苗在我瞳孔里跳慢三，照亮淑芬的眼睛，目光更加通透，耳环也不再是玻璃，而是正宗的合浦"南珠"。倏尔，火头吻上了淑芬嘴唇皮，先亲出一簇簇金黄，再烫出一只焦黑洞眼。我学了画像叔叔腔调，慢慢甩灭火头，最后一点点，烧到手指甲上，已经不觉着痛。火苗是一张嘴巴，饥肠辘辘了几百年，碰到淑芬的面孔，就拼命啃啊咬啊，削尖了牙齿撕了嘴唇皮，带倒刺的舌尖舔过鼻头，连汗毛带骨头吃下去，两只眼乌珠是人间佳肴，蓝颜色头巾是主食，左耳朵是一道硬菜，饭后甜点是珍珠耳环。好似一幅地图，先割去边境领土，再侵入膏腴之地，一点点蚕食国土，直到全境沦亡，化为焦土。我的鼻头被火光烤得油腻，面孔上青春痘痘一粒粒爆出来。我看了淑芬被推进焚尸炉，烧成一堆骨灰，无能为力，无可救药。火苗像贪吃的饕餮，一个淑芬满足不了胃口，扑到第二个淑芬身上，味道更加嗲，肉体暴露不设防，任由强盗侵入、踩躏、撕裂、穿透，大腿肉烤煳了，屁股肉流满金黄油脂，腰眼最值铜钿，半只乳房不要放过门，光光的肩胛鲜嫩得来，还有一只珍珠耳环，配上一只左耳朵，正好下老酒。好像蝗虫席卷良田，第二个淑芬又被吃掉，火苗还是吃不饱，它又跳到墙角，喷出一团团黑雾，呛得我连连咳嗽。但我不逃走，我阖上眼皮，看到火苗日长夜大，吃一口成胖子，吃两口成巨人，吃三口是变形金刚。沪西曹家渡的心脏，三角形街心岛，一律砖木结构房子，造好至少六十年，密密匝匝挤一作堆，逃过劫难无数，独怕祝融光临。我看到大火烧穿墙壁，烧穿木头天花板，左边新华书店，几千册图书，中小学教辅材料；右边邮电支局，堆积邮票信札，家书抵万金；楼上沪西状元楼，十几张圆台面，后厨里过夜的糟鸡爪、糟毛豆、糟带鱼；还有背后旅舍，十几间客房里，有人出差盘桓，有人男欢女爱，尽被烈火灼烧，受此无妄之灾。三角形的天堂跟地狱，万箭穿心的"心"，消防车叮叮当当赶来，水龙头不堪大用，等到天色浆白，太阳升起在曹家渡，全部化为乌有，惟余残垣断壁，焦炭般死尸，还有一个少年，蜷缩在起火点旁，烧焦的油画木框里，但没人认得出他，就像没人再认得出《戴珍珠耳环的淑芬》……

　　我睁开眼皮，没被火燎着，但是快要被呛死了。画室里有个自来水龙头，画像叔叔调颜料汰画笔用的。我闷了口鼻，跌跌撞撞，水龙头开到最大，接了满满一面盆水，拼命泼洒到着火的油画上。火头只灭了小半，赶快接满第二盆水，这样反复泼了三四遍，终归浇灭火头，再用鞋底踏灭。画室内烟雾腾腾，我的眼泪水横流，两幅《戴珍珠耳环的淑芬》，已经烧成焦炭，世上再没人能见识淑芬的身体。我摸瞎冲出画像店，曹家渡街心岛，除掉有股焦味道，看来逃过一劫。我一路狂奔，脱头落襻，幸好天黑人少，没人注意到我。回到家里，我妈妈吓煞，以为非洲外宾来访。我的面孔是黑的，头发烧得卷曲，衣裳成了汰脚布，全身烟熏火燎，像从火葬场逃出来。我妈妈烧了热水，剥光我衣裳推进马赛克浴缸。我浸了一个钟头，潜入水下憋气，好像一艘德国U形潜艇，从海底出击，才能免于烧死。当夜，我妈妈审问了我蛮久，问我到啥地方闯祸了，但我摒牢牙关不松，这是我跟淑芬的秘密。

等到天亮，我以为警察会来捉我，起码是纵火罪，尽管我不满十四岁，不用判刑。我爸爸说，车子来了。不是警车，而是搬场车来了。我妈妈请了搬家公司，不用我爸爸踏黄鱼车了。几个身材矮小的搬运工，操了江西话冲进来，没承想个个力拔千钧，抱起电冰箱、电视机、洗衣机、五斗橱就往外冲。我坐到后车厢里，举手挡了大橱，免得镜子碰撞碎裂。我负责拎鸟笼子，我外公的虎皮鹦鹉，他留给外孙的唯一遗产。车子一路颠簸，搬运工打开后车厢门，我手搭凉棚跳下来，曹家渡已在几公里外，此地是静安区昌平路，同样靠近苏州河。新家的房型蛮好，南北通透，热天有穿堂风，我自己困一间房，还有一台黑白电视机。偶尔夜半，我也能听到苏州河上，垃圾码头的汽笛声声。搬来此地以后，我有好几年没回过曹家渡，生怕碰着画像叔叔，或者人民警察，还好没人来寻过我。

三十年后，我的两颊胡须繁盛，曹家渡同样面目全非，甚至无人再加"沪西"两个字,上海市区范围翻了几倍,轨道交通图上看像一只八爪鱼,原本的"沪西"成了市中心,"沪北""沪东""沪南"讲法相继消失。曹家渡五岔路口,消失了一条小马路,"万箭穿心"之势不再。四周房子拆光,造了开开商厦、悦达889广场、长宁88中心、芳汇广场等等,纷纷往天上发展。沪西电影院位置,拔起一栋烂尾楼,已烂了十几年,不知何时完工。沪西电影院本尊,搬到后头一栋裙楼,屈居于香辣蟹楼上,苟延残喘十多年,我去看过两趟电影,全无小时光样子,前几年寿终正寝,呜呼哀哉。曹家渡的心脏,三角形街心岛,幸免于我的一把火,却没能逃过时光的压路机,拆成一块三角形绿地,种下几十棵大树,早已亭亭如盖,人何以堪。唯一幸存下来的,竟是万航渡后路,三官堂桥下头,我住过的六层楼工房。苏州河倒是不臭了,清汤寡水,平淡无奇东流去,再不见苏北安徽来的船队。我历经过很多次搬家,如今搬回到曹家渡附近,时常开车经过老早的家,沿苏州河畔捷径,往中山公园方向,可以少吃好几只红灯。前两日,我妈妈来我家里,辅导我儿子语文作业。我妈妈说,淑芬回上海了。我说,淑芬在啥地方?我妈妈说,浦东三林塘,跟她男人住一道,保姆是做不动了,现在医院做护工。我问,淑芬还戴珍珠耳环吧?我妈妈说,天晓得,问这做啥?我说,没啥。

饥饿冰箱

冰箱又闹鬼了。

外婆家在顶楼603室。客厅、卧室、卫生间、厨房间，还有一台身坯巨大的双门冰箱，等于第五个房间。起先像个老爷叔自说自话，然后油锅炒菜，油烟机开到最高档。黄酒混了白酒味道。蔬菜在牙齿间咀嚼。红烧牛肉在舌头尖颤抖。老鸭汤在胃囊里翻滚。轧姘头的男女在台面下脚指头摩擦。所有喧哗与骚动都来自这台冰箱，并与压缩机的重启无关。

清明节的黎明。客厅沙发床上，我同时忍受饥饿与晨勃。我捂了耳朵爬起来。厨房间刷了一层浆白色的光。"海宝"冰箱贴落在了地板上。再等二十几天就是二〇一〇上海世博会。我捡起"海宝"吸上冰箱门，好像按了暂停键。厨房间重新安静得像太平间。我拉开冰箱门。没有老爷叔，没有偷情的男人跟女人，只有昨夜吃剩的两盆菜、七八包蔬菜、几十只鸡蛋、两盒牛奶、两盒酸奶、几瓶调料、一袋切片面包，还有两瓶可乐。冷冻室里有哺乳动物和禽类的碎尸、速冻汤团、水饺、鱼丸、蟹肉棒。外婆活着的唯一乐趣就是塞满这台冰箱，仿佛可以救活整个非洲的难民。前两年汶川地震刚过，外婆在永乐电器买了这台冰箱。妈妈劝外婆一个人不需要这样大的冰箱。外婆说，因为你没挨过饿。别的老太去庙里烧香拜佛，去教堂做弥撒拜耶稣，而我外婆的信仰是这台冰箱，等于她的耶路撒冷，她的大雷音寺。想到耶路撒冷和大雷音寺，我一点点柔软下来。

平常这个钟点，外婆已经悄咪咪起来刷牙齿揩面，牵丝攀藤地篦头发，像个唐朝的白头宫女。现在外婆依旧困了眠床，双目微闭，神态安详。我在外婆耳边大声叫唤。六楼到一楼都被我吵醒了。外婆还是困死懵懂。我摸了外婆的鼻孔，尚存栀子花气味的呼吸。我打了120，腔调冷静得像我爸爸。但我一放落电话，眼泪水就滚出来。我怕外婆醒不过来了，就像五年前的外公一样，也在这张床上过世。

我从床头柜寻着一把牛角梳。我把外婆拖出被头筒，稍微帮她篦了篦头发。外婆骨瘦如柴，现在基本没了分量。我时常梦见外婆牵了我走在荒原上，土地龟裂，寸草不生，到处是牲畜尸体，饱食腐尸的鼠类横行，一阵狂风撕碎外婆的皮肉毛发，露出森严的白骨骷髅。

急救医生敲了房门。我送外婆上了救命车。楼下蛮多老头老太看闹忙。救命车顶灯旋转"乌鸦乌鸦"了开走。再爬六层楼回到外婆家里，我只想倒一杯牛奶，加两片面包填充肚皮。我打开冰箱门，两盒牛奶只剩一盒。两盆隔夜菜消失了。还少了一包鸡毛菜、一包蓬蒿菜。我的记忆没有紊乱。刚刚几分钟的空当，有人闯进厨房间，打开冰箱偷了菜？隔壁邻居平均年龄八十岁，应该没人玩开心农场偷菜。冰箱还是闹了鬼。

我拆开剩下的一盒牛奶，靠在冰箱门上吞入喉咙。客厅墙上挂了外公遗像。外婆相信世界上是有鬼的——外公的鬼魂就游荡在这幢房子里。有一趟外婆半夜起来小便，看到冰箱门无声敞开，烟雾腾腾的冷气跟白光一道流出来，外公弯腰驼背坐在冰箱里，全身被厚厚的白霜包裹，眉毛胡子都是白的。我听了笑出来说，这不是圣诞老人吗？外婆伸手进了冰箱，摸了摸外公青紫色的嘴唇皮，外公睁开乌珠说，肚皮饿。外婆急忙挖出隔夜冷饭，打开油锅烧好蛋炒饭，冰箱里的外公已经消失。

下半天放学，我去了医院。外婆醒过来了，但是不能讲话，眼泪汪汪看了我，这段辰光都要住医院。舅舅过来照料外婆。我有一台诺基亚手机，妈妈出国前送给我的。我给妈妈打了电话。妈妈在一万公里外的巴塞罗那。她是西班牙语翻译，陪了中国代表团参观诺坎普球场。妈妈帮我搞到了梅西的签名球衣。她以为我会开心得尖叫。我只说，蛮好。妈妈的回国机票是四月三十日，为了赶上世博会开幕式。今朝是清明，妈妈关照我烧点纸给外公。

回到外婆家门口，我看到爷爷坐在台阶上，拎了一条鲈鱼、一包牛肉、一袋大虾、一盒豆腐干，嘴巴里叼了香烟等我。妈妈给爷爷打了电话，保证我不会饿死。爷爷进了厨房间，慢悠悠汰好手，推开冰箱取出几样绿叶菜、葱姜蒜、各种调味料。爷爷提起剪刀杀鱼。我只负责淘米按下电饭锅开关。我在旁边盯了鱼眼睛，好像它要记牢我的样貌，只等下地狱复仇。我的馋吐水流出来了。爷爷弄清爽鱼，准备好肉，刷了油锅，开了煤气灶，火苗跳得像庙里香火。

爷爷是扬州人，退休前是国际饭店中餐厅的大厨，精通淮扬跟本帮菜。爷爷一生引以为豪的有两桩事：一是娶过两房太太，二是给西哈努克亲王跟莫尼克王妃炒过菜。我从小听爷爷的口头禅"今朝让你享受西哈努克亲王待遇"。今夜，我跟爷爷吃光了一条清蒸鲈鱼，八只爆炒大虾吃了四只，大煮干丝跟西湖牛肉羹还留一半。冰箱里塞了四只保鲜盒：吃剩的三道菜，还有一盒白米饭，是我明朝带去学校的中饭。

爷爷立在阳台上吃了一根香烟就走。我问爷爷要了一只打火机。爷爷家在老西门，文庙背后的梦花街。爷爷一家门六口人，还有二奶奶就是我爸爸的后娘，叔叔婶婶跟双胞胎堂妹，挤在石库门的楼上。爷爷出门同时带走了垃圾。我的影子在地板上拖了蛮长，好像长高了十厘米。我打开外婆房间，不但有栀子花气味，还有食物腐烂腔调。我在床头柜寻着一袋锡箔。外公埋在宁波老家的山上，本来每年都要去扫墓，今年外婆身体不好没去，但是自己包了锡箔。我寻到一只铅桶，打开厨房间窗门，搁在外面铁格子上。打火机像爷爷的油锅，点了银元宝形状的锡箔，眨眼烧成一团焦黄。我的脑子里烧起两团火。一团火可以填饱你的肚皮，另一团火也可以填饱肚皮，不过是在阴间。

清明夜里，终于滴滴答答落雨了。对面六楼照旧弹起琵琶。每到夜里八点，隔了一条窄窄的马路，对面阳台上那个姑娘就开始弹琵琶，每趟反反复复《十面埋伏》。她跟我一样也是初中生。我给她起了名字"琵琶小姐"。她坐了阳台的折叠椅上，穿了白毛衣，蓝颜色运动裤，怀抱一张琵琶，十根手指头令人眼花缭乱，好像给霸王跟虞姬招魂。琵琶小姐倏尔抬头，望见对面六楼窗门，灰黄花朵般的灰烬飞向夜空。燃烧锡箔的火光点亮我的面孔，顺便拖出两道眼泪鼻涕。我的背影在银灰色冰箱门上跳舞，像古代的屏风。

隔天早上，冰箱又闹了鬼。四只保鲜盒还在，但是爷爷烧的三道菜——四只爆炒大虾、半份大煮干丝、半份西湖牛肉羹——还有白米饭统统没了，只有四只空盒子，洗得清清爽爽，闻得到洗洁精味道。这是一台饥饿的冰箱。但它不是贼——冷藏室里多了五百块人民币。我的手指头慢慢伸进去，触摸五张冰冷的粉红色钞票，放鼻头前闻了闻。钞票稍微有点旧，捻起来有点软，不是刮喇松脆，但没污渍，也没缺角。一张张钞票在台子上摊开来，对准窗口的光照一照，老人头水印是真的。

放学路上，我去了肯德基。点好鸡腿堡套餐加上新奥尔良烤翅，我从书包里掏出一百块，心里却是兵荒马乱，万一验钞机嘟嘟乱叫，我被送去派出所哪能办？要是讲冰箱闹鬼吐出人民币，我就要被送去宛平南路六百号。钞票"唰"一声滚过验钞机，稳稳进了收银抽屉，我心里的冰箱门才轻轻关上。

肯德基吃饱等于夜饭。我翻过苏州河的三官堂桥。曹家渡花市像个堡垒立在桥头。咸蛋黄似的夕阳落下来。我的爸爸妈妈就是在这座桥上认得的。那年爸爸刚到美术学院做老师，长头发像两片乌鸦的翅膀，他坐在桥栏杆后头，架好一张画板写生。妈妈陪外婆出门买菜路过，定快快立在桥上看他画画。妈妈让外婆先去河浜对面菜市场。等到外婆拎了一篮头菜还有两斤带鱼回到桥上，妈妈已经靠在爸爸身边，两个人一道看落日沉入苏州河的波光。十二个月后，世界上多了一个我。

三个月前，爸爸和妈妈领了离婚证。我们住的房子还给了高校。爸爸跟他的女学生去了北京。爸爸让我放暑假去北京过十四岁生日。妈妈丢给我一句话，敢去就打断你的脚骨。

回到外婆家里，天已墨擦乌黑，我打开冰箱一看，又多了五百块人民币，还有一张冻僵了的小纸条："冰箱君：急需阿司匹林一瓶，购药款已附上，谢谢。冰箱老人。"

蓝颜色钢笔字写得毕工毕整，好像印刷上去的，手指头却能摸出一层墨水。摊开五百块钞票，有点旧，有点软，但是如假包换的人民币。我看懂了，"冰箱君"就是我，"冰箱老人"是啥人？我只能想象冰箱门无声打开，冰箱老人披了白霜钻出来，四肢修长，背脊笔挺，像一支坚硬的钢笔。他从冰箱里取出四个保鲜盒，依次塞进微波炉加热。冰箱老人坐在我的对面，三道菜摆上台子，低眉顺眼举起筷子，抖豁夹了大虾塞进嘴巴。他又举起瓷调羹，盛起西湖牛肉羹，慢慢吹气吞入喉咙。他的面孔和头发一样雪白，点了老人斑，皱纹像苏州河水波荡漾。我从没见过这张面孔。外公生前是个弯腰驼背的老病鬼，慢性肝硬化导致面色黑紫。外婆常在厨房间熬中药，那种味道一直潜伏在我的噩梦里。

我没能在房间里找到阿司匹林。但我见过外婆吃这种药，阿司匹林几乎是万能的，可以医治各种血栓特别是中风。我连夜去了一趟医院。住院楼的六人病房里，外婆见着我就气色好转，紧紧拉了我的手，讲起刚做过的梦。外婆在梦里回到五十年前，她还是十七八岁小姑娘，住在番瓜弄棚户区，碰着大饥荒,连续四十天,每日一碗粥、几粒咸菜毛豆子,早上饿得昏过去,夜里饿得困不着。外婆带了四个弟弟去苏州河边的粮食码头捡漏在地上的米粒,兜了衣裳里带回家,唯一吃进肚皮的荤菜,是从笼子里捉到的几只老鼠,马上剥皮下了油锅。后来外婆每趟看到老鼠都像看到恩人,看到猫就要拿起扫帚赶得远远的。虽然一家门拼了老命活下去,饥荒的第三十日,最小的弟弟还是死于营养不良,小小的身躯没了分量,一张草席卷起来送去火葬场。外婆说,我也要去了。我说,外婆瞎讲了。我又问外婆,能让医生开一瓶阿司匹林吗?外婆说,抽屉里有。我说,那是医生给你吃的药。外婆说,我可以问医生再开,我是老年痴呆,就讲原来的药寻不着了。

从医院回来蛮晚了。对面阳台亮了灯,琵琶小姐在写作业。清点冰箱里剩下的食物,暂时还没变化,我把阿司匹林放进冷藏室,无声地关上冰箱门。我背靠了"海宝"冰箱贴,想象冰箱深处弹出一只手,青筋暴突,皮肤松弛,每根手指头干枯细长,猫捉老鼠似的抓起阿司匹林,塞进轰鸣的压缩机,传送到外婆的饥荒岁月。房间安静下来,我没上开心网偷菜。关了电脑,熄了灯,我困到沙发床上,尘世的声音撕开墙缝钻进来。

天蒙蒙亮。我被一泡尿憋醒。我打开冰箱。阿司匹林消失了。蔬菜、冻肉、鸡蛋、酸奶也统统消失。冰箱在一夜间彻底清空。冷藏室多了厚厚一沓现金。数钞票的摩擦声比琵琶声好听多了。我点出两千块人民币。冰箱里还有一张钢笔写的小纸条:"冰箱君:谢谢你的阿司匹林。再附一千块现金,请填满这台冰箱。清单详见背面。冰箱老人。"

这天傍晚,我像个马戏团杂耍艺人,推着家乐福超市购物车,按照小纸条背面的清单采购——十二种蔬菜、八种冻肉、火腿肠、速冻汤团、卷子面、方便面、面包、大米、牛奶、水果、啤酒和香烟。堆积如山的食物淹没我的头顶,仿佛一座太行山,一座王屋山。收银员耗费半个钟头才能全部录入。我没有信用卡。我掏出十几张粉红色钞票。我回过头才看到琵琶小姐。她跟她妈妈在我背后排队老久了。她妈妈说,快点结账啊。等我把购物车推出闸口,头顶暴发了一场山体滑坡,十几个包装袋砸落到地上。我像操纵泰坦尼克号那样艰难地停稳购物车。琵琶小姐已经蹲在地上帮我捡东西了,当中混了一包卫生巾,这玩意儿也在冰箱老人的购物清单里。琵琶小姐瞪我一眼,卫生巾交到我手里。她的手指甲就像一片贝壳。琵琶小姐的妈妈拖开女儿,关照不要多管闲事。家乐福购物车不能推出卖场。我拖了最大尺寸的拉杆箱走回外婆家。我担心冰箱会被塞到爆炸。暴饮暴食容易猝死。隔天早上,我打开冰箱,冷藏室和冷冻室已经干干净净,骨头渣子都没吐出来——除了一沓粉色的人民币。

这台冰箱成了自动提款机。我准备了一份记账本，每天揿了计算器，记录和冰箱有关的收入跟支出。我把攒下来的钞票藏在储钱罐，每夜数一数有助于睡眠。爷爷每隔两日来给我烧菜。除了阳澄湖大闸蟹还没到时令，国际饭店中餐厅的菜单已经做了个遍。但我每趟只吃一道菜，剩下的放进冰箱。爷爷问我，不合口味吗？我说同学们都欢喜爷爷烧的菜，明日带到学校里给他们尝尝。如果不算食材费和爷爷的人工费，这个利润是百分之百。我还会帮冰箱老人买药，他的心脏不太好，急要硝酸甘油。

我也给冰箱老人写小纸条。可惜我的字太难看，好像板砖砸在纸上。冰箱老人告诉我，他已经七十四岁，做过四十年中学老师。我把自己的数学卷子塞进冰箱，有两道题实在太难。早上我从冰箱里收到卷子，答案写在另一张纸上。冰箱老人买一送一，数学卷子下面垫了一本书，封面上是个文艺复兴年代的欧洲人。附了一张小纸条："你必须学会自己解题，送你笛卡尔的《几何学》。"我问还有其他书吗，冰箱老人又送我《第一哲学沉思集》。面对冰箱里的笛卡尔，我觉着沉思才是世上最难的事，要是爸爸妈妈懂得沉思也不会分开，冰箱懂得沉思何必吞下这么多食物？我问有没有好看的小说，我以为会收到《笑傲江湖》或者《哈利·波特》，但我收到了马尔克斯的《霍乱时期的爱情》，加缪的《鼠疫》，还有卡夫卡的《饥饿艺术家》。我看完了第三本书——我决定不吃早饭，上午第二节课就头晕了，并且胡言乱语，化学老师说我属于低血糖和电解质紊乱。恢复早饭以后，我决定不吃中饭。下午两点，我饿倒在体育课的操场上，仿佛来了月经的女同学。我告诉自己白天不能饿肚子，但晚上可以不吃饭，据说比较健康。天黑以后，饥饿占据了所有的注意力，我开始彻夜失眠，直到黎明前被冰箱里的鬼魂吵醒。饥饿是世上最恐怖的感觉，仿佛打烊后的游戏机房，只剩下闪闪发光的屏幕，轮番滚动字母和数字，诱惑你掏空钱包投入代币，等于投入陌生的天堂。你会心慌意乱，担心地板开裂，天花板纷纷坠落，洪水淹没你的脖子。你会期望自己被抓进监狱，最好被判处无期徒刑，至少有口饭吃。

　　冰箱老人说他并非鬼魂，而是真实存在于地球上。我怀疑他活在外婆记忆中的饥饿岁月。但在五十年前，这幢楼尚不存在，冰箱这种玩意儿也刚发明。更有可能在五十年后——历史并非全部笔直向前，我们时常走上岔路，甚至原地掉头返回，比如第三次世界大战后的核冬天，每个人必须躲在八百米深的地堡里度过余生。或者，冰箱老人跟我活在同一时间，但远在某个深山中的不毛之地，交通与人烟断绝，肉、蔬菜和鸡蛋统统是奢侈品，逢年过节才能宰杀一头羊，看不到医生,也寻不着药。要么在东南亚某个小岛,四面环绕炎热的大海,红树林根须顶破地板,每天午后一场瓢泼大雨,巨龙般的湾鳄潜伏在瘴气弥漫的沼泽中,姑娘们海藻般的长发垂落在丰满的乳房上,但那边是瓜果飘香,下海能捉到鱼虾,应该也不至于饥饿。冰箱老人大概是住在撒哈拉沙漠,四周是一望无际的碧血黄沙,全部家当就是这台冰箱,电源是太阳能或者堂吉诃德的风车。裹着蓝袍的图阿雷格人的骆驼队路过,用写着象形文字的古埃及莎草纸文书,交换冰箱里的香莴笋、鸡毛菜、咸鸭蛋、粢饭糕、速冻小馄饨,或者我爷爷做的扬州炒饭。

四月,最后一个礼拜,记账本里收到九千四百块,实际支出五千六百块,净赚三千八百块,等于过去三年压岁钱的总和。我把钞票藏在裤腰带里,去了曹家渡的自行车行,买了一辆捷安特自行车。这是爸爸答应给我的生日礼物。但直到爸爸妈妈离婚,我也没等到自己的生日礼物。从前每到春天,爸爸就会带我去田野写生,专挑偏僻的腰眼角落,比如窝在青浦乡下的青龙塔。爸爸讲这座塔造了一千年,唐朝跟宋朝辰光,此地是一座繁荣的海港,苏州河还叫吴淞江,水面辽阔直通长江口,青龙塔就是商船出海的航标,可以横渡东海去日本,也能去遥远的马六甲海峡。春日午后,我骑了捷安特自行车出门,穿一件白衬衫,背包里装了画板、画笔、颜料跟调色盘。我像骑了一匹黑色野马，踏过潮潮翻翻的油菜花，终于望见一座孤零零的宝塔。一千年前的灰色砖头砌成八角形，一层层堆叠上天，某年台风吹落塔刹，只剩一根倾斜的塔身。我见到的是青龙塔的尸体，经过七趟改朝换代，年复一年的瘟疫、饥荒、战争，泥沙俱下的海港淤塞，吴淞江倒退成苏州河，城镇夷为寂静的田野。调色盘上挤出好几种颜料。画幅大半留给深蓝色天空与浓云。一只斑鸠停在塔身上横出的一截焦黑木头上。地平线上画出金色与绿色夹杂的油菜花。耳朵绑了白纱布的文森特·梵高骑了我的自行车在田埂上转圈。

　　我把这幅画送给了冰箱老人。我收到冰箱老人的回信："谢谢你的春天。"我问他，你看不到春天吗？冰箱老人说，心里能看到。我听不懂。我推开厨房间窗户。当我偷看对面阳台上的琵琶小姐，琵琶小姐也在观察对面窗户里的我。她正在踮着脚晾晒内衣，白色胸罩和内裤仿佛两对小白鸽的翅膀，吹了苏州河上的野风，即将扑入春天的浓云。冰箱不仅是我的提款机和私人信箱，也是一口有求必应的树洞。我把自己的秘密写进小纸条。冰箱老人知道了我爸爸抱着女学生在十三陵和公主坟描绘春天，我妈妈带领中国代表团在阿尔罕布拉宫的阳光下晃荡，我外婆正在六人病房里苟延残喘，还有我爷爷跟西哈努克亲王的往事，我每天守在厨房窗前偷窥对面六楼的琵琶小姐——她家里并没有男人的迹象,这两日她妈妈不在家,琵琶小姐自己煮方便面吃。

"为什么不请琵琶小姐来家里吃饭?"这是冰箱老人传给我的最后一张小纸条。

我给爷爷打了电话。爷爷说,今日让你享受西哈努克亲王待遇。挂了电话,我从床底下寻出吸尘器打扫房间。我按照外婆的手势收作厨房,抹布揩了三遍冰箱。银灰色冰箱门照出我的脸,至少不难看。我放了热水洗澡。卫生间的镜子前,我看到皮肤下的青色血管,数出自己的每一根肋骨。我用外婆的牛角梳篦头发,鼻尖不合时宜地爆出一粒痘痘。

风有点冷。我穿过曹家渡的小马路,第一次走进对面楼房,好像隔街相望的双胞胎,水泥台阶一样贴满小广告。走到六楼,我稍微有点喘,防盗门上有只猫眼,贴了两道虎年春联。我敲完门才看到门铃。防盗门打开。琵琶小姐看到我就扑哧笑出来,因为我穿了世博会主题T恤,胸口有只蓝颜色"海宝"。琵琶小姐说,你是对面六楼的? 我说,是啊。琵琶小姐说,有事吗? 我说,我爷爷是国际饭店中餐厅的大厨,今日夜里,我想请你吃我爷爷烧的菜。琵琶小姐安静下来,唯独手指头轻微抖动,好像还在阳台上弹拨琴弦。琵琶小姐说,等我三分钟。防盗门关上。超时两分钟,琵琶小姐出来了。她换了一件翠绿色背带裙,配了白衬衫,头发重新梳过。琵琶小姐说,你能陪我去一趟家乐福吗？我想买些东西再去你家。

外婆家门前的马路沿着苏州河通往中山公园后门，那里有棵一百多岁的悬铃木王，据说上海所有的法国梧桐都是这棵树的子子孙孙。我骑着捷安特自行车碾过十字路口。春风吹得孟浪。树上的毛栗子纷纷炸裂，掀起迷你型的沙尘暴。琵琶小姐在后座晃荡双腿，头发沾满金黄细毛，活像沼泽地里的长脚鸺鹠。到了武宁路家乐福，一整面巴黎风光的壁画墙下，我们同时呛出眼泪鼻涕。琵琶小姐的购物车里有一大瓶可口可乐、薯片、话梅、辣条、果冻，还有八支冰激凌。我的购物车里有青菜、洋葱、大蒜头、卷心菜、西红柿、洋山芋、火龙果、冻鸡翅、龙口粉丝、潮州牛肉丸、新西兰羊排、挪威三文鱼，加上十斤面条、两箱卷筒纸。琵琶小姐说，我们只是吃一顿晚饭，不是搭伙过日子。我说，囤积食物是我的习惯。

我和琵琶小姐一道把自行车推回曹家渡。我们捧了几个家乐福大袋子上楼。经过302门口，九十六岁老太太坐了轮椅上，铁灰色眼角溢出浑浊的液体，好像看了两个贼骨头。六楼到了，我打开门。琵琶小姐先看厨房间。她最好奇我的冰箱。她很多次看到我往冰箱里填食物。琵琶小姐打开冰箱门，冷藏室和冷冻室都是空的。琵琶小姐说，你一个人吃了那么多？我说，我食量大。我把家乐福买来的东西重新填满冰箱。琵琶小姐问，

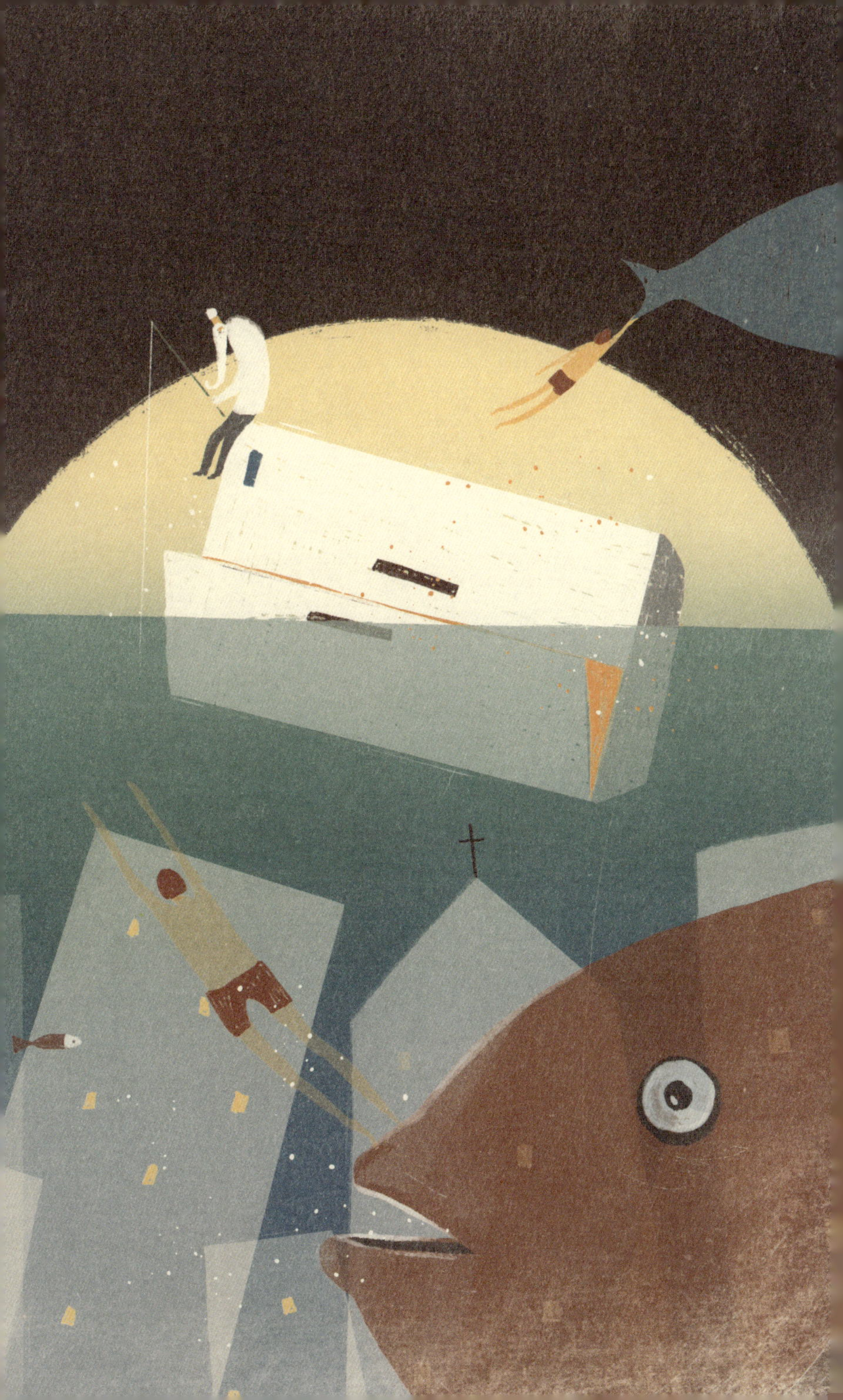

饥饿冰箱 杜凡 绘

你把卷筒纸也塞进冰箱？我说，低温消毒杀菌。琵琶小姐撕开两支冰激凌。她吃香草味，我吃抹茶味。

爷爷提了一条鱼来了。他看到琵琶小姐先是一愣，然后眉开眼笑。琵琶小姐嘴巴蛮甜，帮忙清洗料理台。爷爷做了本帮菜，红烧鱼、响油鳝糊、四喜烤麸、马兰头香干，加上一锅子腌笃鲜。但是爷爷一口不吃，他讲有糖尿病，必须回到家里吃医生开的套餐。爷爷出门说，小姑娘，今日让你享受西哈努克亲王待遇。琵琶小姐问，西哈努克亲王是啥人？爷爷看看天花板说，柬埔寨国王，中国人民的老朋友，也是一位老英雄，整整四十年前，西哈努克亲王携莫尼克王妃下榻国际饭店，我给两位殿下做了一条鱼，西哈努克亲王胃口大开，特地寻到厨房间，捏了我的手讲了一串洋文，头一句"笨猪"，最后一句"傻驴"。

我和琵琶小姐坐在台子两端，像两只安静的兔子吃菜。但我先收走了马兰头香干，装了保鲜盒收进冰箱。我说，这是我明天带去学校的中饭。其实是因为冰箱老人爱吃本帮菜。穿过响油鳝糊的热气，我偷瞄了琵琶小姐。一条红烧鱼几乎都到了她的肚皮里。我的舌头和牙齿只剩下进食的功能。春风从窗门缝隙侵入厨房间。三官堂桥上的汽车轮胎川流不息，每次辗过桥墩生出沉闷的"咯噔"声。苏州河上的轮船马达也响了，荡起一层层浑浊的涛声，水面上无数把剪刀划破防护堤。我回头再看冰箱。琵琶小姐问，你在看啥？我说，没啥。我打开大瓶可乐，倒了两杯。琵琶小姐跟我碰杯。可乐泡沫在舌头尖放焰火。吃好最后一口汤，琵琶小姐揩揩嘴唇皮，眼角滚出两滴泪水说，谢谢你，我第一次尝到那么好的味道，我妈妈烧菜实在太难吃了。

琵琶小姐收作台子，打开水龙头洗碗碟。我开了电视机，世博会倒计时，又是哪个遥远国度的元首到达机场。我立了琵琶小姐背后，呼吸重得像一台拖拉机。琵琶小姐回头问，有事吗？我停了停说，还要吃冰激凌吗？琵琶小姐说，不吃，太甜，怕胖。我还是拉开冰箱门。白光夹了冷气覆盖我的面孔。冰箱里没有任何减少，也没有任何增加。我没能等到冰箱老人的小纸条。琵琶小姐洗好碗筷，毛巾揩揩手，说，我还不晓得你的名字。我说，我叫海宝。琵琶小姐笑说，瞎三话四。我说，我真的叫海宝，外公给我取的名字。琵琶小姐说，怪不得，你的"海宝"冰箱贴蛮好看的。我摘下冰箱贴说，"海宝"送给你。琵琶小姐接过"海宝"，塞进裙子口袋说，谢谢你，海宝。我们加了开心网账号。但我并不想她来偷我的菜。我打开厨房间的窗门。琵琶小姐望了马路对面的楼房，每个窗门里都亮着光，好像灯火通明的蜂巢，只有六楼阳台是黑的。几滴雨水落下来。琵琶小姐说，我要回家了。我抓起外婆的长柄伞说，我送你。

到了楼下，我为琵琶小姐撑起雨伞过马路。细密的雨点落在伞面上。两个人的影子在金色的路灯下轮番交错。琵琶小姐说，海宝，你该回家了。我说，琵琶小姐，再见。我看了她走上楼梯。琵琶小姐的影子先消失，然后是脚步声。

我回到六楼，收起外婆的长柄伞。冰箱还是塞满的。保鲜盒里的马兰头香干还在。对面六楼阳台拉起窗帘。诺基亚手机响起大华尔兹铃声。爸爸从北京打来电话。我告诉他外婆中风进了医院。爸爸对此一无所知。他在北京寻到了工作，专门为图书画封面。爸爸给我搞到了中央美院附中插班生的名额，我可以在北京继续学画。我说，不去。

关掉最后一盏灯，我困在沙发床上，听到底楼的老头雷鸣般的咳嗽声，夹杂黏滞的吐痰声，好像点了一根火药线，整幢楼都骚动不安起来。二楼产后抑郁的女人与婴儿，三楼九十六岁老太太的轮椅，四楼游走在凶杀案边缘吵架的夫妻，五楼通宵达旦的麻将搭子们，此起彼伏各种唱腔的咳嗽声。雨点凶猛地撞击六楼窗户，沿了外墙流淌汇聚到马路上。苏州河像一口堵上塞子的浴缸。春潮没羞没臊地翻涌溢出了防护堤。黑色的水淹没了曹家渡，倒灌进沪西电影院的午夜场。曹家渡花市几万枝玫瑰浸泡腐烂。鸟贩子店铺里上千只画眉和虎皮鹦鹉在笼中溺毙。水变成无孔不入的病毒，从底楼迅速传染到六楼，穿透门缝漫延到地板上。我从沙发床上漂浮起来。外公的遗像漂到我的脸上。整幢楼最重的冰箱都浮起来了。房子眼看要变成灌满水的棺材。我只能爬上双门冰箱，顺着汹涌的水流漂出窗户。等我回过头一看，整栋楼消失了。我想要看到马路对面的琵琶小姐。黑茫茫的水面上只漂来一张琵琶。天亮了。我躺在冰箱上面对浓云和雨点，胸口印着"海宝"。冰箱是我的救生筏，也是《天方夜谭》的飞毯，穿梭在长江三峡似的悬崖峭壁间。我看到静安寺的金刚宝座塔尖，爷爷引以为豪的国际饭店。我在南京路的上空随波逐流。全城上百万只木头马桶在水上漂浮。终于到了外滩。眼门前的海关大钟敲响八下，振聋发聩地奏响《东方红》。黄浦江消失了。浦东和浦西已是连成片的海洋。陆家嘴变成一群海上冰山。我差点被环球金融中心切成两半。浦东成了太平洋的一部分。世界博览会的地盘到了，水上漂来一块广告牌印了"城市，让生活更美好"。殷墟般的中国国家馆，搭积木似的红色斗拱，只剩最高一层露出水面。美国馆、日本馆、德国馆、俄罗斯馆、印度馆，地球上一半国家沉入水底。冰箱是一艘诺亚方舟，漂到中国馆屋顶上搁浅了。火山灰似的尘土从天而降。我拉开冰箱门，像个饿死鬼钻进去觅食。没有电的冰箱是一个温暖的子宫，塞满了丰沛新鲜的食物。冰箱里的东西不会腐烂，所以我们才能活下去。现在我才晓得，每个人的归宿都是冰箱，然后才到坟墓。

天上打了一只惊雷。我睁开眼睛,衣裳沾满了眼泪水。我从沙发床上爬起来。窗外暴雨倾缸。马路对面的楼房还在。琵琶小姐的阳台拉了窗帘。六层楼下柏油路上,只有一层薄薄的积水。冰箱还站在厨房间里。我拉开冰箱门,没看到任何变化,依然塞得水泄不通。世界回到了外婆中风的前一天。

我从未放弃过冰箱老人。我每天放学去家乐福超市,我成了白金会员。我继续往冰箱里塞满各种食物,还有卷筒纸、处方药,甚至卫生巾。我发现这台冰箱像个海绵,无论多少东西都能塞得下,只要用力往里一推,冰箱又会多出新的空间。我决定每天塞满一次冰箱。但是储钱罐已经空了,这个月赚的每一分钱已如数奉还给了冰箱。我把过年收到的压岁钱都贴进去。我在外婆家里翻箱倒柜,但只寻着两百块现金,还有两罐子硬币。

妈妈从马德里的春天打来电话。那是一片干燥而温暖的高原,妈妈领着中国代表团在伯纳乌球场,帮我搞到了C罗的签名球衣。我说我是巴萨球迷,你给我弄个皇马球衣干吗?明日夜里,妈妈就要从马德里起飞,后天早上到家。妈妈问我一个人住得还好吗。我说很好,吃得特别好。妈妈不太相信。妈妈让我去一趟医院,听说外婆的情况又不好了。

我骑上捷安特去了医院。外婆缩在病床里,好像个白头发的木乃伊。外婆把手指头塞进我的左手掌心里。外婆会看手相，她讲我的生命线相当长远，不像外公六十几岁就走了。我贴了外婆的耳朵问，家里还有钞票吧？外婆的嘴唇皮嗫嚅，喉咙里含一口浓痰，发出混沌的声音，在你外公的背后。我攥了外婆的手指头不放开。我叫护士过来给外婆吸痰。

我从外公的遗像背后寻到一只牛皮纸信封，装了五千块现金。隔日，我去家乐福装满五台购物车，再叫一部厢式货车拉回来。我爬了八趟楼梯，等于登高四十八层，要是加上八趟下楼，等于九十六层的摩天楼，接近上海环球金融中心。各种食物堆满了房间，从厨房间排队到了卫生间，体积至少有冰箱的十倍。我忙了整整一夜才填满冰箱。如果对面是一间相同面积的房间，不但塞得水泄不通，还要从窗门缝里漏出来。我坐倒在冰箱门上，眼皮一搭困着了。

早上，冰箱已经空了。这几天塞进去的东西都不见了。这台冰箱空得清清爽爽，好像刚从永乐电器搬回来的状态。我整个人钻进冰箱，就像闯入《纳尼亚传奇》的衣柜。但我撞了墙。我用拳头撞击冰冷的白霜。我没有力量穿透白色的冰箱内壁。我从冰箱里钻出来。我拔出电源线。压缩机安静了。我用尽力道把冰箱挪出来。我从外公的工具箱里寻出螺丝刀，卸下冰箱背后的铁壳。我想找到某个世界的入口。但我只看到压缩机和密密麻麻的电线。

钥匙转开门锁的声音。女人皮鞋踢踢踏踏。拉杆箱轮盘滚动。妈妈从西班牙回来了。她叫了好几声"海宝"。我没有回答。妈妈走进厨房间,问我出了啥事。我说,没事体。妈妈说,你做啥拆冰箱?我说,进了老鼠。妈妈把冰箱恢复原样,推回老位置插上电源。妈妈打开冰箱说,小鬼,本事大了,统统吃光。妈妈变漂亮了,化妆跟发型蛮有讲究。妈妈带了飞机上的点心给我吃,调好衣裳就去医院看外婆。

这一夜,刚好是二〇一〇上海世博会开幕式。妈妈准时打开电视,开了一瓶西班牙红酒,我开了一瓶可口可乐。对面阳台的琵琶小姐还在弹《十面埋伏》。谷村新司唱了《星》。安德烈·波切利唱了《今夜无人入眠》。妈妈认出了法国总统萨科齐跟他的意大利超模老婆、欧盟委员会主席巴罗佐、韩国总统李明博、越南总理阮晋勇、柬埔寨首相洪森。我突然问,为啥没西哈努克亲王?妈妈笑了说,你还想吃爷爷烧的菜啊?

春天转眼死去。我在烈日酷暑下去过三趟世博会。我在沙特馆排过三个钟头长队,在阿根廷馆落了皮夹子,在印度尼西亚馆学会了画皮影戏。我去西班牙馆不需要排队,因为妈妈是工作人员。但是红色斗拱的中国馆,每趟我都是远远眺望,好像屋顶上躺了一口冰箱。这个夏天我长高了十厘米,嘴唇上冒出一圈柔软的绒毛。我把家乐福的白金会员卡给了妈妈。冰箱重新成为没有灵魂的机器。但我强迫自己读完了冰箱老人送给我的书,虽然没能读懂加缪的《鼠疫》。琵琶小姐照旧在夜里八点弹奏《十面埋伏》，直到霸王跟虞姬抹了脖子，我再也没有去敲过她的房门。

过了中秋节，阳澄湖大闸蟹来了，我和妈妈抱了外婆的骨灰盒，租一台车跨过杭州湾大桥，埋入宁波山上外公的墓穴。外婆没有留下遗嘱，为了曹家渡这套房子，妈妈跟舅舅半夜里吵架，最后签了一份协议，决定房子挂牌出售，钞票各分一半。我还不敢让妈妈晓得，藏在外公遗像背后的五千块钱消失在了冰箱里。

漫长的二〇一〇上海世博会闭幕了。我穿过家门口的马路，爬上六层楼，敲开琵琶小姐的防盗门。琵琶小姐笑笑说，你终于来了。我说，明天早上，我就走了。琵琶小姐说，你去哪里？我说，西班牙，妈妈要去那边工作，我要去那边读书。琵琶小姐说，我还能见到你吗？我说，可能有点难。琵琶小姐说，你等一等。我只等了半分钟。琵琶小姐出来塞给我一张小纸条，写了一条固定电话号码。琵琶小姐说，以后打我电话。我攥紧小纸条说，现在才给我啊？琵琶小姐说，你没问我要过啊。我说，再见。琵琶小姐说，再见，海宝。

夜里关了灯，我困了沙发床上，听厨房间冰箱的喘息声。在上海的最后一夜，妈妈跟我盖了同一条棉被。妈妈讲起一九八〇年的曹家渡，像只巨型的五芒星迷宫，环绕长寿路与万航渡路口的交警岗亭，瞄了上海的五个方向辐射而去。

妈妈生在闸北区番瓜弄，八岁才搬到曹家渡——外公被评为社会主义先进工作者，单位分配了这套六层顶楼的房子，当时几乎是方圆一公里内的制高点。妈妈头一趟用了抽水马桶和铺了马赛克的水泥浴缸。外公跟外婆住了里间，妈妈跟舅舅住了客厅。舅舅比妈妈大五岁，经常偷吃妈妈的早饭，兄妹俩不但吵架还会动手，但妈妈从没吃过亏。妈妈在这幢楼里度过了十六年。等到她搬出去那天，我已在妈妈子宫里发育了六个月。我也是在这里出生的，我想。

天亮辰光，妈妈整理好三只大号拉杆箱。我的捷安特也可以托运上飞机。我打开清空的冰箱，拔了电源，只闻得着冰箱本身的气味。下个礼拜，房子的新主人就会搬进来。这台冰箱会送进废品回收站粉身碎骨。出租车等在楼下了。妈妈催我出门，我们要从浦东机场直飞巴塞罗那。我说，等我一分钟。我撕了一张小纸条，匆匆写几行字塞进冰箱——

冰箱老人：

　我等你回来。

二〇一〇年十一月一日
上海　曹家渡
冰箱君

虎年转了一轮回来。我已经二十六岁。我住在一万公里外的巴塞罗那。梅西终于离开巴萨，我去机场为他送行，举起十二年前的签名球衣。我没能成为画家。我和妈妈在巴塞罗那老城区开了一家中餐馆，名叫"加泰罗尼亚上海饭店"，雇用了五个越南厨师。食客们大多是巴塞罗那本地人。我每天坐在餐馆门口的小圆桌上，眺望高迪的圣家族大教堂。我总觉得那是一座巍峨的冰箱，戳着星辰般的褶皱、孔洞和雕塑，依靠无数根巨人的腿骨支撑起来，装满足以供养全人类的食物。我有个女朋友叫费尔明娜。她生了一双绿眼睛，擅长用古典吉他弹奏《阿尔罕布拉宫的回忆》。妈妈谈过几个男朋友，有中国人，也有西班牙人，但没有再结过婚。爸爸又离了两次婚，现在跟二十岁的乌克兰女朋友住在香港。爷爷一家还住在上海老西门的石库门房子。西哈努克亲王死于北京的那一年，爷爷戴了七天的黑纱，蛮像古时候的忠臣。

三年前的秋天，巴塞罗那不太平，到处是加泰罗尼亚的黄红间条旗。妈妈暂停了中餐馆的生意，我们飞回上海住了一个月。曹家渡的落叶像金色灰烬铺满街道。琵琶小姐住的那幢楼已经拆了，变成一座天主教堂，哥特式尖顶上挂了十字架，彩色玻璃画了圣母玛利亚的故事。我打了琵琶小姐留给我的电话号码。有个山东口音的男人接了电话，他说我打错了。但我相信琵琶小姐依然在上海的某个角落，可能是浦东，或者闵行。曹家渡的老房子基本消失了，唯独外婆家的楼房幸存下来，围困在几幢高楼之间。时间踩上粘鼠胶，除了老人们变得更老，底楼老头子咳嗽得更凶，302门口轮椅上的老太太已经一百零五岁。爬上六楼，我敲响外婆家的房门。开门的是个老头，至少七十岁，顶着雪山似的白发，面孔上有老人斑，身体干枯瘦长，后背挺得笔直，胸前插一支钢笔。我的眼光越过他的肩膀。我看到外婆的冰箱依然活着，压缩机发出苟延残喘的噪音，仿佛变成一堵坚不可摧的承重墙。老头说，你好，请问寻啥人？我说，对不起，敲错门了。老头说，没关系。我说，我叫海宝，再会。老头说，再会，海宝。

隔年春天开始，回国变得比登天还难。我有两年零六个月没有回过上海。过好耶稣复活节，圣家族大教堂重新人山人海。加泰罗尼亚上海饭店每夜翻台两三趟，半夜十二点还有人等位，妈妈数钞票数得开心。我和费尔明娜准备在巴塞罗那结婚。四月最后一个黎明，中餐馆楼下厨房的冰箱开始轰隆巨响。我躺在费尔明娜的胸口，梦见自己回到了曹家渡。我爬上寂静的六楼，用一根铁丝打开门锁。房门被沉重的分量顶死，门缝里滚出腐烂的蔬菜。我寻来几个男人卸下门板，不计其数的冻肉、火腿肠、速冻汤团、卷子面、方便面、面包、大米、牛奶、水果、啤酒和香烟冲出房间，仿佛一场溃坝灾难。我从堆积如山的食物上爬进厨房间。冰箱大门敞开，像一张嘴巴吐出各种东西。人们清空了厨房和冰箱，终于从食物的深渊里打捞出一具尸体。七十四岁的白发老头，双手双脚并拢折叠，像个蜷曲的小毛头，死因是心肌梗死。老头僵硬的手指捏了一幅水彩画——金色的油菜花田上，衰败了一千年的宝塔冲向春天，仿佛断了头的通天塔。

断

指

世上并无手指头齐全的木匠。老木匠右手缺一根小拇指，左手断掉半截中指，大拇指弯得如同月牙。幸存的每一根手指头坚硬得像熟铁钉子，爬满出土文物般的疤痕，有天圆地方的铜钱，骨头里长出的嵌宝戒指，还有深不可测的盗洞，顺了墓道直通木匠的心脏。天底下木匠断掉的手指头，统统藏在木匠村的五斗橱。整根头的食指，一节头的中指，两节头的无名指，带了拳峰的小拇指，半节头大拇指，颜色从羊脂白到墨擦乌黑，血丝粘连，白骨森严，装满五只抽斗，层层叠叠掭了一道，几百年不烂不臭，好像每一根都在白酒里泡过。到了三更，断掉的手指头会醒过来，疯起来，一根根推开抽斗，胡萝卜白萝卜似的跳出来。竖起来是步兵，弯起来是炮兵，一根搭了另一根是骑兵。手指头军团列队前进。蛮多绿幽幽的眼乌珠盯了它们，哪一根手指头落了单，便被饥饿的老鼠、黄鼠狼、野猫拖走吃掉。手指头们走到木匠村出口，碰着一只木头人。一二三，我们都是木头人，不许说话不许动。所有手指头必须静下来,不消片刻,便似西洋人的骨牌哗啦啦倒下一大片。木头人拉开肚皮上的小抽斗,捉牢手指头一根根塞进去,送回木匠村的五斗橱。只有一两根手指头,前世里修得福报,扎进泥土生了根不动,天亮后逃出手指头地狱,回到原来主人手上,重新摸到锯子刨子角尺跟墨斗。小木匠讲到此地,摊开一双好端端的手掌,生了盔甲般的茧子,十根手指头整齐,按了我家的玻璃台板,赛过五条腿的怪物,又像断了一只脚的蜘蛛,留下几十枚错落的指纹,夹了汗渍跟甘草味道。

认得小木匠这年,我未满十岁,刚读小学四年级,已经换了一半的牙齿。我外婆脑溢血走了以后,我家从老闸桥搬到曹家渡。三官堂桥旁边,孤零零一幢六层楼房,背后是熏人的苏州河。我妈妈单位分配了底楼一室一厅,煤卫独用,进门灶披间,右手卫生间,一间卧室,一间客厅,加上外公住了一家四口。底楼采光不大好,晒太阳要见缝插针,衣裳棉花胎不容易干,好处是有一间天井,我爸爸种满花花草草,搭了一只鸽子棚。我外公养了一对虎皮鹦鹉。我养了两只长毛兔,雄兔脚扑朔,雌兔眼迷离,双兔傍地走,后来才晓得两只都是公的,海枯石烂都养不出小兔子。

搬好新房子,自然要打一套新家具。当时流行组合家具,用料节省,做起来快,拆装搬运也方便,不像我家原本的五斗橱，搬场一趟就要了爸爸半条命。初秋的下半天，我妈妈领了老木匠跟小木匠来到家里。木匠老家在常州乡下，进城做过两年生活，已经会讲上海话，就是有点洋泾浜腔调。老木匠面色赭红，麻将牌的方正身胚，肩上扛了各色工具，面孔上两块咬肌隆起，好像一台变形金刚，博派首领擎天柱。小木匠刚过十八岁，下巴爆了几粒赤豆粽，身材跟他老爹相反，但有一道宽肩胛。两父子都理了板刷头，小木匠头顶黑漆漆的松针，老木匠掺了一半铁灰色。

隔日，木匠父子开始做生活。木料堆在我家门外过道，暗似白骨精的山洞，我爸爸寻了拖线板，拉到楼梯栏杆上吊好电灯泡，活像鬼子炮楼的探照灯。老木匠擅用锯子，一张"工"字形木框，一头装了钢锯条，一头缠了两圈麻绳，当中一根木头锯梁，麻绳跟锯梁之间绑一根木头拨片，像连环画里强弓硬弩。老木匠捏了铅笔画出直线，一只脚踏牢木料，右手缺了小拇指，只好由无名指跟中指夹了锯条，左手食指按牢锯条背面拉下去，木屑像我外公的头皮屑纷纷坠落，飞将军李广弯弓射虎的腔调，稍微分心就会再断一根手指头。老木匠两三下就锯断木料，摊开一双手掌心，长了三层硬皮老茧，迷宫般的刀刻纹路，涂上红油漆就是篆刻家的图章。老木匠说，必须这样一双手，才能打出一副好家具。

老木匠跟小木匠在我家客厅打地铺过夜。吃饭跟我们坐了一道。外公因为有肝病，专门有张小台子单独吃菜。我的饭量小，每趟剩点饭碗头，不欢喜吃牛奶，身上没几两肉，医生怀疑我有奶酪病。但是看到小木匠吃饭，我的胃口就慢慢见涨了。小木匠可以不吃肉不吃菜，但是每顿要吃三碗白米饭才管饱，否则白天做不动木匠活。我最欢喜看小木匠刨木料，就像小学生欢喜用卷笔刀削铅笔。一卷卷雪白刨花堆在刨子跟木料上，泛滥成灾的雪白花蕾，落地变成葱茏的小花园。我缠了小木匠要一条最长的刨花。刨子刀口里慢悠悠开出一枝花，卷了一作堆，赛过我爸爸的黑白胶卷，展开是薄薄一长条，几乎半透明，松开又自动弹回去。我央求小木匠教我用刨子。他从背后抓牢我的两只手，捏了刨子两边把手。十岁男小囡推不动刨子，小木匠的手指头嵌进我的手指缝里，力道稳稳传到手掌心，好似理发店的剃头推子，一格格推出素净的刨花。小木匠两块护心镜似的胸口紧贴我的后背，手臂膊汗毛像铁丝网让我皮肉生痛。回头看了他一张面孔，我想起《说岳全传》画出来的小将岳云。小木匠只念过小学，他跟我一样欢喜看连环画。我们严肃地讨论过《隋唐演义》跟《大明英烈传》，李元霸和常遇春大战三百回合孰胜孰负。

我原本在闸北区北苏州路小学读书，搬来沪西曹家渡只好转学。妈妈送我到长寿路第一小学当了插班生。班级里小朋友一个都不认得，我也不欢喜讲话，等于哑子，上课以发呆为主。梧桐是语文课代表,跟我住了同一幢楼,就在楼上三层。老师安排我跟梧桐做了同桌。我用小刀在课桌上画出一根三八线,男左女右,互不侵犯。梧桐的肘子经常越过板门店,我是男生不太好反击,只好忍了丧权辱国。老师关照了梧桐一个任务,就是跟我多讲话,让我跟同学们热络起来。梧桐每日讲的话是我的十倍不止,活像嘴唇皮里生了成群结队的蚊子。上海流行甲肝病毒的两个月,梧桐日夜关照我不要吃毛蚶,不要吃生的东西,监督我用热水洗手才好杀光病毒。每日放学回家,我们一道乘13路电车。梧桐比我稍微高一点,头颈细长,远看像非洲草原上的长颈鹿。到了曹家渡终点站,我就背了书包奔回去。梧桐吹响胸口哨子,赛过警察捉小偷。我回家看木匠打家具。梧桐跟我一道看得扎劲。我的言语才慢慢浓稠起来。梧桐伸出两根手指头,不是摸摸老木匠手上伤疤,就是拍拍小木匠汗津津的肚皮,像在菜市场挑一块好肉。

梧桐爸爸是个体户,在曹家渡邮局对面开了一家书报摊,人称"三楼林老师"。梧桐连名带姓藏了四块木头。我的同学基本都是独生子女,唯独梧桐有个嫡亲阿哥,大名栋梁,兄妹俩加起来有八块木头。整幢楼上下六层二十四户人家,只有栋梁哥哥一个大学生,平常住了华东政法学院,礼拜六礼拜天才回家里。这日我在底楼看到他回来,脚踏车书包架上捆了好几本书。栋梁哥哥皮肤苍白,瘦长,笔挺,像一根刨好的木料,戴了黑框眼镜。他打开底楼信箱,掏出报纸杂志信件。我伸长头颈看栋梁哥哥的信封。栋梁哥哥看透我的心思,撕下信封上的盖销邮票送给我。我爸爸收藏了好几本邮票簿子,盖销票也有几百张。血红色夕阳下细看邮戳,竟然是西藏拉萨,我在脑子里想象牦牛粪是啥的味道。我又看一眼脚踏车书包架上的书。栋梁哥哥摸摸我的头说,骏骏,明日到我家里来玩,我有蛮多旧书可以借给你。

隔日吃好早饭,我就到三楼敲门了。梧桐好几趟请我去做客,但我一直不敢上楼。三楼林老师家里堆了数不清的旧报纸旧杂志,好像堆了几十层高的国际饭店。地板上生了蛮多吃新闻纸的小虫子。如果虫子也要上学读书,它们肯定能像栋梁哥哥考上大学。栋梁哥哥的书架上排了《宪法学》《刑法学》《民法学》,还有《法学概论》。尽管每个字都认得,但我一页纸都看不下去。还好我寻到蛮多历史书,有给小学生看的《中国历代名将》,也有大人看的《三国演义》跟《第三帝国的衰亡》,这些书我都能看懂。但我问栋梁哥哥借了一本儒勒·凡尔纳的《海底两万里》,封面上有一头独角鲸。接下来整个冬天,我都梦到自己坐在潜水艇里环游地球。

我从没见过梧桐的妈妈。听讲梧桐刚生出来妈妈就死在妇婴保健院。三楼林老师请了奶娘才养活了女儿。栋梁跟梧桐还有个奶奶，头发雪白，每日穿了土布衣裳在楼下晒太阳，已经跟老木匠小木匠混熟了。老太请我跟小木匠上门做客。老太的眼角如浓痰浑浊，给我们冲了两杯乐口福，捏了小木匠两只手，数了每一个手指头，讲起最近做过的梦。老太梦见自己进了太平间，没了呼吸心跳，手指头眼乌珠都不能动，但是脑子还好用，还能觉着冷，觉着痛，等于没死透。老太听到自己追悼会上哀乐，听到儿子跟孙子孙女哭丧声，再被送进火葬场烧成灰。人老了讲话就窸里窣啦，老太又讲起栋梁跟梧桐的爷爷，解放那年埋了绍兴乡下，前有弯弯绕绕小溪，后有靠背椅的风水宝地。栋梁奶奶当了四十年寡妇，等不到一座贞节牌坊，也要百年之后同葬一穴。现在老太不怕翘辫子，就怕火葬，要是烧成骨灰埋进去，老头子肯定不认得了。梧桐笑笑说，我都听了八百遍。梧桐拿老太送回里间，出来看到我的手指头说，哎呀，你的指甲缝太龌龊了，多少天没剪过了。梧桐寻出一把指甲钳。小木匠帮我剪手指甲，刚拉了我的右手，我像小猫爪子往回缩。小木匠手上有力道，好似一把铜锁，指甲钳咬了我的食指，遵循杠杆原理剪下一条指甲，半透明的新月钩子。剩下来九根手指头不再犟头倔脑，捏在小木匠手掌心里太太平平。小木匠再张开指甲钳上锉刀，帮我磨平手指甲上豁口。玻璃台板上留了十条指甲，犹如一作堆被剪断的手指头。小木匠一条不漏收拢起来，包了旧报纸里给我。小木匠说，乡下有种讲法，要是老鼠偷吃了小囡剪下来的手指甲，就会变成小囡的样子，世界上就会有了两个你。梧桐说，老鼠变成了你哪能办？小木匠笑说，这么就养一只猫。梧桐说，小木匠，你也给我剪手指甲好吧？小木匠抓起小姑娘的手指头说，剪得这样清爽，没地方下手了。

这年秋天，栋梁哥哥的房间成了我的图书馆。我又寻到一本讲古埃及的科普书，还有蛮多黑白插图。栋梁跟梧桐共用一张双层床。阿哥在下铺，阿妹在上铺。我跟小木匠一道坐了下铺，捧了这本书看得扎劲。小木匠认得的字尚不及我多。栋梁哥哥像一本说明书帮忙解答。我翻到一页古埃及金字塔里壁画——长了狗头的男人，蹲在一杆天秤下，一边称了心脏，一边称了羽毛，后面还有个怪物，长了鳄鱼头，狮子身体，河马后腿。梧桐蒙了眼乌珠不敢看。小木匠伸出两根手指头，触摸插图上的狗头人。栋梁哥哥说，阿努比斯。我说，狗头人？栋梁哥哥讲了普通话，古埃及死神，长了一颗胡狼的头，保护法老的坟墓，制作木乃伊的防腐师傅，亡魂前往阴间的守护者。我说，懂了，《聊斋》里的判官。栋梁哥哥说，这幅壁画里的阿努比斯用鸵鸟羽毛称重心脏，如果你的心脏比羽毛重就会被鳄鱼头怪物吃掉。小木匠摸了自己心口说，谁晓得我们的心脏有几斤几两？这本书可以借给我吧。

一个通宵过去，小木匠的图纸画好，照了古埃及壁画上的阿努比斯，狗头人身的木头人，刚好七十厘米高，打家具的边角料就不够用了。长宁路上有幢老房子拆迁，小木匠半夜冲过去捡了两根老木料回来，重新锯锯刨刨，做成木头人的身体四肢。最难做是阿努比斯的狗头。小木匠用凿子跟木工刀一点点雕出来，狗嘴巴像一只铁夹子，两只尖耳朵朝天，狗眼乌珠渐渐放出光来。老木匠不准小木匠在白天浪费时光，小木匠只好在夜里动手。礼拜六的后半夜，我爬起来小便，看到地上拖线板，厨房间窗门外亮了灯，照出两个人跟一个狗头影子。我推开窗门一看，栋梁哥哥跟了小木匠一道雕刻木头人。小木匠说，骏骏，快回去困。我说，我也想学木雕。小木匠笑笑说，这碗饭轮不到你吃。栋梁哥哥说，要是你妈妈问起来，就讲做了一个梦。我说，昨夜电视台放了《埃及艳后》，我就讲我梦到了古埃及木乃伊。栋梁哥哥说，不对，你梦到的是克里奥佩特拉。

克里奥佩特拉被毒蛇咬死，小木匠的木头人终归做好。油漆刷上蛮多颜色。主要还是黑颜色，因为是古埃及死神。阿努比斯的眼乌珠是蚌壳白，嘴巴长长的裂缝血红，好像生吞一对童男童女。小木匠给木头人装了一只卵子，夹了两条木腿当中，涂了白油漆，就像当时光我的卵子没长一根毛。我说，书上没画这根卵子。栋梁哥哥说，阿努比斯没有，但是木头人有的。木头人肚皮上有个小抽斗，铅笔盒子似的，抽送相当活络。我放进去一只卷笔刀，两块橡皮擦，还有《水浒》一百零八将香烟牌子。我咬了小木匠的耳朵问，它就是看守手指头地狱的木头人？小木匠说，这只秘密不要告诉人家。小木匠盯了我的眼乌珠，声音没经过耳朵，直接穿透头皮进了脑子。小木匠向木头人的左眼睛吹一口气，栋梁哥哥向木头人的右眼睛吹一口气。栋梁哥哥说，一切木头或者器物，只要有了人的形象，就会生出的人的灵魂。

夜里，我跟外公一道困了客厅的棕绷大床。一人困一头，裹了各自棉被。外公是个老病鬼，年轻时光切掉半只肺，怕冷天天穿中山装戴干部帽。上了这张眠床，我闻着外公肺里气味，仿佛发霉的棉花胎，腐烂多年的水果，煎干了的中药砂锅。老木匠跟小木匠困了地铺，呼噜声像苏州河的潮水泛滥。我觉着自己开始变轻，啥东西从身体里逃逸，被一根尼龙绳捆起来，吊起来，悬了半空，变成第三只眼乌珠，从头顶看了我自己。外公有一本书《智能气功》，每天照了练习，据说能产生各种神通，包括但不限于隔空取物，预测未来，最凶猛是隐身遁形。我至今尚记得其中一章，关照此刻必要在心中默念"恬淡虚无"，舌头尖摩擦上牙膛，方能避免走火入魔。可惜外公从没练出任何超常智能或者特异功能，肝功能障碍也没好转过，面色常年焦灼黑紫。月亮透过玻璃窗洒进来，穿过黑魆魆的木头人，阿努比斯竖了两只胡狼耳朵，肚皮上的小抽斗弹出来，爬出一根手指头。三只关节弯曲行走，先跳上玻璃台板，再跳落地板，绕过老木匠跟小木匠。我认出这是左手无名指，手指甲剪了清清爽爽，闪了银灰色蚌壳般的光，顺了床单爬上枕头，扭动着钻入我的嘴巴。外公被我的尖叫惊醒。老木匠跟小木匠起来开灯。我捂了喉咙干呕。木头人还是立了窗台边。我张开嘴巴给外公看。喉咙里清清爽爽。小木匠给我吃一口温开水。我下床拉开木头人的小抽斗，并没看到一根手指头，只有卷笔刀、橡皮擦，还有香烟牌子。小木匠问我，做噩梦了吧？我看看小木匠的眼乌珠，再看看阿努比斯木头人，重新回到眠床，一夜没再敢困着。

天一日日冷下来。我家天井的花花草草败了叶子。礼拜天，栋梁哥哥要回华东政法学院，我跟梧桐一道送他，小木匠也跟了后头。四个人穿过三官堂桥下的菜市场，沿了苏州河一路荡过去。栋梁哥哥推了二十六寸脚踏车，头发稍长，背脊骨挺得笔直，迈开两条细细的长脚，好像踏了沼泽地里觅食的仙鹤。小木匠却像一只精壮的老虎，蹲了景阳冈上，等候吃了三碗的酒鬼来送命，还拖一根老虎尾巴，每走一步啪啪打了地上作响。梧桐还是非洲长颈鹿，脑后扎一只蝴蝶结飞来飞去。我是不声不响，嘴巴里像塞了马嚼子，鞋底板是打了铁掌的马蹄，踩了柏油路上踢踢踏踏。秋风卷来苏州河水腥气，对岸化工厂飘了烂稻草味道。我的两只手扒了栏杆往河浜里看，好几艘小轮船开过，马达轰隆轰隆，水面掀开一层层帘子，覆了墨色的浓油赤酱，波澜不惊，像个有故事的妇人。捆了我头颈上的红领巾被风吹散，刚要飘到苏州河里去，小木匠单脚起跳拦截成功。我从他手里接过红领巾，却像接过一根鲜红的上吊绳子。我的手指头笨拙，一直戴不好红领巾，每日早上妈妈帮我系好再去上学。假如自己动手，要么打成一只死结，解不开硬生生从头颈脱下来；要么绑得松松垮垮，两堂课不到就散架了。栋梁哥哥说，梧桐，你帮骏骏系好红领巾。梧桐说，不行，老师关照过的，他要自己学会系红领巾。栋梁哥哥说，这么我来吧。栋梁哥哥刚刚叠了红领巾，我就抢回来说，小木匠给我绑。小木匠挠头说，我没当过少先队员，也没戴过红领巾。我说，就算绑上一个死结都不要紧。小木匠说，我试试，但我是一个木匠，不是裁缝，笨手笨脚。我说，木匠的手指头可不笨，既可以推刨子，也可以绣花。小木匠慢慢叠了红领巾，竖起我的衣裳领子，红领巾挂上头颈，左边压了右边转一圈，穿过当中纠缠的圈子拉紧，再放落领子，重新抚平挺括。栋梁哥哥蹲下来检查一遍，只讲两个字，完美。小木匠红了面孔说，每天看了骏骏上学绑红领巾，多看几遍就记得手势了。我低头看了红领巾，像一根西装领带飘了胸口。梧桐瞪我一眼说，臭美。

栋梁哥哥领了我们走到华东政法学院，隔壁有一家精神病院。听讲还有法医楼,几百具尸体浸泡福尔马林溶液等了大学生解剖。对面是中山公园后门。梧桐缠了哥哥要进公园,栋梁哥哥买了四块圆牌子进去。蛮多老头子聚了打太极拳,拔火罐,走象棋,打扑克。我看到一座法国梧桐的宫殿,一条大龙身上盘了几十条蟒蛇,托了密密麻麻的树枝升到天上,变成一顶无法无天的帽子,盖牢大半个公园。这个季节树叶子已经枯黄,风一吹就坠下来,变成几百只金黄的老鼠,在我们脚底下沙沙作响,粉身碎骨。梧桐说,我也是梧桐啊。栋梁哥哥说,不对,此梧桐非彼梧桐,你的名字是从古书上来的,凤凰非梧桐不栖,几千年前就有中国梧桐了,古琴就是用梧桐木做的,现在这一棵是悬铃木王,一百多年前从欧洲移栽来的,上海的行道树基本是它的子子孙孙。小木匠拍了悬铃木王的树干说,要是给我一把斧头,我想砍了这棵树,可以变成多少木料啊,造出一座皇宫也够了吧。栋梁哥哥说,皇帝住的房子要用深山里的金丝楠木,这种悬铃木不值钱的吧。小木匠看了几块剥落的树皮,还有几根枝干断头说,可惜了,不是好料,烧柴都不灵光。梧桐跳到小木匠背后说,你想造的宫殿会是啥样子? 小木匠从身上摸出小簿子,撕下一张白纸头,用扁扁的木工铅笔涂涂画画。夕阳穿过落叶枝丫,好像一脚盆鲜血泼了小木匠头顶。宫殿一层层在纸上成型,不是电视上的故宫三大殿,而是几十层屋檐螺旋向上,赛过一根超长的螺丝钉。小木匠抬头说，宫殿总共一百单八层，每一层住一个水泊梁山好汉，每日上下串门吃酒吃肉，快活吧。栋梁哥哥说，一百零五个男人，只有三个女人，岂不是太闷？小木匠说，最好都是男人，女人太烦。梧桐翻翻白眼说，你们男人才烦呢。我说，那还要一百零九层，留给晁盖一层。栋梁哥哥说，不对，这分明是巴比伦通天塔，造到一半就塌了，不如造一座空中花园。四个人出了公园后门，我还想去华东政法学院看看。栋梁哥哥说，没啥好看，就是几幢老房子。栋梁哥哥推了脚踏车进校门口，刚好有个红衣裳女同学在等他。天色像炒菜的酱油暗下来。我跟梧桐伸长头颈往里看。梧桐更高一筹，噘起嘴巴说，哎呀，她勾了哥哥的手臂膊，谈了女朋友都不响。我说，必定蛮好看的。小木匠说，天都黑了，快点回去吃夜饭。小木匠回头望了中山公园，最后一道太阳光里，悬铃木的王冠烧得快活。

老木匠跟小木匠在我家三个月，每个礼拜天去公共浴室洗澡，否则每日做生活流汗人就臭了。礼拜天，刚好老木匠出门去买木料。我像一根小尾巴跟了小木匠，走到曹家渡三角环岛的健民浴室。一个胖阿姨坐了收牌子。蛮多男男女女抱了脸盆跟香皂排队进去。刚汰清爽的小姑娘们头发升腾热气出来，好像电视剧《西游记》撒了干冰的仙女特效。小木匠多买一块牌子领我进去。男浴室更衣间里，我脱了两件羊毛衫一件衬衫一条背心,一条绒线裤一条棉毛裤一条短裤,曝光身上一根根排骨,但没忘记捂牢卵子。小木匠也把自己剥得精光。他的下面没有雪白粉嫩的刨花,只有野草般卷曲的黑毛,胸口两只奶头上也长了毛。我觉着有点恶心。小木匠蒙了我的眼乌珠不准看。

更衣间没暖气,只有一层棉布帘子。小木匠看我冻得刮刮抖,轻轻松松抱我起来,冲进热气腾腾的澡堂间。我看到一镬子浑浊的热水,油光浮荡,老火煲汤给小公鸡褪毛。操了扬州话的老师傅在扦脚。十几个光屁股男人,要么坐了瓷砖,要么泡了水里。我看到松弛或者粗壮的皮肉,新鲜粉蒸过的雪白,盐腌过的深沉,六十年以上历史积淀生出褶皱荡下来。平常我在家里洗澡,每趟外公要给我烧好几壶水,轮番倒进马赛克浴缸,冬天稍微久一点就冰冰冷了。小木匠跟我一道泡进池子。头一秒没感觉,接下来差点烫掉一层皮,好像浸在外公每日熬的中药砂锅里大火焚烧。小木匠抓牢我细小的肩胛骨,虽然手掌心都是茧子,但是温热得教人安心。氤氲的热气飘一阵,散一阵。水蒸气爬上小木匠的面孔,时隐时现。我揩揩他的面孔头颈。小木匠揩揩我的鼻头嘴巴,好像两个人隔了落雨天的窗玻璃,哪能揩都看不清爽了。我的背后响起一片沸腾的水声,混捣捣的水底下好像藏了粗壮的热带鱼。我刚想起电视台放过的《阿姆斯特丹的水鬼》,一条水鬼从热水里浮出来了。

我呛到两口水,差点点咳出肺来。小木匠撸去我眼皮上的水滴,我才看到栋梁哥哥的面孔。栋梁哥哥说,家里人太多,轮流汰浴麻烦,我就到浴室来了。栋梁哥哥的长头发滴了水,皮肤泡得通红,螳螂般的手臂膊劈开热水,两条腿并拢像太平洋里的海豚。小木匠问我,骏骏,你会游泳吧?我摇头说,我爸爸教过我,但没学会。小木匠说,下趟到乡下来,我保准教会你。小木匠翘了细长嘴角扎进热水。第二条海豚游进太平洋。白纱布般的雾气蒙了眼乌珠。水蒸气堵塞耳朵。我用弱小的肺活量深呼吸,捏牢鼻头潜下水里。我觉着自己变成一条黄鳝,在龌龊的水底漂来荡去。眼皮慢慢抬起来,满堂浑水涌入虹膜。一粒粒气泡逃出鼻头孔。我觉着自己就要淹死,就像二战潜艇紧急上浮。湿气如同抹布塞了喉咙。小木匠近在眼前说,啥情况?我结结巴巴说,没,没啥,栋梁哥哥呢?小木匠回头一指,栋梁哥哥已经在瓷砖上揩皮皂了。

手指头上泡出蛮多褶皱。我跟了小木匠爬上来,互相往头发身体上打皮皂,打出两团白花花的泡沫。小木匠帮我腋胳子下都揩过了,痒得我像只猢狲怪叫。莲蓬头下冲清爽,三个人盘腿坐下来,拿了两条大毛巾。小木匠给我搓背,一路搓到骨头缝里,钻出一条条泥鳅,纷纷扬扬落到屁股上。

我让小木匠调转方向，我用热毛巾给他搓背，想看他身上能搓出多少泥条。小木匠的后背清清爽爽，刚刚栋梁哥哥已经给他搓好背了。栋梁哥哥眯了眼乌珠，看了浴室里的水蒸气说，蛮像南方的海。我说，南方的海啥样子？在上海，并不容易看到海，我最远看到过的海在普陀山，但是不蓝，灰蒙蒙的颜色，抓一把夹了蛮多泥沙。栋梁哥哥说，你要自己去看。小木匠说，常州没有海，我长到十八岁，还没看过海呢，等我打好这套家具，也想去南方看一眼大海。我的面孔变得一本正经说，小木匠，我不准你离开曹家渡。小木匠说，好吧，我不走。我说，可以拉钩吧？小木匠伸出小拇指跟我拉钩。我说，我们已经拉钩了，你要是没做到，就断一根手指头。栋梁哥哥的热毛巾抽到我的头上，他拖起我跟小木匠说，不许你们瞎三话四，起来穿衣裳啦。

过好元旦，最后一门期末考试结束，我狂奔回到家里。我在等动画片《咪咪流浪记》大结局，但是电视机开不亮，拖线板拉到门口去了。我拔出电源插头，拖线板拉回房间，刚要插上电视机，外头响了一声惨叫。我的脑子里炸了一颗原子弹。冲出去一看，楼梯栏杆上的灯泡灭了，老木匠粗重地嘶吼，楼上楼下的耳朵里嗡嗡响。我回去寻到拖线板，重新塞进电灯泡插头。灯泡亮起来。我看到小木匠蹲了地上，一根凿子像荆轲的匕首插了木料上。小木匠抬起发抖的左手，只剩下四根手指头，断口涌出黑颜色的血，像一管黏稠的颜料涂上眼乌珠。

左手，无名指。断落到了啥地方？一时间竟寻不着。过道堆了太多边角料，刨花还有锯屑，一潭木头的深渊。眼看流血的水龙头关不牢，老木匠背上小木匠冲去医院。我爸爸还在厂里加班，我妈妈在局里开会，我外公的面色更加焦灼，变成一根落苏的颜色。

栋梁哥哥刚好从华东政法学院回来，看到楼梯下一腔黑血，马上寻来手电筒，膝盖跪了冰冷的水门汀，两只手拨开一团团染红的刨花。我也跪下来帮忙寻手指头，眼泪水落到木屑里，像一幅水彩画任意地晕开来。栋梁哥哥用力推我出去。我的头撞上楼梯，额角头生出一块乌青。夜里七点，栋梁哥哥寻到了手指头，刚好嵌进墙角缝隙。我外公拿来两根筷子。栋梁哥哥抖抖豁豁夹出一根无名指——颜色已经发黑，断口露了一小截碎骨头。栋梁哥哥用白纱布包了小木匠的手指头，蹬上脚踏车去了医院。

爸爸回到家里，我不免吃了一顿生活，先是扇耳光，然后打屁股，差点敲掉电视机。我的嘴巴里吐出一口血丝，接了吐出一粒牙齿，锋利的三角形，好像木匠手上锯齿。爸爸以为自己下手太重，在我面孔上捂了一袋冰块。妈妈先是发抖，然后讲不要紧，这是小囡调牙齿，明年会长出一颗新牙。

妈妈撑开我的嘴巴看看，确定脱落的是下牙齿，打开窗门，这颗尖牙齿抛上天。要是落了上牙齿，这么就要掼到床底下。外公拖了我关灯上床。眼泪水像苏州河浸泡枕头床单。我看一眼窗门，木头人立在月光下，阿努比斯的影子落到天花板上，狗嘴巴慢慢张开来，露出尖尖的狗牙齿，对了我的头一口咬下去。我一翻身，便落到古埃及金字塔里了。

等到天亮，听到一个好消息：小木匠接上了手指头。隔了三日，荷包蛋翻了一个面：小木匠的左手无名指已经发臭，腐烂生了蛆，医生给他重新切掉了。木匠父子是农村人没劳保。我妈妈付了三百块医药费，再赔给老木匠一千块，也是我爸爸四个月工资。我家的组合家具基本完工，只剩两只夜壶箱，不用再做了，结了八百块工钱。小木匠从医院回来，我藏了天井里不敢出来。小木匠进来寻我，左手还包了白纱布。我不敢讲话。小木匠拿出一只小玻璃瓶，酒精里泡了一根左手无名指。小木匠说，听讲现在人结婚，要在这根手指头上戴一枚戒指。小木匠拉开木头人肚皮上的小抽斗，塞进泡了手指头的小玻璃瓶。小木匠说，木匠的手指头，终归要关进木匠村的五斗橱。我说，不要去手指头地狱。小木匠抓起我的左手。我的无名指上生了一根倒裂刺。我在冷天容易生肉刺，每趟拔出来就会流血，运道不好还留疤，一两个礼拜才退。小木匠说，我们木匠的手指头最容易倒裂刺了，但

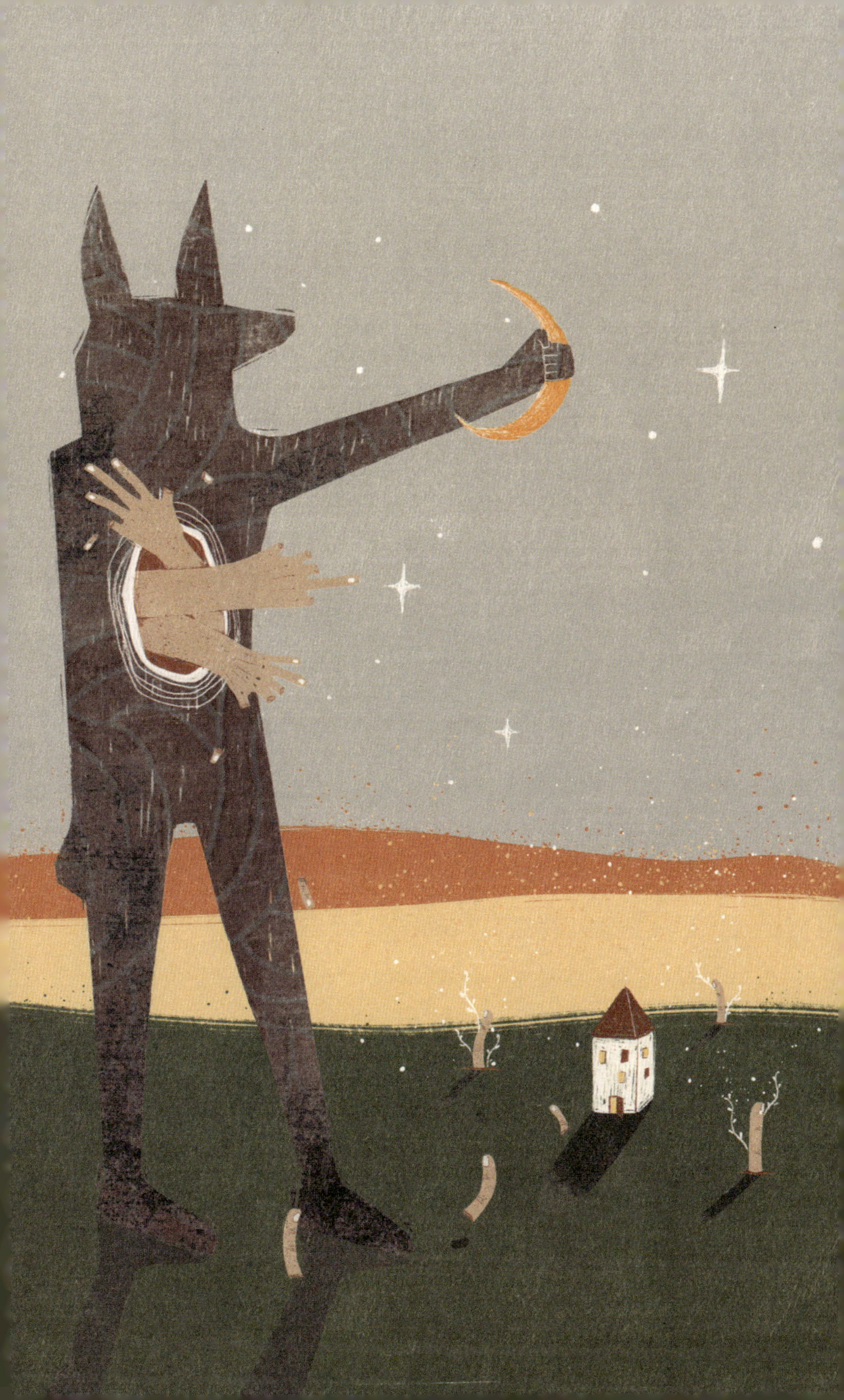

断指　杜凡　绘

是不要拔。小木匠接了一面盆的水，右手按了我的手指头泡进水里。冬天的自来水冰冰冷，但是肉刺慢慢软下来。小木匠再寻来一把小剪刀，帮我剪去这根倒裂刺，没出过一丝血。

老木匠跟小木匠是来道别的。我们全家送两父子到了13路终点站。老木匠抓了小木匠的左手说，我们老家有个规矩，木匠断了一根手指头，才从小鬼变成男人，可以回家讨老婆了。我爸爸递上一支大前门说，过年娶新妇了？老木匠擦亮火柴棒，慢悠悠点上香烟，我爸爸张开手掌帮忙挡风。老木匠说，这门亲事去年就定了，小姑娘在常州乡下，面孔两团红，屁股像肉馒头，肯定养得出光郎头。妈妈说，哎呀，我们还没准备红包。老木匠说，没关系，大年初一在乡下摆喜酒，过好年我们爷俩就回上海寻活做，必定回曹家渡来望你们。小木匠说，骏骏，再会。我的眼泪水像被炭火烤焦了出不来。我爸爸跟老木匠吃好香烟，刚好一部电车进站。老木匠拖了小木匠上车抢着两只座位。13路电车翘起小辫子，搭上架空电线，六站路到新客站，运道好天黑就回了常州。外公捏了我的肩胛往回走。我看到马路对面的浴室门口，栋梁哥哥骑了二十六寸脚踏车，头发被西北风撩乱，黑框眼镜反光，看不清眼乌珠了。

小学生的寒假短得像我养的两只长毛兔的尾巴。我没再提起过小木匠。爸爸妈妈跟外公也不再讲了，仿佛木匠父子从没来过我家——他们的痕迹就是一套组合家具，每趟我挤了爸爸妈妈的席梦思大床上看电视，就能从木头里闻着一股甘草味道。木头人还摆了客厅窗门口。每到后半夜，阿努比斯的狗头影子投到天花板上。我从没打开过木头人肚皮上的小抽斗，也不确定小木匠的左手无名指是不是还藏了里面。整个寒假我只见过梧桐两趟：一趟在曹家渡的战斗文化用品商店，还有一趟在大年初五。这日是迎财神，三楼林老师跟梧桐立了三官堂桥上。林老师举起一根细长棒头，犹如火箭筒喷出焰火，飞到白莲花似的云上炸开，五六种颜色像木匠的刨花跟木屑，铺满苏州河上的夜空。我爸爸放了高升炮仗，我的两只手蒙了耳朵，鼻头里塞满硫黄味道。我一直没看到栋梁哥哥，听讲他跟女朋友结伴去了南方。我猜大概是广州、深圳、珠海，还有海南岛。我妈妈被单位派去考察过的，拍了照片回来，深圳对面隔了铁丝网就是香港，还有中英街。这年冬天冷得吓煞人，落过两场大雪，房间里滴水成冰。我跟外公共用一条电热毯，两层棉被里还穿了棉毛裤，发抖半个钟头慢慢暖热起来。我想起健民浴室的澡堂子，蒸腾氤氲的浑浊热水，栋梁哥哥跟他的女朋友赤了膊游来荡去，就像一个遥远的南方。

　　来年开春，过了清明，法国梧桐的毛栗子炸裂，曹家渡四月飞雪，老木匠跟小木匠回来了。底楼空地上搭起一只木棚子，遮了蛮多红白相间的化纤布。听讲也是打家具，但是不让人进来看。我在楼梯口碰到小木匠，头一趟看到他吃香烟，夹了右手两根指头当中。娶过娘子做过男人才有的腔调。小木匠的胡子一根根挑出来，不像连环画上的岳云，倒变成岳武穆，可惜身上没顶了甲胄，而是一件亮晶晶的化纤西装，沾满雪白的刨花跟木屑。小木匠讲这趟的东家是三楼林老师。我说，你住了栋梁哥哥家里？小木匠说，我爸爸困地铺，我困了双层床的下铺，梧桐在我的上铺。我说，栋梁哥哥回来哪能办？小木匠抬头看了楼梯说，他从南方回来以后，就关了大学里不太回家了。小木匠总是左手藏了背后，不让我看到缺掉的手指头。我说，当了新郎官是啥感觉？小木匠说，必须出来赚钞票了。我再问，新娘子好看吧？小木匠翻出皮夹子，藏了一张结婚照，小木匠穿了黑西装，新娘子披了白婚纱，果然面孔上两团红。我说，像猢狲屁股。小木匠收起皮夹子说，瞎讲。小木匠的烟灰飘到我的眼乌珠里，马上掐灭香烟，脚底板碾了碾，扳了我的肩胛问，木头人还好吧？我只讲一声蛮好，低头盯了自己的鞋子，看出一根鞋带编织的迷宫。

隔手，春天埋入泥土，上海已热得潮潮翻翻，长袖换成短袖，马路上小姑娘穿了裙子，从脚馒头露到两条大腿。我从曹家渡新华书店回来，听到底楼弄堂的木棚子里有锯木头声音。我掀起木棚子的两层化纤布,等于进了一口蒸笼,起码四十摄氏度。我看到小木匠跟栋梁哥哥立在一根粗壮的木料两头,小木匠右手握了三尺长的框锯,栋梁哥哥帮忙在另一头拉锯。两个人都褪了衣裳赤膊,要不是还有短裤拖鞋,就像回到浴室大池子。小木匠胸口两块栗子肉,像抹了黄油,肩胛骨仿佛一对老鹰翅膀,随了锯子的进退滑翔降落。几滴汗珠子顺了脊椎凹陷落到腰眼,后背开出一层盐花。栋梁哥哥的汗毛几乎是金黄的,皮肤白得吓人,头发又长两寸,扫帚似的盖了眉毛。两个人推拉锯子,直到木料一分为二。栋梁哥哥盯了我问,骏骏,你进来做啥?我踏了木屑上,看到锯子长了大白鲨似的锯齿有点怕。小木匠说,早晚要穿帮的。我说,你们在做棺材?木棚子里有一口"老房",前头大,后头小,数学课上教过的梯形,两边还有圆弧度,好像一根劈成两半的圆木,浸到苏州河里等于一艘独木舟。小木匠说,栋梁奶奶要打一口寿材,我们家有七代祖传的棺材手艺,我十岁就跟了爸爸打棺材,等我在乡下结好婚,我们就出来做这口"老房"了,你看这几根松木都是最好的料,从东北大兴安岭走了几千里陆路加海路才到上海的。栋梁哥哥说,我劝过我奶奶蛮多趟了,火葬比土葬好,移风易俗,节约土地,但我奶奶失心疯,日日夜夜不困觉不吃饭,就想了自己这口寿材,必要埋到绍兴乡下我爷爷旁边,生则同衾,死则同穴。

最后两句，栋梁哥哥的声音放慢下来，后背靠了刚劈开的木料上，摊开毛巾揩汗，披上一件薄衬衫，依次系上纽扣。小木匠还是赤膊，拆开一包牡丹香烟，一支塞进自己嘴巴，再拿一支递到栋梁哥哥手上。小木匠划一根火柴，露出自己的左手，缺掉无名指的断口长好皮肉，变成一团肉疙瘩。小木匠先给栋梁哥哥点烟，再给自己点上，吐一口蓝烟说，今日做棺材盖，过两日就上油漆，栋梁奶奶是七十岁，要涂黑油漆，超过八十岁喜丧刷红油漆，皇帝跟官老爷刷金油漆，没结婚的小伙子跟小姑娘死了，就要刷白油漆。小木匠摊开两只手掌，茧子更加厚重粗糙，好像两把锉刀。栋梁哥哥说，不要再讲老法历了。我说，这口棺材打好以后哪能办呢？栋梁哥哥说，等到刷好油漆，我爸爸会包一台卡车，拉了这口寿材回绍兴乡下，借一间瓦房藏起来，我奶奶相信只要有了寿材，就可以再延二十年阳寿。我说，栋梁哥哥，你相信吧？栋梁哥哥摇头说，人死以后，还是一把火烧了清净，但是这桩事体，你不要让任何人晓得，就算你爸爸妈妈跟外公都不要讲，我奶奶是迷信，这幢楼里有人更加迷信。小木匠跟栋梁哥哥嘴上的烟头烧得旺，两团火星子在我眼门前交错明灭。

几日后，派出所来了这幢楼，拆掉底楼弄堂的木棚子，拖出一口刚刷油漆的棺材。三楼老太死活不肯松手，抓牢自己的寿材冤枉鬼叫，眼乌珠一翻，老骨头攒倒在棺材里。林老师背起老娘，等到了医院，人已经没气了。栋梁跟梧桐的奶奶到底没困进这口寿材，终点站还是火葬场。我们这幢楼里没人参加追悼会。三楼林老师腰上绑了白麻绳，手臂膊别了黑袖章，立在弄堂焚烧老娘的遗物，咒骂匿名举报的邻居断子绝孙。梧桐的面孔被火烤得通红，眼泪水没落到地上就滋滋蒸发了。栋梁哥哥立了妹妹背后，心不在焉的腔调像给陌生人送葬。小木匠到我家来敲门，额角头沾满蒸笼汗，甘草味道变成咸菜酸臭。老木匠跟小木匠打造的寿材，已经在东海农场当柴爿烧了，三楼林老师只肯结账一半，毕竟老太没了，老木匠打落牙齿吃进。小木匠向我告别。我问他，要去啥地方？小木匠说，可能有点远。小木匠又跟木头人告别。小木匠抱了阿努比斯的狗头，嘴巴贴了尖尖的耳朵，仿佛对了木乃伊念诵古埃及咒语。

　　后半夜，三楼老太已经困了骨灰盒里。空气闷热得像焚尸炉。一台摇头电风扇彻夜释放噪音，有气无力地吹来热气。地板上铺一层草席，外公打了赤膊，胸口开过刀的伤疤像古龙的圆月弯刀。我跟外公一样平摊在席子上，脑子里装一台马达，翻来覆去困不着。重新睁开眼乌珠，我以为会看到天花板上的阿努比斯。但是没有光。外公的呼吸声也没有了。我有点担心外公，想要摸到他。但我发觉自己没有了手。我也没有双脚，不能直立行走。我甚至没有眼睛。我感到自己像一条毛毛虫，分为前中后三节。我吃了好大劲道才能控制身体。我把第一节当脑袋，第二节当胸腹，第三节当双腿。我开始弯曲三节身体，然后放平下来，再弯曲收拢，毛毛虫那样前进。我碰到一块坚硬的木板。我用力弹出第一节。我的头上有一块坚硬的东西，如同顶着一具头盔。我有点痛。还有一点灼烧。我疯狂地顶撞那块木板。我感觉到它在慢慢挪动。我在一口棺材里。

棺材打开了。虽然没有眼乌珠，但我看到一点光。我可能有了某种夜行动物的视力。我像只弯曲的钩子钻出裂缝。我看到了我家客厅。地板上有张草席。我和外公躺在席子上睡觉。我看到了我。十一岁的男小囡。尚未发育的瘦小身体，裹一条白背心，嘴唇边流出一条黏糊糊的口水。现在的我又是什么东西？对面有一面镜子，刚好对了窗门外的月光。镜子里只有一根手指头。当我开始扭动爬行，我才晓得自己就是这根手指头。左手无名指。成年男人的手指。经过酒精的浸泡，重新变得苍白而粗壮。指甲的形状堪称完美，可以看到底下淡淡的月牙儿。指甲尖修剪得清爽。手指根断口上露出一截骨头。小木匠断掉的手指头。它是我创造出来的奇迹。

手指甲扭回头看。阿努比斯睁开眼乌珠，凝视越狱逃出小抽斗的手指头。我也在凝视手指头地狱。木头人肚皮上的小抽斗，刚好被我顶开一道缝。它就是刚才囚禁我的那口棺材。木头人的右手张开五根手指头来抓我。我跳下了窗台。我一生跳得最高的一次。我在空中连续翻滚了十几圈,一根手指头变换多种形状,拉长成直线,变成一个问号,或者卷成三角形。运道不太好,我要掉进摇头电风扇里了。这是个真正残酷的地狱。我觉得我会被切成好几段。电风扇吹来一阵强劲气流。手指头被往外推了一厘米,完美地错过风扇叶子的屠戮。我坠落到了地板上。一只断掉的手指头有超乎寻常的弹性。我弹跳了三下才落稳。三节手指骨都没有断。木头人抬起双腿,木头脚底板把我踩扁之前,我扭动着躲过一劫。我在地板上弯曲爬行。我爬上了我自己的身体。我从我的头颈和面孔上爬过,我很想掀开我的眼皮,把我从这个噩梦里唤醒。但我只有一根手指头,我不能抓取任何物质。我在自己的面孔上按下小木匠的指纹。木头人跨过沉睡中的我和外公追来。我逃窜到了我家房门后面。我把自己挺得笔直钻入底下门缝。阿努比斯的手指头几乎摸到我了。我感觉要被木头房门压扁,只剩下一根骨头粗细,运交华盖地穿过门缝。手指头在门外的水门汀上打滚喘息。尽管我连一只肺都没有。木头人被我关在门后。我听到它暴躁地拍打门板。我不确定它会不会打开门追出来。我继续弯曲身体往外逃。

  我钻出六层楼的房子。红色的月光燃烧着我。空地上残留白天焚烧三楼老太遗物的灰烬。我在肮脏的地上蠕动。平常几步路就能走上马路，现在却像一场马拉松比赛。某个角落亮起一对幽暗的眼乌珠。手指头地狱近在眼门前。几簇老鼠胡须像金针挑了月光，露出一对闪亮的龇牙，手指头是它在这个夏天最奢侈的一道大菜。我只能弯曲三个关节逃跑。谁能想到一根手指头跑得那么快，几乎达到二十公里以上时速。我逃到三官堂桥下，但我不敢深入黑魆魆的桥洞，那里藏着更多的老鼠，也许还有蝙蝠，外公管它们叫"油老鼠"。如果有一只野猫埋伏偷袭，一只手指头是没有反抗能力的。我要逃上亮着路灯的桥面。但手指头怎么爬台阶？每一级台阶都比我整个身体要高。经过短暂的思考，我把三个关节并拢卷曲，小龙虾那样重新打开，这样就能实现惊人的弹跳。我跳上一格格台阶，简直是奥运会男子跳高决赛。我连续跳了三十九级台阶，终于爬上三官堂桥的人行道。

我看到了小木匠跟栋梁哥哥。他们两个人立了桥上吃香烟。嘴上火星像两只萤火虫，灰白烟灰夹了苏州河的野风里。小木匠左手搭了桥栏杆，四根手指头反射月光。我藏在他脚边的阴影角落，蛮想叫一声小木匠，可惜我连嘴巴都没有。桥上每隔几十秒开过一部汽车，柏油路面像打摆子抖得凶。首尾相连的十几艘夜航船，黄颜色灯火晕染漆黑水面。轮船马达像两百响炮仗穿过桥洞，逆流而上去苏州方向。小木匠跟栋梁哥哥没讲过一句话，两根香烟都没过滤嘴，暗暗烧上手指头，旋即两点火星坠入桥下深渊。一部装满渣土的大卡车开上来。大光灯扫出栋梁哥哥的眼乌珠。小木匠先动身了，朝了苏州河北岸下桥。栋梁哥哥跟了背后头，同样朝了北方而去。不要问我是哪能分清东西南北的。我的地理课是全校第一名。刚好大卡车开到桥上最高点，霸王龙碾过地面，带来迷你地震灾难。弹簧似的桥面将我高高颠起来。我想象一根手指头立在奥运会十米跳台上，向前翻腾四周半屈体，完美的压水花姿势，笔直坠入墨水般漆黑的苏州河。

大海一样丰盛的水。手指头像一枚子弹消失在了水面之下。尽管连鼻孔都不存在，我却能透过手指头表面分辨一百样化学污染的味道。我绝望地发现一个秘密，手指头是不会游泳的，虽然当我拥有双手双脚都没能学会游泳。我在泥沙俱下的苏州河里沉沦。尽管我没有肺，也可能不会淹死。我以为这条臭水里的鱼虾早已死绝，水底却游出一条油光滑亮的黄鳝。手指头的视力就是比眼乌珠强啊。想起妈妈经常炒鳝丝给我吃，我试图向新朋友打招呼。黄鳝却是一口咬过来。打架不是我的强项。我的武器只剩下一面小小的手指甲。倏忽间，黄鳝的脑袋消失了，剩下的身体像水蛇沉入河底。一只甲鱼出现了。尖尖的鳖嘴吞掉了黄鳝的头。我看过爸爸在家里活杀甲鱼，万一被咬了手指头就只好跟甲鱼头一道斩下来。我埋进水底的泥沙，犹如盗墓贼钻进金字塔，掘出一根根金条，依然发光的红宝石和祖母绿，纷纷从破碎的箱子里跳出来。翡翠镯子缠绕朽烂的人骨，比鸽子蛋还大的钻戒套了细细的指骨，同样是左手无名指。他们永远停留在失踪名单上，或者连名字都没登记过。如果我逃不出手指头地狱，也会变成一根孤独的无名指骨。甲鱼在淤泥里疯狂地搜捕我。我觉着一根鱼钩刺进手指头，刚好从甲鱼的嘴唇边拯救了我。螺旋桨叶片搅动水流，像一万匹发情的野马从我身上踩过。我用力扭动三节手指，鲤鱼跳龙门的劲道，终归跳上了甲板。

　　船舱像一口大瓷碗，堆了几千颗碧绿的西瓜。两条枯黑的瓜藤缠着我。三根关节安静下来，指甲壳闪了断断续续的白光。这是一个马达声炽热的夜晚。我在尼罗河似的黑夜顺流而下。两岸工厂剪影像风蚀崩塌的金字塔。左手无名指是一桩谋杀案的证据，试图数出天上每一颗星星。我认出了武宁路桥的路灯，我爸爸工厂背后的消防高塔，西藏路桥的大煤气包，浙江路的钢铁桥，从前外婆家的老闸桥。苏州河边排队停了几十艘过夜的机帆船，放落高高的桅杆船帆，仿佛一具具人体残肢漂浮。水上人家往河浜里撒尿，倒痰盂罐，刷牙齿。几条狗在船头吠叫。穿过四川路邮局下的桥洞，再过乍浦路桥，最后是钢铁梁架的外白渡桥。我一直以为是"外婆渡桥"。手指头认出了黄浦江的味道。马达声熄灭，西瓜船像个大肚皮孕妇无声靠岸。被船老大发现之前，我重新弓了三节手指头跳上码头,攀援梯子上了水泥河堤。

我想先去外滩荡马路,沿了北京西路笔直走,也许能寻到回家的路。但我走错了方向,陷入几条小马路的迷宫。我像在诺曼底登陆的盟军躲避纳粹的机关枪躲避老鼠或野猫。手指头爬过最后一条弄堂,躲在臭气熏天的阴沟上,看到对面蹲伏一座固若金汤的黑色堡垒。无数个回字形门框向内凹陷。背着武器的士兵站岗。牌子上写了提篮桥监狱。我想起13路电车有两个终点站,一头在曹家渡,一头在提篮桥。

天快亮了。提篮桥监狱对面,我上了头一班13路电车。平常我乘公交车欢喜三个位置,第一是驾驶员背后,看得到打方向盘拉挡,威风凛凛的腔调;第二是巨龙车当中转弯位置,两排香蕉形座位,脚下铁皮圆盘,缝缝里可见柏油路面;第三就是最后一排,人不多就能看清整部车子,要是人挤人,还能掉头看了后车窗风景,电车两根小辫子晃来荡去。但一根手指头并无看风景的资格。我只能藏了阴暗龌龊的座位底下,细听卖票员的报站声。过了四川北路,潮潮翻翻的乘客上来。蛮多人穿了风凉皮鞋,搭扣下就是赤脚。也有煞风景的香港脚,熏得我在角落里打了两个滚。我头上的座位换了人,穿了裙子的女人,落下一双雪白光滑的脚腕,每一粒脚指头都是好看的。没有一双鞋子固定不动。所有风景流动,好像苏州河水从太湖流到黄浦江。13路电车过了新客站,地上多了几根扁担,蛇皮袋,草席。城里人跟乡下人的鞋子,气味还有声音泾渭分明,等于刚敲开的蛋清跟蛋白。等到经过长寿路上我们小学门口,这两种气味就像筷子搅拌过的蛋清蛋白难分难解了。13路电车从沪东提篮桥开到沪西曹家渡。我等了所有男男女女下车,趁了卖票员不注意,从车门口翻滚下去。

　　光天化日下的手指头,藏在13路终点站的阴沟外。大人在我头顶吃香烟。小朋友在我旁边吃油墩子。现在我最危险的敌人就是人类。当他们害怕一根移动的手指头,你就要遭受灭顶之灾。我只能藏到一堆垃圾中。手指头黏黏糊糊,可能粘上人家擤的鼻涕,顺便粘上几张报纸。早高峰的马路等于一场盛大的庙会,到处是脚踏车链条转动跟铃铛声。我躲了报纸底下,伪装被风吹过沪西电影院。要是脚踏车轮胎碾过,手指头基本就废了。我比加里森敢死队还要疯狂地回到六层楼下。但我无法翻越底楼天井的围墙。穿过弄堂大门,爬上两级台阶,我来到103室门口。外公敞开房门在乘风凉。我挣脱了报纸伪装,手指头在墙角来回翻滚,蹭掉皮肤上的恶心玩意儿。我像条小虫子钻进去。五斗橱上"三五"牌大钟刚到早上八点。

　　我看到自己还困在地板席子上。但我没办法叫醒"我"。我只是一根手指头,龌龊,浮肿,伤痕累累。木头人立在窗边，阿努比斯看了我，眼乌珠里没光。它要到半夜才有魂灵，白天只是一块木头。我暂时是安全的。但我不能被爸爸妈妈外公看到。爸爸会拿我掼进垃圾桶，也可能会报告派出所，怀疑这幢楼里发生了碎尸案。我躲到棕绷大床底下。我用手指甲观察自己的家。八点半，爸爸和妈妈上班去了。妈妈在厨房间给"我"跟外公留了早饭。"三五"牌钟走到上午十点。躺在地板上的"我"醒了，两团眼屎粘在眼皮上，走进卫生间撒尿。我蹲在角落里看了"我"揩面，刷牙齿，吃水，吃早饭。但"我"没跟外公讲过一句话。"我"变成哑子，眼乌珠里少了魂灵头。整整一日，"我"不再看书看连环画，只会坐在电视机前头，看动画片，看电视剧，看动物世界，甚至看广告。这个人不是我。也许是一只老鼠，偷吃了我剪下来的手指甲。

夜里十点钟，三楼林老师寻上门来，他摘了白麻布跟黑袖章，到处问人看到过他儿子吧。"我"像个戆卵摇头。我藏在床底下打滚，想要敲开喉咙叫出来，昨夜在三官堂桥上看到过栋梁哥哥，但没人会相信一根左手无名指。林老师讲，栋梁哥哥消失了，带走了身份证跟学生证，还有五百块现钞，没留下一张纸条，也没一句口信。林老师又去挨家挨户敲门问了。

林老师前脚刚走，老木匠又来了。我爸爸递出一支香烟。两缕蓝颜色烟雾像魂灵头跳舞。手指头没心没肺，也不会咳嗽。老木匠讲，老早买好今日的火车票，爷俩准备一道回常州，乡下新盖了两层楼房，新妇守了空房等小木匠回来。但是早上起来，小木匠就没了影子。我妈妈搭腔说，小别胜新婚，小木匠自己回去了吧？老木匠说，夜里打了电话到大队，没人看到过小木匠。我爸爸说，听讲三楼的大学生栋梁也不见了。老木匠嘴巴上的香烟纹丝不动，雾柱升起一根笔直的线，好像墨斗画出来似的。我妈妈向爸爸白了白眼，"我"坐了床上看电视，外公蹲了角落吃药。所有人缝上嘴巴。只有两根香烟呼呼燃尽，留下两截雪白的烟灰。

老木匠跟爸爸吃香烟的空当，我爬到爸爸妈妈房间里。我想要寻一支笔写下来，才能告诉大家我就在此地。但是一根手指头捏不牢铅笔。我先是翻了一通铅笔盒子，又爬到我的画画颜料盒头里，寻到一管朱红色颜料，手指头拼了老命按下去，如同挤牙膏压出一点点颜料。手指头蘸上一团朱红，好像电视剧演的血手印画押，不是卖儿卖女，就是崽卖爷田。手指头在地板上写字，不等于用手指头捏了一支笔写字。已经看不出笔迹了，就是歪歪扭扭几个字，退化到小学一年级——

"我是蔡骏，那个人不是我，我是一根手指头，救救我。"

手指头写好这点字，彻底脱了力，瘫软在血血红的字迹旁边，像反特间谍小说里写的——被害人临死前用手指头蘸了自己的血，在地上写好凶手名字，往往只写一半，甚至只写一个笔画就翘辫子了,古今中外从没人写完整过。送走老木匠,妈妈刚进卧室,就看到地板上的红字,也看到一根手指头。我不好装死了,三根关节打滚,要么竖起来,要么弹出去老远,手指头上颜料基本干了,就指了地上的红字,特别是我的名字。妈妈差点吓得魂都没了,速速从隔壁客厅叫"我"过来。"我"看到地板上的字还有手指头,非但一句话都不讲,反而拿块湿抹布来揩揩清爽。费了九牛二虎之力写的字,化作一摊红兮兮的水渍,好像刚蹂死两只蚊子。我还在爸爸妈妈面前疯狂表演,妄想他们将我跟他们的儿子联想起来。但是爸爸妈妈以为这行红字是"我"的恶作剧,至于这根手指头,爸爸用小镊子夹起了我,塞进一只小玻璃瓶,拧上盖头。爸爸说,明日一早,送去医院看看,这根手指头到底啥情况?

半夜里,爸爸妈妈困了席梦思大床上,"我"跟外公还是困了地板席子上。我关了玻璃瓶里,一根左手无名断指,活像泡了福尔马林溶液里的怪胎。一根不腐烂会动的手指头,肯定要被送进研究所,秃头变态教授们会在手指头上插满电线,或者用手术刀大卸八块,鞭辟入里,研究每一根血管和神经。木头人的眼乌珠亮了。木头人没声音地走过来,脚底板生出猫爪似的软垫。木头人抓起玻璃瓶,慢慢拧开盖头,伸进两根手指头,拿我从玻璃瓶里捏出来。木头人肚皮上的小抽斗弹出来。在我被塞进小抽斗的一刹那，手指头连翻两只跟头，好像体操王子李宁灵魂附体，弹皮弓似的跳出手指头地狱，落到了地板上。

我已经练出贴地滑行的新功夫，手指头等于一枚飞镖，冲过门缝底下。但我刚到弄堂口，黄鼠狼像一道金色的闪电伏击了我。爸爸用捕鼠笼子捉到过这种东西。外公的狼毫笔就是它的尾巴毛。手指头不能与黄鼠狼搏斗。刚好有只可口可乐的铝罐头滚过来。我钻进罐头的小洞眼，仿佛躲进中世纪的重装板甲。黄鼠狼的爪子往罐头里掏，尖嘴巴往里拱，臭味道让我七荤八素。手指头闻了可乐的咳嗽药水味道徒劳地抵挡。黄鼠狼用力推一记罐头，顺了地势开始翻滚。我数出罐头滚动的圈数，再用数学老师教过的圆周率计算距离。我听到汽车发动机的声音，轮胎碾压柏油路的震动，好像尤里·加加林在宇宙飞船里旋转，直到罐头按了暂停键。我透过小小的洞眼向外观察。黄鼠狼放弃了这顿晚餐。劫后余生的手指头钻出罐头。我正在曹家渡的心脏——五岔路口的交警岗亭下面。

但我不能回家了。手指头地狱候了我自投罗网。我必须寻个藏身之所。曹家渡三角环岛上，只有健民浴室的牌子还亮了灯。我弯弯扭扭过了马路。门口收牌子的胖阿姨在打瞌冲。我从她的两条大腿当中钻进浴室。我以为会看到光了屁股的小木匠跟栋梁哥哥，但浴室里没几个人，困在躺椅上裹了浴巾过夜。我不知道他们为何无家可归，我也不想钻进他们的梦里。我爬上大池子的瓷砖。海洋般的热水已干涸，只剩一摊污垢，散了某种发酵味道。我寻到没关紧的莲蓬头冲洗每一条指纹。我清除了蛮多龌龊东西，却机会没有丢失分量，骨头断口也保持原样。我在公共浴室里度过这一夜。

一根手指头溜进女浴室并不难。爬过男女浴室之间的管道，就能看到蛮多光屁股女人。但是没啥好看的，大部分是老太婆，胸口荡了两条布袋袋，屁股上一条条纹路。我爬到浴室天花板上，发觉瓷砖缝隙里藏了一只眼乌珠。等到后半夜，女浴室里没人时光，我拿一只皮皂盒推到楼板缝隙下面，正对了头顶的"眼乌珠"。我再用手指头蘸了红墨水，在瓷砖墙上写一排字——

"楼上有人偷看，皮皂盒往上看。"

隔日，整个曹家渡的老阿姨集体出动，砸开楼上人家房门，揪出一个退休的中学校长。果然楼板当中挖了一只洞眼，刚好钻通了浴室天花板的瓷砖缝隙。老阿姨们请老校长吃了一顿生活，折了两根肋膀骨，差点点瞎掉一只眼乌珠，然后扭送派出所。有人讲他被送到白茅岭农场劳动教养三年，也有人讲他关了两个月就放出来，又在曹家渡三角环岛住了十几年直到动拆迁，搬去了江桥，据说至今尚在人世。

我在曹家渡浪荡了一个礼拜。夜里我循了老饕们的馋吐水钻进沪西状元楼。我悄悄穿过几十只圆台面的桌脚,避开男人和女人的凉鞋或高跟鞋,无声地潜入厨房间。此地油锅开得兴旺,但是精华在于糟卤。一台子糟鸭舌头、糟黄泥螺、糟毛豆、糟凤爪、糟带鱼、糟甲鱼,宁波醉草鸡,香味道可以勾走魂灵头。新华书店也是好地方,但我没能力翻动任何一本书。我只好藏在角落里闻闻书里的油墨气味。我在隔壁的银行跟邮局也闻到了油墨气味,一个是人民币,一个是报纸。报刊柜台上的女人三十多岁,长相跟发型都像神探亨特的搭档迪迪·麦考尔。我在邮局后门偷听了邮递员们吃香烟吹牛皮,人人讲她是曹家渡一枝花。邮局对面是林老师的书报摊,平常摆了当日的《解放日报》《文汇报》,隔夜的《新民晚报》,杂志有《收获》《当代》《人民文学》,还有金庸、古龙、梁羽生、琼瑶、汪国真,甚至有一套苏联科幻小说,可惜这段时光经常不开门。林老师提了一桶糨糊跟毛刷子,在曹家渡每一面墙上张贴寻人启事,顺了万航渡路一直贴到静安寺山门口。偶尔有穿裙子的姑娘在电线木头前停下来,欣赏寻人启事上栋梁哥哥的照片,像看了琼瑶电视剧的男主角。

但我最欢喜沪西电影院。现在变成一根手指头,不用买票子也能看电影。但我不走电影院大门,因为正对曹家渡五岔路口,来来往往的男女太多,随便一只脚后跟就能踏扁掉我。电影院隔壁弄堂是散场通道，每趟太平门一打开，我就悄咪咪钻进去。我跳到放映机的小窗口前头，全身晒了一道白光里。只要我调皮地竖起来，幕布上就会多出一条奇怪的黑影。没有观众会想到这是一根手指头。我连续看了三场《本命年》，五场《黄河谣》，七场《红楼梦》，十二场《顽主》，十八场《一半是火焰，一半是海水》。但我最迷的是《东陵大盗》，反反复复看了五十几场。每趟看到军阀孙殿英的士兵撬开慈禧太后的棺材，老太婆还像困着一样，眼乌珠一眨变成僵尸，我就想起三楼老太困了小木匠打造的棺材里。

　　当你变成一根手指头，曹家渡就没了秘密。手指头是无孔不人的私家侦探。长宁支路的弄堂里藏了一个破落的天主教堂。每到做弥撒的礼拜天，就有几个老太婆坐了门口画十字。教堂背后有家私人小旅社，我没想到会碰着三楼林老师。螺蛳壳般的客房里，头顶吊扇有气无力旋转，拂动地板上的雪白奶罩跟内裤。我先看到曹家渡邮局一枝花，然后看到脱得精光的林老师。男人的肉暗淡下垂，女人的皮肉尚且新鲜，不像女浴室里看到那般不堪。我藏在手指甲背后拼了命看。林老师埋了一枝花胸口的两团肉里，眼乌珠鼻头孔拖出水来，一枝花翻身用草纸揩揩清爽，拍了他的背脊骨，好像老娘哄小囡说，不要哭了，好意思吧，你的儿子啊，必定是跟女朋友出去旅游，藏了小旅馆里做坏事，就跟我们两个现在一样嘛。林老师擤一把清水鼻涕说，老早问过栋梁的女朋友了，他们两个月没见面了。一枝花笑笑说，你儿子的女朋友可能不止一个人啊，你看栋梁有卖相，肚皮里有墨水，笃定是当法官的料，不要讲小姑娘了，就连我，都想动他的坏脑筋，讲不定哪天就拐了跑。林老师说，呸呸呸，不要瞎讲。一枝花掐了林老师的手臂膊说，你看不起已婚妇女啊？林老师上下都是垂头败气说，儿子大了，啥都不跟我讲了，是不是走了邪路？一枝花抓起两沓草纸，塞了林老师嘴巴上说，你才是瞎讲。林老师说，不谈了。一枝花从地上捡起短裤奶罩，慢吞吞穿上说，老林啊，你儿子的寻人启事再给我五千张，我让邮递员夹进《新民晚报》投递到曹家渡所有的信箱里。林老师从背后抱紧一枝花，解开刚搭上的奶罩扣子，重新捏了胸口两团肉，咬了她的耳朵说，等到栋梁回来，你就离婚好吧。一枝花说，滚蛋。我不好再看下去了，跳下小旅馆的木头窗台。太阳快要落山，擦过三官堂桥，西晒了层层叠叠的屋顶瓦片，好像苏州河的波浪镀了金。手指头修行了凌波微步，一路飞檐走壁，终归看到我家天井的围墙。

　　我最恐惧的一桩事，就是我永远抢不回自己的身体，我将作为小木匠的左手无名指度过一生——这才是正版的手指头地狱。天黑以后，我困到了三楼林老师家里。只有梧桐一个小姑娘在家里。她打开冰箱吃了一碗冷面，打开电视机看

《鹰冠庄园》。我就爬到栋梁哥哥的写字台上，藏在梧桐背后看电视。写字台一面墙上，贴满了栋梁哥哥从幼儿园到大学的奖状，诗歌朗诵比赛照片，中学生作文大赛奖杯。电视机一面墙上，挂了三楼老太的黑白遗像，尚在做七阶段，摆了几样水果供品，三炷香熄灭的香炉。我在写字台上翻了个身，遗像里的老太就皱了皱眉毛。我定下来不动，老太的眼乌珠又瞪大了。我确定她可以看到我。梧桐一门心思看了电视，尚未注意到遗像里的变化。老太也不可能钻出黑相框来捉我，索性我就在她面前翻跟头，一歇歇竖起来，又横下来转圈圈。看到老太对我无可奈何的表情，手指头像孙悟空的金箍棒大闹天宫，直到电灯泡电视机电风扇统统熄角。楼上楼下一片兵荒马乱的册那之声。这个季节停电是平常事。梧桐痴头怪脑乱叫，瞎子摸象一般滚到双层床的下铺，拉紧毛毯蒙了头。我也悄咪咪爬上这张席子。枕头里闻着淡淡的甘草味道，我心想梧桐你平常困了上铺，不要困了栋梁哥哥的下铺啊。手指头像一条吃撑了桑叶的蚕宝宝，钻到梧桐的头发里，蹭了小姑娘一头香汗，轻轻摸了她的耳朵。梧桐哇一声叫出来，头顶撞了上铺木板。梧桐缩了墙角，黑灯瞎火，根本看不到手指头。梧桐哭哭啼啼说，奶奶，奶奶，你不要来寻我，我给你多烧点锡箔，送你去阴间享福好吧。我是存心弄戾她。我从梧桐的后背钻到她的腰眼，梧桐吓得翻滚下了床铺，试了三趟才爬上梯子,回到自己的上铺。栋梁哥哥的下铺空出来了。我放过了梧桐。蛮多天没困过床了,手指头留在下铺,按照人的样子困了席子上。

梧桐在上铺翻来覆去,后半夜才太平,发出小猫似的呼吸声音。我又听到悉列索落的声音。林老师回来了,夹了曹家渡邮局一枝花的味道。林老师摸黑打开一盏台灯。原来电又来了。林老师看看上铺的女儿,没注意藏在下铺枕头里的手指头。林老师拉开栋梁哥哥的写字台抽斗,翻出几十张各种颜色的信封,还有厚厚一沓信纸。林老师戴上一副老花眼镜,默念出信里每一个字。林老师眼圈发黑,后背弯曲,好像一只阴沟里的小龙虾,额角头要埋到信纸里去了。林老师连看了好几封信,直到打了瞌睡,面孔扑上玻璃台板,眼皮一格格落下来,降下卷帘门,拿自己关入梦里。我从栋梁哥哥的床铺里钻出来,慢悠悠爬上写字台。林老师的面孔刚好压了一张信纸,眼泪水化开几个钢笔字。我认出了栋梁哥哥的笔迹,每一笔都写得像印刷体。第一节指腹用力按了信纸一头,三只关节弯曲往后,轻轻抠出信纸。手指头点出栋梁哥哥的每一个字,印上小木匠的指纹——

亚洲铜,亚洲铜
祖父死在这里,父亲死在这里,我也将死在这里

你是唯一的一块埋人的地方

哥哥，哥哥……上铺的梧桐讲了梦话。林老师耳朵尖一抽，眼皮抬上来，看见一根关节弯曲的手指头，按了信纸上的钢笔字，活像一座肉做的石拱桥。玻璃台板貌似无处可逃。我又怕手指头动起来会让林老师发疯，只好假装这是一只手指头雕塑。林老师伸出一只手捏住我，摊开在手掌心里，放到台灯下细看。我决定装死。一二三，我们都是木头人，不许说话不许动。林老师摇头说，做梦，一定是做梦。林老师放下了我，眼皮重新合上，面孔扑了写字台上打呼噜。

几日后，上海刮了一场台风。我躲在健民浴室的屋檐下，用手指头称出每一滴雨水的分量。曹家渡一夜间洪水泛滥，沿街人家困醒了连人带床漂在水上，只好用脚盆舀水出去。浴室里的客人们讲，苏州河上漂来一具浮尸，刚好缠了三官堂桥下的铁丝。手指头钻出浴室，泡了两尺深的浑水里过马路。我爬进上海绢纺厂大门，再钻到苏州河边的码头。蛮多人撑了洋伞立在两岸。三官堂桥栏杆上也挤满了人。我看到浑黄的苏州河里，隔夜茶似的泡了一个男人，衣裳基本烂了，露出腐烂皮肉，面孔肿得像只气球。三楼林老师扒了栏杆呼喊。有人用竹竿跟绳子拉起死人，摊了苏州河的水泥护栏下。老木匠拨开看闹忙的人群，抓起死人的两只手，整整齐齐数出十根手指头。老木匠抬头看了铁灰色云层，吼了声儿子还没死就跑了。这记轮到林老师脚骨发软，雨水打得每根头发贴了额角头，手帕蒙了嘴巴鼻孔，仔仔细细看了尸体，最后揩揩眼泪水说，不是栋梁。

曹家渡的洪水退去，我回了一趟家里。现在我可以熟门熟路钻进门缝。妈妈在厨房间炒菜，爸爸在天井里浇花，外公还在用狼毫笔练字。"我"坐了电视机前看中央电视台的《机器猫》。栋梁哥哥借给我的书招惹了厚厚的尘埃。小木匠送我的木头人颜色黯淡。当我不在家的夜里，阿努比斯都在困死觉。妈妈端菜到台子上，关照家里几个男人吃饭了。我藏在床底下偷听他们讲话。我才晓得公安局来调查过了，老木匠送到派出所关过两天。爸爸问，三楼的大学生栋梁到底死了没？妈妈说，林老师不肯认尸，但是腐烂成这副样子，亲爹亲娘也不认得了，街坊邻居都传大学生死了，小木匠杀了栋梁，畏罪潜逃去了苏联。爸爸说，为啥要去苏联？妈妈又拍台子说，吃饭时光，讲这种断命事体做啥？

妈妈拍拍"我"的肩胛，但"我"一门心思看电视。爸爸凶狠地关了电视机开关。"我"又打开电视，端了饭碗看《新闻联播》。爸爸举起手掌心，他的通关手打人蛮痛的。我倒是盼了爸爸打下去，最好打得魂灵头出窍，这样我才好回到自己身体里。但是妈妈别别头。爸爸的手放下来，捏出一根牡丹香烟，塞进嘴唇皮，划了火柴棒点上。"我"已经两个礼拜没讲过一句话。妈妈带"我"跑过好几家医院，都讲小囡没毛病，要是有，也是心病。还有医生建议送去中山公园后门看看。我藏在床底下用手指甲想，中山公园后门，除了华东政法学院，就是精神病医院，要是给冒牌货来个电击疗法就爽了。爸爸走到窗门旁边，抽出嘴巴上的香烟头，在木头人的眼乌珠上揿灭。爸爸说，老早讲过了，这只木头人蛮邪的，骏骏变成这副死腔，大概就因为它。妈妈说，你要做啥？爸爸赤了膊，拖了木头人到天井里，寻出一把斧头，劈开阿努比斯的狗头。

斧头劈开木头的刹那，好像针戳了手指头上。我在床底下痛得翻滚起来。爸爸的斧头砍断了木头人的头颈跟腰身，卸下两只手两只脚，阿努比斯狗头四分五裂，肚皮上的小抽斗也粉碎了。我家天井成了分尸案犯罪现场。我痛得仿佛断成了三节头。爸爸往木头人碎尸上浇了半瓶酒精，划一根火柴丢下去。浓烟从底楼天井升到六楼顶上。客厅里的"我"还是坐了看电视，好像窗外的杀人案发生在十九世纪。木头人终归烧成一堆焦炭。我爸爸把木炭跟灰烬收进铅桶倒了。

木头人死了。我觉着自己也要烧起来，但又有点痒，原来一只蟑螂爬上了手指头，带了翅膀还会飞的那种。我并不怕老鼠，只有蟑螂经常爬进我的噩梦。手指头开始逃跑，蟑螂起劲追了后头。等到冲出床底下，刚好一双眼睛对准了我。

"我"看见了我。"我"扑向正在逃跑的手指头,就像到草丛里捉一只蟋蟀。外公是第二个发现的。妈妈开始尖叫。爸爸关上房门防止我逃出去。房间里有四个人在追捕我,还有一只恶心的大蟑螂。我已大祸临头。爸爸操起斧头准备把我也劈成三段。我钻过爸爸的裤裆底下,冲到外面的天井里。两只长毛兔被我吓一跳。鸽子们纷纷扑腾起来。天井里的灯光打开。手指头被逼到墙角落。无处可逃。爸爸的斧头落下来了。我钻进了下水道。

手指头像一枚高空投下的炸弹,坠入大肠般的下水道。经过台风和洪水的反复蹂躏,整栋楼的污秽被收藏于这条深渊,日复一日地酝酿、发酵,劫后余生的动物们滋生繁衍,老鼠尾巴成群结队地交错纠缠,仿佛沼泽森林的发达根系。两个月前头,我看了译制片《悲惨世界》,冉阿让钻进巴黎下水道,当夜我就做了噩梦。钻进上海的下水道,我只是一根小木匠的手指头,浮沉在地狱的激流中。一艘纸船漂流而来。我像《冰海沉船》的幸存者攀缘而上。纸船刷过防水的桐油,叠得整整齐齐,撞上冰山都不会沉没。如果还能带上眼乌珠、舌尖、牙齿、大脑、心肝脾肺肾,还有卵蛋,大概就是一艘人体器官的诺亚方舟。我摊开三根关节仰卧在纸船怀里,凝视下水道的太空,偶尔闪过几道流星雨,其实是某种夜行动物的眼乌珠。小纸船在上海的地下穿城而过,速度快得像一枚电子，每秒三十万公里穿过铜丝编成的电线。手指头仓皇抬起第一关节，探望船头前方的天堂或者黑洞。

最后一道污浊的关卡。我像一坨粪便排出了自己的肛门。暴风雨似的白光打在桐油纸船上。我望到了星空。几万光年外活着或死去的星星向我眨了眼乌珠。如果我有一双手，我会张开手臂膊大口呼吸。可惜我只有一根向着天空竖直的左手无名指。我看到了外滩。搬到曹家渡以前，爸爸妈妈就住了外滩背后的江西中路。我家阳台可以望到外滩几幢大楼的屁股。妈妈经常早上带我走到外滩，摸了长石条砌成的古老地基。我在黄浦江的水面上随波逐流。油墨般漆黑的江水掀了浪头。对于一艘小纸船来讲等于十级台风。

汽笛声响了。黄浦江上开来一座辉煌的宫殿，好像浑身挂满了水晶吊灯。十岁以前每趟坐轮渡去浦东孃孃家里，我就伸长了头颈看黄浦江上的船。现在我只好在小纸船里伸长了手指头，仰望这艘大概有两万吨重的货轮，露出水线以下的红颜色船体，船艏下面挺了一只大鼻头，赛过公共浴室里光屁股耍流氓的男人。黄浦江跟苏州河交汇的漩涡之上，是传说沉得下一幢国际饭店的深潭，小纸船刚好切过巨轮的航线。要是木船必定粉身碎骨，但是小纸船轻巧地搁浅到了大船的红鼻头上。手指头弯曲跳下纸船，竖起来望了通天塔似的船头。我攀上轮船生锈的外壳，好像体育节目看到的攀岩。

铁锈刺得手指头流血。疼痛打开了我的嗅觉潜能。我闻出这艘船去过终年潮湿腐烂的马六甲海峡，金字塔和西奈山之间的苏伊士运河，阿尔罕布拉宫和大阿特拉斯雪山之间的直布罗陀海峡，崎岖冰山与浓雾弥漫的麦哲伦海峡，远洋巨轮密集得像非洲野牛大迁徙的鹿特丹港。隔了两层船体钢板，我甚至闻出了丹麦船长跟菲律宾海员们的浓郁体味。我听到有个失眠的船员抱着吉他唱一曲热带岛屿的思乡小调。外滩一格格后退、模糊、变形，最后被浓雾一口生吞，像小姑娘五根手指头蒙了你的眼乌珠。黄浦江上只有杨树浦电厂彻夜通明。我可以望见船头的锚链了。手指头里的血流了一大半。黄浦江两岸变成漆黑的平原，偶尔戳出来几排龙门吊，恍若灭绝在白垩纪的长颈龙。船头正前方的水面豁然开朗，传说当中的吴淞口三夹水。左手转弯去南京长江大桥长江三峡跟青藏高原，右手转弯去地球上所有海港。轮船就像浴室门口的胖阿姨转动腰身。红色吃水线下搅起喧哗骚动的涌浪。我看不到陆地了。地球跟人体的百分之七十都是水。一根手指头里也有百分之七十的液体。鲜血正在一滴滴从手指头里流走。我担忧爬上甲板会干瘪成三截骨头，好像刚被攒进饭店后厨的垃圾桶。我在思考自己到底要去啥地方？东京、纽约还是布宜诺斯艾利斯，哪个城市会更欢迎一根手指头？

当我爬上刀锋似的船头甲板，庆幸自己还是一根手指头。

我看到银河下荡了黑颜色的海。我还看到了手指头地狱。木头人出现在甲板上。它像一尊木乃伊等候了我整整一夜。阿努比斯的眼乌珠放了铁灰色的光。一二三,我们都是木头人,不许说话不行动。我已经没有下水道可以钻了,除非跳下深渊。长江口浑水下的鱼群仿佛夜空上的乌云。我会被分成几千个小碎片,最终在幽暗的鱼肠中化为一条条细小的粪便。

骏骏,我是来送你回家的。木头人开口讲话,我却听出小木匠的声音,带了洋泾浜的腔调。我重新柔软下来,三根关节弯曲躺平,好像还在他的左手上,要么按了锯条,要么捏了刨子,血管里汩汩流了黏稠的血,从手指头到心脏再循环到嘴唇皮、鼻头孔、眼乌珠、毛细血管,小木匠的面孔一格格晕染涨潮,尚且浸了曹家渡浴室的热水池子。木头人的两根手指头捏了我,收在手掌心里,顺便掬起一小摊月光,拉开肚皮上的小抽斗,就像收拢一只卷笔刀进去。困进这口棺材,我用手指甲叩击木板说,对不起,小木匠。我的声音低到了大船的龙骨,冰冷的水波之下。小抽斗关上。长江投入东海的深水淹没了我。

重新睁开眼乌珠。我看到我家天花板。吊扇像轮船的螺旋桨,卷起黏黏糊糊的风。我闻到组合家具里的甘草气味。滚烫的泪水被眼皮禁锢一夜,终归酿成迷你型溃坝灾难。我回到了棕绷大床上。我的席子,枕头,床单,墙纸上用铅笔涂鸦的小兵们，统统回来了。我看到外公紫颜色面孔跟白颜色头发。我从肚肠里吐出一口气说，外公，几点钟了？外公的嘴唇皮发抖说，早上七点钟，骏骏讲话了。爸爸妈妈都挤过来了。我像个坐月子的小媳妇说，刚做了一个噩梦。妈妈抱了我的头说，儿子回来了啊，明日就要开学上五年级了。力道重新从血管里生出来，我爬下眠床，冲进卫生间，撒了一泡荡气回肠的尿。镜子里是个十一岁的男小囡，皮肤苍白，骨头孱弱，眼乌珠像一匹迷路的马驹。我先抬起左手，再抬起右手，依次数出每一根手指头。除了右手中指平常捏笔的位置，寻不着一点茧子。这是我自己的手指头。我用两粒松动的乳牙咬了左手无名指，嘴角溢出一滴血丝。

一年后，最后一粒磨牙落掉，我长出满口新牙。我要读初中预备班了。小学时期最后一个暑假，爸爸给我买了一台任天堂游戏机。我跟爸爸并排坐了沙发，游戏机接了电视机，双人模式通宵打魂斗罗或者1990坦克大战。梧桐经常下楼来寻我，一道玩爱斯基摩人游戏卡。我外公杀一口西瓜切好片，就去苏州河边乘风凉了。梧桐已经比我高了半头，穿了红白条纹背心跟牛仔短裤，脑后扎一只马尾巴，发圈上有只红颜色玻璃球。我三心两意揿了手柄按钮，偷看她的小背心下露出的腋胳子窝。梧桐说，打游戏认真点好吧。我说，栋梁哥哥有消息吧？梧桐摇头说，失踪一年了，我爸爸去过三趟外地,每趟都是搞错人了。我说,你觉着栋梁哥哥现在在啥地方?梧桐说,地球上的某个地方,他最好永远不要回来,我已经困了他的下铺,等他回来,我又要爬到上铺去了。我说,我觉得他会回来的。梧桐说,哎呀,叫你不要分心。我跟梧桐的爱斯基摩人都没有过关,电视机上跳出 GAME OVER。梧桐放下手柄,吃了两片西瓜,立了摇头电风扇前说,蔡骏,你现在会戴红领巾了吗?我的嘴上全是瓜瓤说,戴不好。梧桐帮我揩掉嘴上瓜瓤说,你真脏,去把你的红领巾拿出来。我从抽斗里寻出一条红领巾,梧桐接过来叠叠整齐,美国西部片里的牛仔套牛一样套上我的头颈。梧桐的手指头在我的胸口打结,鼻孔里呼出西瓜气味,咀嚼出沙沙的味道。我抬起左手推开她。梧桐说,你做啥?我说,我自己戴红领巾。梧桐说,你流血了。我的左手无名指上划开一个破口,刚刚划到一张纸上。纸头这种东西有时柔软得像你亲娘,有时也会变成锋利的刀口。梧桐捏牢我的左手无名指,慢慢放进她的嘴巴。手指头像困在温暖潮湿的云朵里。一条小小的舌头尖,卷起手指头第一关节。梧桐的唾液融化我的血丝。手指头没再逃跑。我闻了梧桐头发丝里的气味,胸口的红领巾落了地板上,好像一摊鲜红的美洲地图。

这日夜里,栋梁哥哥突然回来了。但我没看到他。妈妈讲栋梁哥哥被送去精神病院,就在他的大学隔壁。我跟梧桐上了五一中学预备班，我分到2班，梧桐分到3班。至于小木匠，没有人听到过他的消息。隔年头上，栋梁哥哥在精神病院关了九个月才放出来。邻居们都讲是电击疗法的功劳。栋梁哥哥被华东政法学院退学了。我再没上过三楼寻他。到了落叶子的季节，我外公熬了两个月肝硬化终归走了。三楼林老师到我家里送过一条丝绸被单，栋梁哥哥用毛笔字写了两条挽联。我觉着这两句话写得蛮有文采，偷偷记在自己的小本子上，后来不晓得被啥人撕掉了这一页。

隔年春天，我家从曹家渡搬走了。一窝鸽子没办法带走，统统按鼻孔闷死做了鸽子汤。我的两只长毛兔也被爸爸用棒头打死做了兔头煲。倒是外公留下的虎皮鹦鹉可以带去新家。礼拜天早上，搬场公司进来搬家具电器。我奔上三楼敲门。梧桐给我开了门。我问她，栋梁哥哥在吧？梧桐点点头。她的胸脯长起来了，衣裳底下看得出胸罩带子，但是身高已经被我追上。栋梁哥哥穿一件破了洞的黑毛衣，坐了写字台上听英文磁带。栋梁哥哥按下暂停键说，骏骏，长远没看到你了。我说，栋梁哥哥，我家要搬走了。栋梁哥哥说，搬去啥地方？我说，昌平路。栋梁哥哥说，不远，以后经常回来曹家渡玩啊，啥时光搬场？我说，现在。栋梁哥哥说，我也要走了，下个月。我说，你去啥地方？栋梁哥哥说，地方有点远，地球仪的下半边。我说，南半球，澳大利亚？栋梁哥哥点点头。我的脑子里造起一幢木头房子，朝北窗门里洒满太阳光，草坪上养了几十只袋鼠，桉树上爬了树袋熊，每只口袋里都藏了小宝宝。我听到楼下的卡车喇叭响了，搬场公司在催我下去。栋梁哥哥从英文听力磁带里寻出一盒音乐磁带说，骏骏，送给你。磁带封面是黑白全家福照片，两夫妻带了一男一女两个小囡，印了两排字"罗大佑""未来的主人翁"。我的两只手抱了这盒磁带，终归从喉咙口里挖出一根鱼刺问，栋梁哥哥，你晓得小木匠在啥地方？ 栋梁哥哥说，白茅岭。

  我爸爸冲上三楼来了，面色像涂了一层鞋油，看到栋梁哥哥也不打招呼，直接抓了我的手臂膊拖出去。爸爸看到梧桐说，再会，小姑娘。爸爸拖我回到一楼。家里已经搬空，只剩下满地垃圾。爸爸打开水龙头，在我的两只手上揩了蛮多臭皮皂，每一道手指缝缝都汰透了，差点脱落一层皮。爸爸用毛巾给我揩揩清爽，再细看我的面孔，拉了我走出这幢房子。到了万航渡后路，我回头望了三楼窗门，晾衣架上一排小姑娘衣裳，一对对小白鸽翅膀。春风卷了悬铃木毛栗子飞絮，呛得我眼泪水鼻涕水横流。我被送上一辆大卡车，装满老木匠跟小木匠打造的组合家具。左手无名指又生一根倒裂刺。手指头塞进嘴巴，我用两粒门牙咬出肉刺。鲜血在舌头尖分泌蔓延，混了南方海水的咸味道，臭皮皂的硫黄味道。车厢门关上的一刹，曹家渡已是一团模糊的旧风景。

火柴

一九一九年，头一趟世界大战刚歇角，西班牙流感方兴未艾，巴黎开了大派对，北京的学生子火烧赵家楼当日，上海沪西曹家渡，来了两位法国修女，一个叫鲁依斯佩，一个叫金闺，两修女对总领天使圣弥额尔发愿，要在此地造一座神圣的大教堂。本地教友捐出三间平房跟一方空地，乱世中造起一幢木头房子，差强人意。民国二十四年，本地一对双胞胎徐神父，延请大建筑师潘世义设计一座石头大教堂，庄严堂皇的中世纪圣殿，哥特式钻天尖塔，拉丁十字平面，飞扶壁撑了拱券，苏州河畔的巴黎圣母院。没两年东洋鬼子打进上海，石头大教堂只好困了档案馆的图纸上吃灰。二十一世纪初，曹家渡拆得七七八八，长寿路、长宁路跟万航渡路口，重新造起一座哥特式样教堂，红砖黛瓦，十字架高悬尖顶，彩色玻璃画了《新约全书》，名唤"曹家渡圣弥额尔总领天神堂"。这一日，法国梧桐黄叶子一簇簇蜷了地上，我立在教堂门口排队做核酸。轮着我是最后一个，打开手机扫好码，听到有人叫我名字。负责扫码的"大白"对我招招手,我看一眼防护服里的面孔,除开性别一无所知。她讲普通话,我是绸缎,记得我吗?我说,你是绸缎?她说,蔡骏,做好核酸不要走。我摘了口罩,像个小学生张开喉咙,恭迎一根棉签子侵入我的嘴。等我一口馋吐水吞下肚皮,核酸亭子已经关门,大白收作管子跟耗材下班。绸缎卸去护面镜跟口罩,隔了两秒钟又蒙上。我只看清一对眼乌珠,涂黑了眼影跟睫毛膏。绸缎问,多少年没见过?我掐指一算,三十年。我说,除掉名字,你是哪能认出我的?绸缎说,我看过你的小说,你讲你还住了曹家渡附近。我说,老早我就住了马路对面。我的手指头冲了万航渡后路,一幢六层楼的老公房。剔去我们这些活着的人,这幢楼是曹家渡唯一的幸存者。隔壁的上海绢纺厂已是一爿高档楼盘,沪西电影院前几年关门大吉,曹家渡花市拆掉成了大工地。绸缎说,蔡骏,你还记得火柴吗?我眯起一对眼乌珠,心里滋啦滋啦点燃一根火柴。

火柴当然不姓火,也不姓柴。火柴到底姓啥?时光漏过三十年,我已记不清爽。火柴为啥叫火柴?头一个是因为生得瘦长干枯,小学五年级就长到一米六,体重却只有七十斤,像一根乏善可陈的火柴棍子,脑袋也像可怜兮兮的火柴头,天生的刀条面孔,却嵌进一对不成比例的大眼乌珠。每趟火柴擦亮火柴,眼睛里便会照出两团火苗,仿佛煤气灶打出的火。第二个是因为火柴欢喜火柴，不是自恋的意思，而是火柴欢喜玩火，身上一日到头藏了火柴，就算没火柴盒头也有绝招点亮火柴，我偷学过几趟至今未能掌握。小学围墙下的角落里，火柴点上一根火柴，我伸出两只手掌罩牢，免得火头被阴风吹灭。火柴头安静地长成一团白色、橘色与红色混合的柔光。火柴的肉身仿佛变成一根火柴棒，精神就变成肉身熬成的火焰。火柴跟人类一样吸入氧气，吐出二氧化碳，偶尔发出松香味道。火柴讲这是上等的大兴安岭松木劈出来的火柴。别人的火柴只有一两秒寿命，但在火柴的手指头上能烧五秒钟，最长七点三秒，我掐了电子表测过的。

认得火柴以前，我也玩火柴，但是方法不同。有人像集邮一样收集火柴盒上的"火花"，我们的数学老师就贴了满满一本子。我玩火柴就是把火柴棒拼成各种形状。最简单是火柴人，只要五根火柴棍子，再吹一口气就活了，像上帝在第六天造人。复杂一点是用火柴搭出 AK-47 自动步枪、T-34 坦克、B-52 轰炸机，仿佛擦亮这些火柴就能毁灭几百万条生命。我搭的也不全是杀人放火的世界，偶尔能建造巴黎埃菲尔铁塔，纽约双子大厦，甚至一座泰姬陵。认得火柴以后，我们走遍了曹家渡半径三公里内每个角落，比方我家背后的三官堂桥洞，安远路上老早日本鬼子棉纺厂的塔楼，中山公园悬铃木王的树荫下，一次次点燃火柴，哪怕只能维持几秒钟的光和热，就像原始人守着火种在漆黑的洞穴里涂画公牛。火柴是从哪里传染上这种毛病的？有一种近乎真理的讲法——火柴的爸爸是个极度危险的纵火犯。

我跟火柴都是转校生。我在三年级下半学期转学到长寿路第一小学，火柴比我晚了半个学期。火柴讲不来上海话，舌头里埋了东三省腔调，他的户口远在三千公里外的大兴安岭。火柴爸爸老早是知青，插队落户去了大兴安岭，后来托了蛮多关系回上海当工人，还跟我爸爸在同一家工厂，勉强可算同事关系。厂里职工子弟大半都在同一所小学读书，我们班上就有五六个，当中就有厂长的女儿。她叫王小绸。我们都叫她"绸缎"，不单因为名字里带个"绸"，也因为她有一根细长头颈，一年四季缠了丝巾。春天是半透明的红纱，秋天变成紫颜色，冬天加厚绑上两圈，再系一根红领巾，相当于长寿路的一道风景。

火柴爸爸像匹独来独往的狼，下了班就立在消防塔下，望了苏州河对岸的造币厂大厦，一口口凶狠地吃香烟，好像每一口都吞进一颗手榴弹，遂得一外号"烟枪"。厂长觉着日日夜夜吃香烟的人，必定是个夜游神，不容易打瞌睡，安排烟枪隔三岔五上夜班。连续熬了三年，烟枪瘦成了火柴的腔调，面色像困了太平间。烟枪觉着厂长欺负老实人，好几趟顶了厂长办公室门口，嘴巴里像吞了炸药，反而得罪厂长被打了回票。等到一个暮春之夜，恰好轮到烟枪上夜班。他撬开厂长办公室门锁，抽斗里翻出一瓶茅台酒，一条中华烟，一整套《福尔摩斯探案集》，加上一套足本《金瓶梅》——要是秉烛夜读到天明，等于通宵达旦服用精神食粮。可惜烟枪一页纸都没读，烧掉半条烟，吃掉半瓶老酒，擦上最后一根火柴，点亮华生医生跟西门大官人的世界，倒在墙根下梦游回了大兴安岭。还好消防塔近在咫尺，消防队拍马赶到救了烟枪一命，办公楼已烧成灰烬。厂长不承认私藏了茅台酒、中华烟、福尔摩斯跟《金瓶梅》。烟枪成了纵火犯，破坏工业生产，又撞上严打的枪口，大家都传他要吃一颗"花生米"，还好法外开恩，有期徒刑十年，发配白茅岭农场，大家又讲烟枪是祖上积了德。

火柴住在沪西电影院隔壁弄堂里。每趟我去寻他就像钻进黑猫的盲肠。底楼公用灶披间，本来摆了煤球炉，上个月才通煤气。火柴弹开贴了徐悲鸿奔马"火花"的盒头，抽出一根火柴，红磷擦出火苗，像小姑娘跳霹雳舞，扭来扭去凑上煤气孔。火柴腾出左手旋动开关，冲出一圈幽蓝火焰，照亮长满冻疮的右手，邪气优雅地甩灭火柴，只留一小截乌黑残骸。火柴在铜铫里放满自来水，摆上煤气灶火头，便拉我爬上楼梯。我看到火柴的后背慢慢隆起，仿佛一回头就会变幻成巴黎圣母院的卡西莫多。陡峭漆黑的楼梯尽头，就是火柴家的三层阁楼。头顶一扇天窗，上海人叫老虎窗，平常晒不着太阳，黄昏才有一把夕阳戳进来。我的手指头穿透这束光，捕获肉眼可见的灰尘，像宝剑划开魔王肚皮，地板上化开一腔金灿灿的血。火柴拉了我的手，爬出三层阁楼天窗，我们仰了两根细长头颈，眺望曹家渡上空的火烧云，三角形街心岛上瓦片层层叠叠，健民浴室的锅炉烟囱喷出一绺笔笔直的黑烟，13路电车翘了小辫子进终点站，野风从苏州河对岸化工厂卷来埋伏呛人味道。火柴点着一根火柴，双手围拢起来滋滋烧尽。火柴拉一根油腻刮喇绳子，电灯泡啪一声，像颗透明的咸蛋黄悬了房梁下——火柴家里仅有的两样电器之一，剩下一台红灯牌收音机。三层阁楼里住了火柴跟他爷爷，老头子干枯得像个骷髅，拉出一根无线电天线，国民党特务收听敌台的腔调，却听到中央人民广播电台六点钟的晚新闻。老头子擦亮火柴，点上一根香烟，碗橱里端出两碗米饭，一碗咸菜毛豆子，半条河鲫鱼，结了一层黑魃魃的鱼冻。火柴爷爷再倒一杯黄酒，讲一口苏北话，骏骏一块吃饭吧。我说，我妈妈做好夜饭了。火柴送我到楼下，刚好煤气灶上铜铫烧开，火柴顺手倒满两只热水瓶。

我在曹家渡做核酸碰着绸缎一个礼拜后，接到她的微信：小学同学聚会，你来吗？老实讲，升上初中开始，我有三十年没见过小学同学们了,脑子里还记得长相的只有两个,一个是头颈系丝巾的绸缎,另一个就是手上擦火柴的火柴。隔日我才答应。聚会地点在曹家渡悦达889楼上唐宫海鲜,讲清爽AA制结账。我是掐了点到的,但是一张面孔都不认得。蛮多人打电话来请假,不是盯了小囡做功课,就是单位加班,还有人小区里有密接被封控了。绸缎也没出现。班长打她电话,但是没接。隔了包厢的落地玻璃窗,可以看到曹家渡天主教堂门口的核酸亭子,蛮多人还在排队。我望着两个穿了大白的核酸检测员,到底哪一个才是绸缎?她是拿了一台手机给人扫码,还是拿了一根签子戳人喉咙?我听到有人聊起绸缎,才晓得这一台子人都吃过她的喜酒,那年上海开了世界博览会,黄浦江两岸潮潮翻翻的人,绸缎的酒席订了花园饭店,摆开二十桌,台型扎足。后来不晓得有啥变故,绸缎的电话号码换了好几趟,渐渐断了联系。包厢里讲话的人越发少了,不是忙了夹菜吃菜,就是低头刷手机看卡塔尔世界杯。但没人提起过火柴,好像只有我的记忆里存在过这么一个人。

夜里九点,绸缎姗姗来迟,头颈上还绑一根紫颜色丝巾,摘掉N95口罩,嘴唇皮搽得血血红,面孔上香粉能刮下来二两。绸缎也不吃菜,罚酒三杯波尔多,统统一口闷。绸缎屁股还没坐热,聚会就散场了。走出悦达889商场,凉风从苏州河吹来,绸缎的大衣毛领头蓬松摇摆。马路对面四十层高的烂尾楼顶闪了电焊的光，像一颗颗流星砸下来。教堂尖顶上的十字架还在发光，彩色玻璃下的核酸亭子已经关门。绸缎蒙在口罩里说，对不起，今天我没上班，晚上有事出来晚了，他们知道我在做核酸检测员吗？我说，我没跟任何人讲过。绸缎说，你没吃酒吧？我说，没有。绸缎说，你开车吗？我说，开了。绸缎说，你能送我吗？

绸缎在副驾驶座上说，先往武宁路方向开。我说，绑好安全带。我从长寿路左转弯上武宁路桥，渡过黑漆漆的苏州河。穿过内环高架，这条路开挖施工超过十年，像个反复开刀切除癌细胞又转移的病人，夜里排队的土方车咆哮着与我擦肩而过。绸缎望了车窗外不声不响，也不讲住了啥地方。我斜睨她一眼，踏了油门往前。车载音响循环播放巴赫、猫王还有罗大佑。开过中环线，快到京沪高速入口，绸缎说，上高速。三杯波尔多让人微醺，声线雌雄莫辨。我问她，你住安亭？绸缎没回应，摘脱面孔上的口罩，脸颊涨了潮红，坤包里翻出一包韩国爱喜，抽出一根细长香烟，仿佛做核酸的签子，塞进两片鲜红的嘴唇皮。我的耳朵听到打火机吧嗒一声，余光里闪过一团火头，烟草混了薄荷味道飘进鼻头孔。我按了车窗键，放一道口子透风。绸缎的烟头一明一灭，烟灰如骨灰飘出车窗。

三十多年前，火柴从加格达奇回到上海的时光，大兴安岭火灾还没扑灭，烧了一万七千平方公里，从中国一路烧到苏联，烧死两百多人，经济损失超过五个亿，蛮多东北虎也葬身火海。我问火柴，见过东北虎吗？不是动物园里懒洋洋的大猫，而是森林里神气的山大王，苏联人叫西伯利亚虎。火柴讲自己不但亲眼见过老虎，还吃过猎人打死的老虎肉，困过老虎皮的毯子，痛饮过虎骨酒，就差吃过强肾健脾的老虎尿。火柴在鹅毛大雪中骑过鄂温克人的驯鹿，在冰冻三尺的黑龙江上坐过狗拉爬犁，偶遇过比东北虎还要壮的大棕熊，成群结队捕猎梅花鹿的草原灰狼，后半夜变成美少女钻进猎人被窝的白狐狸。大兴安岭变成葱茏的墨绿色，粗壮的伐木工人走入原始森林，扛了电锯子跟开山斧，嘴里吆喝伐木号子，砍倒一棵棵耸入云霄的红松巨木，每一棵树芯的年轮，相当于孔夫子与苏格拉底的年代，最少也见识过铁木真和他的儿子们。火柴常常跟了伐木工人爬树，不用绳索钉子，赤手空拳搭上横过来的树枝，陪了一窝小松鼠爬上树顶。我问，最高有多少米？火柴说，没用卷尺量过，每趟要爬个把钟头，可能等于二十层楼，比南京西路的上海电视塔还要高，你在地面上活一辈子都看不到的风景。我闭上眼乌珠想象自己爬上海盗船桅杆顶上的橡木桶，微风徐来，就像漂浮在墨墨绿的汪洋大海上。我伸长了头颈问，你能看到大兴安岭的尽头吗？火柴笑笑说，就算在灭火的直升机上也看不到尽头，但我看到了苏联。我跳起来问，苏联长啥样？火柴说，墨墨绿，也是一眼望不到头，穿过西伯利亚，直到北冰洋。这年放了暑假，大兴安岭火灾才被扑灭，上海的小学生们信誓旦旦地认为这归功于某位气功大师——这位神人头顶一口高压锅，站上北京天坛的大圆盘（后来我才晓得那叫圜丘坛），遥对几千里外的苍茫北方发功，次日大兴安岭降下一场瓢泼大雨。于是，同学们当中有几位天赋异禀的发现自己也拥有某种特异功能。我这种天资愚笨的只好从地摊上买了气功培训班小册子，冬练三九，夏练三伏，勤能补拙，笨鸟先飞。只有火柴嗤之以鼻，因为他掌握着大兴安岭火灾的秘密。

玩火者，必自焚，这是我五岁时妈妈对我的警告。等我升上小学五年级，我把这句话送给了火柴。火柴说，历史老师讲过，如果没有学会用火，我们现在还是树上的猴子。我无力反驳，因为我是历史课代表。这日起，我在家里翻箱倒柜寻出藏书，大半是我妈妈的华东师范大学中文系自学考试教材。我妄图从历史和哲学的维度证明火的极度危险性，以及"玩火者，必自焚"这一真理的必然性。但我不幸地从浩如烟海的文字里验证了火柴的观点——如果没有学会用火，就不会有人类，更不会有伟大导师恩格斯的《家庭、私有制和国家的起源》。两千五百年前，波斯人琐罗亚斯德创立拜火教，光明神马兹达先创造火，再创造万物与人类，并与黑暗神阿里曼水火不容。琐罗亚斯德觉着火是神圣的，不能用来火葬，所以发明了天葬。一百多年前，有个叫尼采的德国人，写过一本书《查拉图斯特拉如是说》，这个查拉图斯特拉就是琐罗亚斯德。我跟火柴并排躺在三层阁楼的天窗下，仰望正方形的淡蓝色天空。火柴擦亮一根火柴，放到我们的双眼之间，像在波斯拜火教的圣坛上燃烧了两千年这么久。火柴说，还有啥神话故事？搜肠刮肚一番，我想起一个名字，普罗米修斯，古希腊的神仙，他按照自己的腔调捏橡皮泥捏出人类，宙斯不准人类用火，普罗米修斯偷了火给人用，宙斯大动肝火，就拿普罗米修斯绑了高加索山上，再派一只老鹰每日啄他的肝脏，白天刚吃掉，夜里又长出来。讲到此地，我有了肝痛的幻觉。火柴说，这不是神仙，这是超人。

火柴从眠床上爬起来，拉开写字台抽屉，拿出一本黑皮相册，翻到最后一页，落出一张生满霉斑的明信片——印了一幅铜版画，有个赤膊老头捆了悬崖上，老鹰飞来给他开膛剖肚吃内脏。明信片颜色黄兮兮有点年头，还有奇奇怪怪的洋文，最后有个大写字母，像从镜子里看到反过来的"N"。火柴说，这是俄文，普罗米修斯，外婆跟我讲过这个故事。火柴翻开相册第一页，便是一张外国女人的黑白照片，戴了老电影里看到过的帽子。我问火柴，啥人？火柴说，我外婆。我看看照片上的外国女人，再看火柴瘦长的面孔说，瞎讲。火柴说，我外婆是俄罗斯人。火柴的外婆叫娜塔莎，生在圣彼得堡，当时光叫列宁格勒，几年后又叫回圣彼得堡。阿芙乐尔号巡洋舰一声炮响，娜塔莎不到满月，全家逃过乌拉尔山，起先跟随捷克斯洛伐克军团，后来效忠海军上将高尔察克，等到红军解放西伯利亚，一家人穿过白雪皑皑的大森林，登上地球上最深的贝加尔湖冰面，渡过一条叫额尔古纳的寂静河流，从此落地生根，不曾回归故国。一九四五年春天，苏联红军攻克柏林，热天里解放了中国的东三省，秋天里娜塔莎嫁给一个中国伐木工人，几年后有了火柴的妈妈。翻开相册第二页，火柴妈妈穿了白衬衫，坐在一幢木头房子前，长得像《冰山上的来客》里的古兰丹姆。火柴妈妈是大兴安岭一枝花，据说她的照片藏在对岸苏联内务部上校团长的内插袋里。啥人晓得从上海来到大兴安岭的知青摘了这枝花，更没人想着一枝花竟然生出一根火柴。

你有四分之一俄罗斯血统？我再细看火柴的面孔，除掉一对吓人的大眼睛，已经淡得看不出苏联腔调了。我问火柴，你会俄语吗？火柴说，只会两句——死吧屎吧，鸭留不留鸡巴呀。我说，苏联人太粗鲁了，这是啥骂人话？火柴说，第一句是谢谢，第二句是我爱你。火柴不到两岁，他爸爸急着要回上海当工人，狠狠心跟大兴安岭一枝花打了离婚证。

火柴妈妈改嫁给加格达奇铁路分局一个干部，又养了两个儿子。火柴既没跟爸爸回上海，也没跟妈妈去加格达奇，而是跟俄罗斯外婆留在大兴安岭。外婆经常带了外孙去看额尔古纳河，秋天能从水里捉到大马哈鱼，切片生吃的味道让火柴拖出一长条馋吐水。多年以后我才晓得大马哈鱼是三文鱼的亲眷，从太平洋逆流而上黑龙江几千里路来产卵。冬天的大兴安岭要刮三个月暴风雪，零下三十摄氏度，外婆的木头房子里噼里啪啦烧柴爿，勉强不冻死人。我问火柴，报纸上传说大兴安岭有神秘的雪人，你看到过吗？火柴说，雪人没看到过，但我见过冰人。

大兴安岭最好的春天，森林里开遍不晓得名字的野花，树根上长了红红绿绿的蘑菇，从狗熊到兔子都在疯狂交配。火柴养了一条白毛猎犬，有点苏联高加索犬血统，擅长在雪地里捉兔子，常常跟了林场职工去打猎。当时连续十几日无风，空气闷得像一口干锅，白毛猎犬莫名其妙消失了。火柴带了两包火柴，后背插一把斧头，冲到原始森林里去寻狗。兜兜转转半天，循了狗叫的声音，火柴拨开一棵老树下层层叠叠的枯枝败叶，终归露出一口洞眼，像台屠宰场的冰柜升了一团团寒气。大兴安岭是中国唯一的永久冻土带，跟苏联的西伯利亚一样是亚寒带，地下藏了蛮多冰窟窿，有的如同《西游记》里陷空山老鼠精的无底洞。火柴解开身上两根腰带，

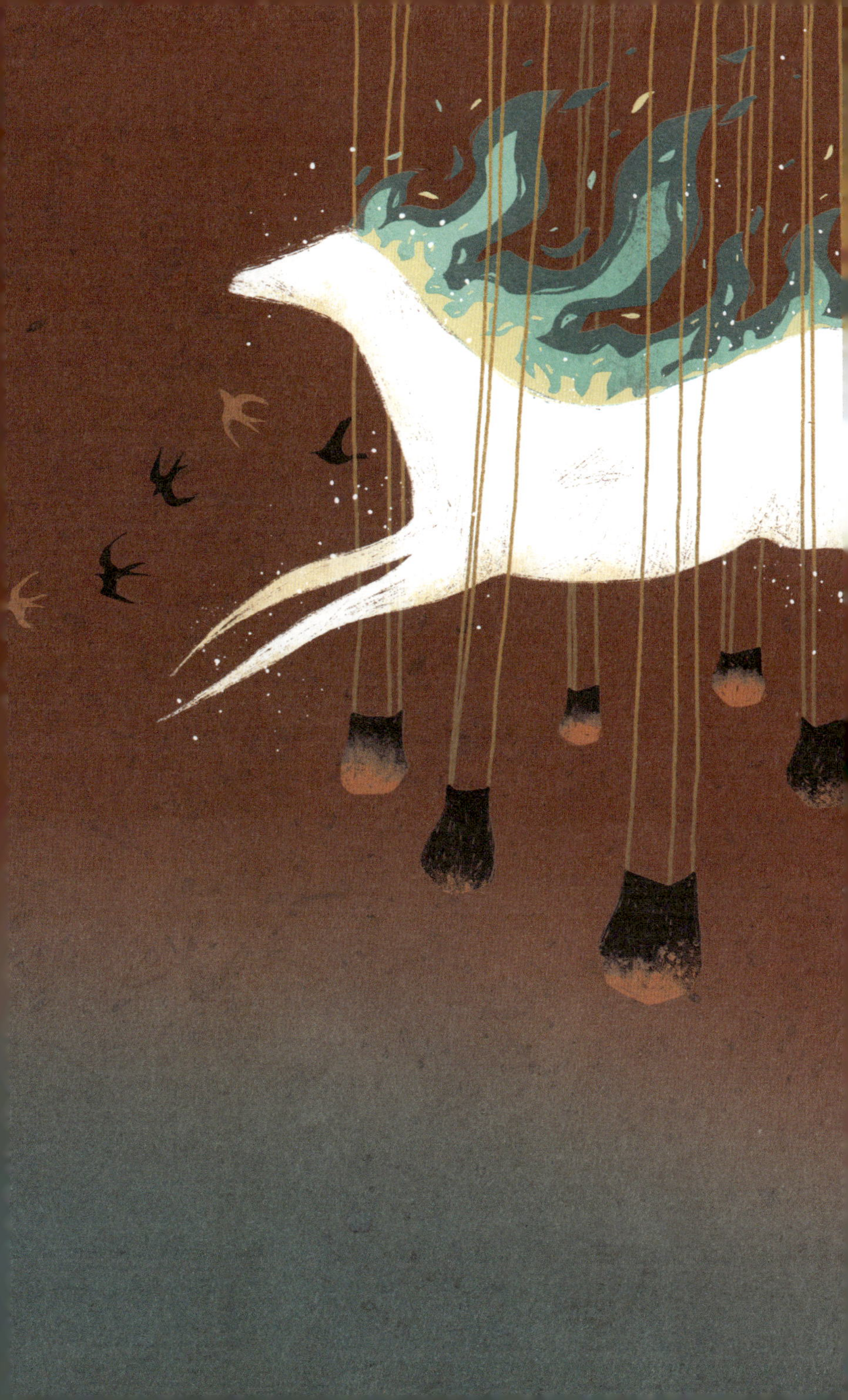

火柴 杜凡 绘

红松树根上打结，吊了自己堕入黑漆漆的冰窟窿。火柴擦亮身上第一根火柴，寻到了白毛猎犬。火柴擦亮第二根火柴，猎犬倒是越吠越凶，好像冰窟窿深处还藏了一个鬼。火柴扛了斧头走近几步，擦亮第三根火柴，地下吹不到风，火头烧得特别慢，照出影影绰绰的眉毛鼻头，竟然是一张人的面孔。我问，男人还是女人？火柴说，男人。我再问，活人还是死人？火柴说，第一感觉是死人。我继续问，苏联人还是中国人？火柴说，都不像啊，浑身的黑毛，马克思一样的胡子，面孔黑魆魆，朝天的酒糟鼻头，又高又亮的颧骨。我说，懂了，冰人就是原始人。火柴说，裹在冰人身上的黑毛，还不是他自己的毛，我猜是几万年前长毛象的兽皮，大兴安岭冻土层里经常挖出来这种东西，骨架大得像一座木头房子，有时能挖到几米长的象牙，远看像弯弯的月牙儿，上缴国家能拿到奖金，也有人偷偷挖出来卖到南方，听说一根牙值好几万块。我说，书上说那叫猛犸象，你发现的冰人至少有一万年历史了。火柴说，冰窟窿就是冰人的家，一万年前，他们也在这里生火烤肉，小心守着火种，万一哪天火灭了就要饿肚子。我说，讲不定你的脚下还藏着几百根长毛象牙呢，野兽都对火怕得要命，原始人依靠点火保护自己不在半夜被剑齿虎拖走。火柴在冰窟窿里擦亮第四根火柴，冰人身上的兽皮开始滴水，冰冻了一万年的面孔微微发抖，火柴熄灭的刹那，冰人睁开两只金黄色眼珠子……阁楼天窗上的光暗下来，温度计一格格降下来，楼下传来煤球炉子生火味道，火柴丢下烧尽的火柴，带了白毛猎犬逃出冰窟窿，我的脑子里闪过一个念头——书上讲永久冻土层就像几万年不断电的大冰柜，既能让猛犸象死后万年不腐，也能保存早已灭绝的远古病毒，万一火柴在冰窟窿里融化冰人的同时，传染上某种危险的病毒，当他从人迹罕至的大兴安岭来到螺蛳壳里做道场人挤人的上海，就会给全人类带来灭顶之灾，等于末日审判。我坐在逼仄的三层阁楼，跟火柴相隔一根火柴燃烧的距离，交换彼此的呼吸与飞沫。火柴说，你别怕，我刚逃出冰窟窿，转回头丢下几十根枯树枝，连续擦亮七八根火柴。我说，你烧了冰窟窿？火柴说，对，但跟你说的远古病毒没关系，我以为冰人复活了，我怕这家伙从地下爬出来宰了我，要么跑到林场里大开杀戒，外婆告诉我这种事在苏联经常发生，不如点一把火烧了。我说，火柴，你烧死了一万年前的冰人？你才是拯救全人类的超级英雄。火柴说，冰人有没有被烧死？我不晓得，但我烧死了外婆。那个干热的春天，火柴往冰窟窿里丢下火柴，看到一团浓烟升起来，带了白毛猎犬回到林场。隔日早上，火柴推开窗门，发觉天没亮，凌晨一样漆黑，四周森林亮起红光，好像一只只野兽饥饿的眼睛。林场职工拉响火灾警报，男人们冲上去灭火，女人、老人跟小囡们撤退。大火已把林场围得水泄不通，烈火的吼叫声就像四面楚歌。最后在林场书记率领下,老弱妇孺们突出重围,火柴捡回一条小命,可惜外婆年纪大了,半道上吸入太多烟尘死了,留在森林里火葬了。

火柴,大兴安岭火灾是你制造的? 我的小学同学火柴,可能是新中国有史以来最危险的纵火犯。火柴说,大家都说火灾是一个林场职工乱扔烟头造成的,但报纸上说的起火时间,比我烧死冰人晚了三天。我严肃地思考一分钟说,火柴,你应该被枪毙一百次。火柴说,蛮好,你动手吧。火柴外婆烧死以后,火柴晓得自己闯下大祸,秘密吞了肚皮里不响。火柴妈妈接他到加格达奇,后爹不大欢迎火柴,发觉这小子玩火,狠狠削了一顿,从此成了仇人。火柴的两个阿弟还小,此起彼伏地生毛病,妈妈照顾两兄弟已经蜕了一层皮,再添一把火柴怕是房子都要烧了,只好往上海发一封电报。火柴爸爸来到加格达奇接上儿子,爷俩乘了三天四夜火车回上海。火柴说,这样总好过让我留下来挨后爹的拳头,也免得让我点一根火柴烧了加格达奇。火柴回到上海落脚不到一个礼拜,火柴爸爸点一根火柴烧了厂长办公室。

隔日到了学校,出于对胸前红领巾的神圣信仰,我计划在下课后悄悄向老师告密,但是火柴一整天都用凶狠的眼神盯牢我,像不断熄灭又擦亮的火柴。我怀疑没等警察叔叔来抓人,火柴已经背了满满一书包火柴,冲回曹家渡烧掉我家房子了。

我可耻地退缩了，心里多了一具焚尸炉，我把火柴的秘密塞进炉子点火焚烧，变成一堆焦黑的骨头灰烬，就像大兴安岭过火后的腐殖质，年复一年地滋润重新生长的人工林。

夜里十点，我沿了京沪高速一路开到嘉定安亭，眼看要出上海，前头是昆山花桥，我转方向盘进了服务区加油。绸缎只好掐灭第二根香烟，塞进车门凹槽。我说，你到底住在啥地方？绸缎看了我的眼乌珠，慢吞吞说，浦东。我皱眉头说，好，我送你回去。绸缎说，我回不去了。我说，跟老公吵架了？绸缎不响。我说，离婚了？绸缎继续不响。我说，小囡几岁？绸缎说，男小囡，小学五年级。我说，跟我一样。绸缎松了松头颈上的丝巾说，蔡骏，我想跟你讲一桩事体。我说，早点不讲？差点到苏州了。绸缎说，对不起，我可以付你油钱。我冷下来说，我不是网约车。绸缎说，半年前，我被封在家里抢菜，突然接到一个陌生电话，他说他是火柴，还问我现在好不好，我跟他讲现在蛮好，样样都不缺。我说，你是哪能从声音里听出来是火柴？绸缎说，他在电话里讲起了大兴安岭地下的冰人。我叹气说，我以为只有我一个人晓得。绸缎说，你还记得吧，火柴的爸爸跟我爸爸有仇怨，有几趟放学以后，火柴悄悄跟了我背后。我说，你怕吗？绸缎笑笑说，就凭他身上几包火柴？我都觉着他划火柴的样子像个小丑。我说，所以火柴告诉你——他不但烧死了一万年前的冰人，大兴安岭火灾也是从他手上点起来的？绸缎说，嗯，但我笑得肚皮都痛了，这个人真会编故事。我说，就算编故事，也是好故事，火柴当时还是小孩，不必承担刑事责任，哪怕遇难者家属要寻他麻烦，就像从一整座大兴安岭的木柴里寻到一根火柴，啥人能寻到他？绸缎说，火柴告诉我，他现在常住大兴安岭地区，黑龙江边的北极镇。我打开手机上的地图软件，北极镇就在漠河，中国最北方极点，隔一条江就是俄罗斯。我放下半截窗门，望了高速公路的尽头说，火柴为啥不打我电话？绸缎说，你能带我去寻火柴吗？我说，怎么去？绸缎说，沿了这条高速一直走。我说，今晚？绸缎说，嗯。我看一眼导航，从上海到漠河，最佳路线三千二百公里。

从上海到大兴安岭的距离，小学五年级我就晓得了，这也是火柴从加格达奇坐火车回上海的路程。有段时光火柴欢喜上我家玩耍。因为我家住在底楼，有个养满花花草草的天井，鸽棚里还有几十只鸽子。我把火柴当作一个贩卖故事的烟纸店，我用家里的几百本藏书，电视机里能看到的《巴顿将军》《埃及艳后》以及《尼罗河上的惨案》，电冰箱里储存的雪糕和冰块，天井里的阳光和鸽群的咕咕声，以及一种叫"友谊"的怪东西，用来交换火柴小脑袋里的大兴安岭，或者额尔古纳河对岸的辽阔世界。这日我跟火柴一道坐了地板上，翻了苏联二战间谍小说改编的连环画《一颗铜纽扣》。突然间，我爸爸仿佛盖世太保回来了，旁边还跟了个穿西装的客人——便是我爸爸的厂长，也是绸缎的爸爸。火柴攒掉连环画起来立壁角，额角头到耳朵根子都像被电熨斗烫过。厂长问，你就是火柴？你爷爷身体还好吧？火柴拿书包丢上肩胛要拔脚跑路，刚好我外公冲了四杯乐口福，我拉了火柴说，吃好再走吧。火柴慢慢坐下来，乐口福热气模糊了面孔，一口口抿下去。我爸爸递给厂长一支大前门，厂长点了打火机问火柴，你爸爸在山上还好吧？山上就是白茅岭劳改农场，火柴不作声。我爸爸也点一支烟，向火柴问起大兴安岭。我爸爸没当过知青，但在黑龙江当过兵，在大兴安岭备过战，隔江相望苏修帝国主义，第三次世界大战一触即发，全国军民枕戈待旦，准备大打，准备早打，准备打常规战，也准备打核战争。火柴看了我爸爸烟头明灭的星火，喉咙里含混说，烧死不少人，烧焦不少树，但是今年夏天，大兴安岭又绿了。厂长说，绿了就好，再凶的火过去，隔年还会绿的，厂里的办公楼又要落成新的了。火柴还是闷声不响。厂长打开公文包，掏出一本《战争与和平》，刚从新华书店买的，挺括的封面上印了列夫·托尔斯泰，还有一团大火烧了克里姆林宫。厂长看了我说，骏骏，听讲你文章写得好，这本书送给你。我说，我看过这本书拍的苏联电影，讲的是拿破仑火烧莫斯科。厂长弹了弹烟灰说，拿破仑的炮兵是挺括的，骑兵就更加赞了，但终究被俄国人打败了。我说，打败拿破仑的是冬天。厂长笑笑说，不只是冬天。厂长从西装口袋里抽出一支钢笔，摆到火柴手心上说，小弟，这支钢笔不值几钿，但是在北京开会的纪念品，你可要收好了。盯了这支上海造的英雄牌金笔，我的眼乌珠流出馋吐水。火柴说，我不要。火柴放落金笔，一口闷光乐口福，背上书包冲出去。

隔日，我跟火柴立在操场角落，吞了尚未突出的喉结，偷看煤渣跑道上跳绳的绸缎。她难得解开紫颜色丝巾，露出雪白里透红的头颈，一滴滴汗淌下来，好像汉武帝梦寐以求的汗血马。绸缎发育得早，小学五年级就蛮高了，背后瞄得出一点身材。火柴擦亮一根火柴举起来——火柴的眼乌珠，点着的火柴，绸缎的头颈，三点一线，就差扣落扳机。我吹灭掉火头说，不要吓我，你想为你爸爸报仇？

过好一九九〇年元旦，头一天上学，火柴往绸缎台板下塞了一张小纸条。礼拜天，我陪火柴翻过三官堂桥，经过普陀区少年宫，到了沪西工人文化宫后门。我们都管此地叫西宫，活像慈禧太后居所。树叶子已经落光，还好太阳光和煦，否则吃西北风就苦了。绸缎准时赴约，头颈上缠一根紫色丝巾，胸前辫子上打了粉颜色蝴蝶结。西宫的人工湖畔有只仿古八角亭子，当中石头圆台子，三个人坐了三只石凳子，好像地下党秘密接头。我也搞不清啥人是电灯泡。绸缎装模作样打开作业本写功课。小纸条是火柴拜托我写的，他的字像一堆散装的火柴棒，我的字稍微好一点，像十个小印第安人跳舞。小纸条上具体写了啥，现在当然记不清了，大意就是听讲绸缎要过生日，我跟火柴都备了礼物，问她，礼拜天下午四点钟，有空在西宫后门见面吧？我问过火柴，绸缎晓得她爸爸跟你爸爸是啥关系吧？火柴讲，知道又怎么样？

西宫的八角亭下，我从书包里拿出礼物，一盒擦刮拉新的磁带，苏芮的专辑《一样的月光》，我在音乐课上听绸缎唱过这首歌。绸缎拆开磁带包装，看了歌词本上的蝇头小字，嘴角像月牙向上弯了。轮到火柴送礼物，竟是一包小蘑菇，邪气鲜艳，红颜色尖尖的蘑菇头，好像一枚枚整装待发的小火箭。绸缎翻毛腔，毒蘑菇？火柴说，不是吃的，吃了也不死人，这个蘑菇是用来烧的。绸缎说，烧了清明冬至上坟？我说，懂了，古人欢喜焚香沐浴，现在阿拉伯的石油富豪还是日日在家里熏香。火柴说，这是大兴安岭的红魔鬼。绸缎说，红玫瑰？火柴说，不是红玫瑰，是红魔鬼，海拔一千米以上的原始森林里才有，必须长在五百岁以上的红松木树根上。我像个撬边模子帮忙说，五百岁以上老树就有了灵魂，这个蘑菇也是有灵魂的。火柴又从书包里掏出一捧火柴，这趟翻了花头精，火柴变成了"1990"——不是平铺搭出来的，而是竖了几百根，加长好几倍的防风火柴，可以燃烧超过一分钟，最底下用胶水粘住，从上往下看就是"1990"，怪不得火柴的书包里好像藏了一块砖头，随时要打群架的腔调。

火柴的表情特别严肃，像在追悼会上点亮九〇年代的第一把火柴。人工湖阒寂无声，夕阳穿过绞索般的枯枝，精确分割了三个孩子的面孔，我们竖起六个手掌挡风，凝视缓缓燃烧的"1990"。火柴抓起一枚枚小蘑菇放上火头炙烤，沪西电影院门口烤羊肉串的新疆大叔腔调。红魔鬼升起青色的烟雾，《西游记》里的天庭效果。我的鼻头闻到蔬菜腐烂的味道，一格格浓稠起来，变幻成一只孤独死去数日的猫。八角亭的氤氲之上，降临一轮淡漠的落日。火柴和绸缎的面孔相继隐入烟尘，剩下一片白茫茫原野，暴风雪戳进了我的眼乌珠。我听到通古斯大爆炸似的巨响，几架米格-23"鞭挞者"战斗机擦了头皮飞过，数百台T-72坦克的发动机噪音。大兴安岭的每一棵红松树梢都在颤抖着坠落积雪，树根下隐藏着巨大的地下堡垒，打开无数个枯枝掩盖的射击孔，RPG火箭筒与反坦克炮弹遮天蔽日，额尔古纳河冰面上留下殉爆燃烧的坦克残骸，人肉味道飘散到地球上最辽阔的帝国。第三次世界大战的第一天，纽约和莫斯科，洛杉矶和列宁格勒分别沉入地底。接踵而至的核冬天，极少数幸存者回到石器时代，如同原始人躲在洞穴里生火烤肉，在永久冻土层中凝固，等待一万年以后意外闯入的男小囡，擦亮一根火柴烧成灰烬，此时天边传来谁的歌声："什么时候儿时玩伴都离我远去，什么时候身旁的人已不再熟悉，人潮的拥挤拉开了我们的距离，沉寂的大地在静静的夜晚默默地哭泣，谁能告诉我，谁能告诉我，是我们改变了世界，还是世界改变了我和你……"重新睁开眼乌珠，我看到黑颜色的舞台，聚光灯照出的圆圈里，绸缎穿了新娘子的长裙，头颈缠了紫丝巾，面孔化了香港明星一样的妆容，搽了血血红的嘴唇皮，不慌不忙捏了话筒唱歌。好像是上海万人体育馆，台下坐了乌泱泱的人，听得发了花痴，听得魂灵头出窍。每个人手里捧一根火柴，哪能烧都烧不尽，仿佛荧光生物聚集的深海。倏忽间，一万根火柴纷纷点燃座位，人人安坐不动，任凭烈火将自己烧成焦炭。"一样的月光，一样的照着新店溪，一样的冬天，一样的下着冰冷的雨，一样的尘埃，一样的在风中堆积，一样的笑容，一样的泪水，一样的日子，一样的我和你……"火舌头节节攀升烧塌天花板，万体馆成了火葬场。火柴从最后一排冲上来，头戴一顶雷锋帽，穿了军大衣，脚踩绿胶鞋，打扮颇为滑稽，箭步跳上舞台，拖了我跟绸缎的手臂膊逃出太平门。我们倒在一片静谧的人工湖畔，仿古八角亭的水门汀上，三个人笑得那样猖狂，那样无邪，那样史无前例。

沪西工人文化宫彻底黑了，一颗月亮吊上来，西北风吹皱黑绸子似的水面,吹灭一九九〇年的第一捧火柴。我们三个人手牵了手,我的左手掌心里有火柴的硫黄味道,右手指甲里有绸缎的雪花膏味道。笑声像气息奄奄的病人歇下来,不晓得啥人嗓子眼里发出哭声。我的脑子七荤八素,胃里翻腾却吐不出。我的右手不肯松开绸缎的左手,手指头嵌入她的每一道缝里。火柴点亮一根火柴,台子上的红魔鬼烧成了灰。第二根火柴点亮了绸缎,眼泪水像火漆封印烫在我的手背上。我问她看到了啥。绸缎一抽一抽说,我在万体馆里唱歌,就是这首歌……火柴划亮第三根火柴,绸缎指了我送她的磁带,歌词本里有一首《一样的月光》。绸缎说,我差点被烧死。我说,火柴穿了军大衣,戴了雷锋帽,带了我们逃出火场。火柴说,是我救了你们,再过三十年,我还会救你们一次。绸缎瞪了眼乌珠说,你们都看到了? 第四根火柴熄灭,我听到绸缎幽幽的声音,火柴,谢谢你的礼物。

我们坐16路送绸缎回家。到了厂长家楼下,火柴说,绸缎,你能不能发誓? 今天的事情不能告诉任何人,这是我们三个人之间的秘密。绸缎说,好,拉钩。三根小拇指钩在一道,费了蛮大劲道才分开。我跟火柴坐13路电车回曹家渡。车厢里灯光晦暗闪烁,火柴的侧脸时隐时现,染上一层荷包蛋的黄。我的脑袋和胃囊同时燃烧,隔一道薄薄的车窗,看到长寿路的燎原电影院,好像坐了一艘北大西洋上的冰海沉船。我说,《福尔摩斯探案集》里有一篇《魔鬼之足》,凶手用了一种非洲植物"魔鬼之足",点燃的烟雾能让人发狂到死。火柴说,鄂温克人的萨满吃了红魔鬼就能呼风唤雨,见到几万年前祖先的灵魂,还能预言几年后的天灾,但这种蘑菇最凶狠的本领,就是让你看到别人的秘密。我说,你还看到了啥? 火柴说,保密。这一夜,第三次世界大战在我心里暗戳戳地酝酿发酵。我从图书馆和旧书店找来各种版本的中苏边境地图,中国东北和西北的大比例尺地图,最好有彩色等高线。我用铅笔在地图上画出三道防线——第一道是满洲里到大兴安岭,第二道是加格达奇到齐齐哈尔,最末是哈尔滨到长白山天池。七个月后,我脑海中酝酿的战争并未爆发,倒是中东霸主萨达姆吞掉了科威特,隔半年刮了沙漠风暴,又隔一年苏联已经没了。

礼拜一,绸缎出卖了我们的秘密。老师从火柴的书包里搜出几枚红颜色小蘑菇,还有三盒头火柴。老师本想当众烧掉红魔鬼,绸缎提醒一句,点着这种小蘑菇,就会看到奇奇怪怪的东西。老师借鉴林则徐虎门销烟的经验,小蘑菇和火柴攒进铅桶放满自来水,再放生石灰,教室里乌烟瘴气,呛得同学们一把鼻涕一把眼泪,控诉向中国人民贩卖鸦片的东印度公司,同时接受了人生第一场禁毒教育。要不是火柴爸爸蹲了白茅岭,火柴爷爷是个酒鬼也是文盲,火柴妈妈远在加格达奇，老师就要把火柴所有家长请来学校狠狠训一顿。老师只好义愤填膺地用教鞭抽了他的手掌心，我在心里帮忙数了数，恰好凑满鼠牛虎兔十二生肖，直到教鞭折断为两截。火柴在大兴安岭劈过柴爿的手掌心生满茧子，就像坚硬的盔甲，没破一道口子，没流一滴血。同学们一致佩服老师的教鞭有水平，有分寸，有腔调，没人再敢调皮捣蛋。据说手掌心跟脚底心的穴位分别对应五脏六腑，我们的手掌心对应了老师的眼乌珠，只要她稍微一瞪眼，就能让你的手掌心四分五裂。绸缎得到了所有的小红花。直到小学毕业，我再没跟她讲过一句话，她在我的辞典里换了一个名字——犹大。

犹大，我的嘴唇皮轻轻翻出这个名字。油箱已经加满98号汽油。绸缎去上厕所了。我在驾驶座上看野眼，一辆辆集装箱卡车排队加油。服务区给司机做核酸的灯火通宵达旦，两个大白正在换岗。我在手机上打开音乐App，付了一百块会员费，连上音响听苏芮的《一样的月光》。刚好绸缎拉开车门上来，摘掉N95口罩，面孔落了几克粉下来。绸缎捂了耳朵说，我不要听。我关了音响说，刚刚我还担心，你会一去不复返，消失在服务区的厕所间。绸缎说，放屁，就算我要消失，也不会消失在马桶上。我不响了。绸缎说，你给家里打过电话了吧？我说，啥电话？绸缎说，你要去大兴安岭啊，单程最起码两天，来回一个礼拜差不多，要是寻着火柴，他请你住进森林里的木头房子，讲不定还要半个月。有片黄叶子落上挡风玻璃，我吸了吸鼻头说，现在大兴安岭已经冰天雪地了吧。绸缎看了毛领头说，你困吗？寻个酒店休息一夜，明早再上路。我避开绸缎的眼乌珠说，你啥意思？绸缎笑笑说，你不要瞎想，我的意思是开两间房。我说，不必，我是夜游神，平常困了就晚，下一站开到连云港再讲。

刚上京沪高速公路，绸缎闭上眼乌珠困着了。我不声不响出了匝道，盯了屏幕导航，绕道再进收费口，掉头返回上海，一个钟头就到曹家渡。绸缎睁了眼，看到高速公路牌子上写了上海方向。绸缎跳起来说，蔡骏，你骗我？我说，我送你回家。绸缎声音放低说，我已经没有家了。我说，你离婚了，但你还有一个儿子。绸缎说，你晓得今日聚会，我为啥迟到两个钟头？我没声音。绸缎又点上一支细长的烟，火星滋啦滋啦颤动。绸缎说，白天我送儿子去外婆家里。我插嘴问，厂长还好吧？绸缎笑笑说，你还记得我爸爸啊，今年心肌梗死走了。我说，这样啊，我爸爸应该晓得的，但他也没跟我讲。绸缎说，我在讲今日，你不要豁边，夜里六点，我在家里化好妆刚要出门，前夫突然来了，我跟他吵起来，他打了我一记耳光，我坐在地板上喘气，点上一支烟，看了烟头火星慢慢炀起，房间一枪头暗下来，头顶打开一道光，探照灯似的照了我，好像立了剧场舞台上，我重新变成了一个小姑娘，对的，小学五年级的小姑娘，手里还有一支拖线麦克风，耳朵里听到音乐伴奏，就是你刚刚放的这首歌。我抬头望了车顶天窗，想要寻着一颗月亮。绸缎说，我用两只手抱了话筒唱歌，还是小姑娘的童声，拼了老命地唱，挖心挖肺地唱，好像吐出魂灵头地唱，四周围一点点热起来，脚底心赛过踏了铁板烧，火舌头到处蹿出来，台下坐了几千上万的人，明明都是有呼吸有心跳的活人，却像假人模特一动不动，眼睁睁看了自己被烧成一团团火球，这时光，有个精瘦的男小囡冲上舞台。我说，火柴来救我们了。我的鼻头好像闻到蘑菇燃烧的气味。绸缎说，等我睁开眼乌珠，家里从窗帘布到棉花胎统统烧起来了，好像变成火葬场。我说，你的前夫呢？绸缎说，这只男人倒了地上不动了。我说，你杀了他？绸缎说，不晓得，我的脑壳也被烧坏了，烟雾呛得我一面孔眼泪水鼻涕水，只好一个人逃出来，又从浦东乘地铁到曹家渡。我说，现在你的脑子清醒了，晓得自己闯了大祸，就想去大兴安岭寻火柴，这个季节的黑龙江冻得邦邦硬，你可以踏冰偷越国境去西伯利亚。绸缎吐出一团薄荷味道的烟雾说，对不起，我给你添麻烦了。高速公路上一台台集卡超过我，所有路灯秘密地燃烧起来。我说，你打110自首吧。绸缎的眼泪水扑簌扑簌，面孔上拖出两道黑印子，眼角细纹像一团晕开的毛笔字。我的两只手捏紧方向盘，勉强保持车轮子走一条直线。绸缎的手指头抹干面孔，嘴角扬起说，蔡骏，谢谢你送我到这里。话音还没落，绸缎按下手里的打火机，翻开副驾驶座前的手套箱，一簇火苗点着几本旧杂志。乌黑的蛾子扑扇入鼻孔。绸缎的眼乌珠里烧起两团赤色火焰，仿佛三十年前擦亮的火柴。

一九九〇年的第三个礼拜，五年级第一学期大考成绩出来，老师关照火柴准备明年留级。放了寒假，火柴跟爷爷跑了一趟白茅岭——江苏、浙江、安徽三省交界的深山，二十年前还有狼灾，来回一趟不便当。白茅岭落了一场大雪，火柴爸爸在劳改农场生了肺病，火柴送去冬衣、棉被，还有两斤中药。火柴爷爷也开始咳嗽，祖孙俩坐了长途车回到上海。

隔日，我跟火柴去了南京路。看过我在九岁前住过的江西中路的老房子，我们呵了两团热气走到外滩。防汛墙下挤满劈情操的男女，我跟火柴像两颗碍眼的钉子。西伯利亚南下的冷空气吹皱面孔，我踮起脚尖望了黄浦江对岸，除掉荒野上几排矮房子，只看到上海船厂的龙门吊。我带火柴坐轮渡去浦东，买了两块牌子，走过铁格子通道上码头，黑颜色水面上腾起白雾。今日实在太冷，又不是上下班高峰，轮渡上没几个人。我跟火柴穿过几部脚踏车就到船头，一道享用黄浦江的味道，像柴油呛了烂污泥冲到鼻头孔，总好过苏州河。汽笛鸣响三声，轮船马达震动脚底板，呜咽着逃离码头。骚动的白浪舔了船舷，两道水迹线赛过剪刀绞碎江面。火柴头一趟乘船，小脑袋探出栏杆，头发被风吹得差点脱离头皮。火柴连擦好几根火柴都没亮，藏进船舱背风角落，擦亮一根火柴，却被我抢过掼进黄浦江。火柴擦亮第二根火柴，像一团流星飞出栏杆，奇迹般坚持到被浊浪吞没。火柴放粗喉咙说，上海五行属水，火柴五行属火，上海专门克我，上次你问我，点了红魔鬼以后看到了啥？其实，我看见自己用一把火柴烧了上海。火柴的声音大半被风卷走，小半被吞到十米深的江底淤泥下，只有零头断断续续钻进我的耳朵。

沪西工人文化宫的人工湖畔，闻着大兴安岭小蘑菇燃烧的味道，火柴看到一九九〇年的第一捧火柴烧着了八角亭，西北风吹起一蓬蓬火星，烧着西宫的枯枝败叶，浓烟蔓延到前门的武宁路，后门的曹杨路，隔壁的公交车场跟少年宫，碎片像一盏盏孔明灯飞过苏州河，上钢八厂大门口刷了"全世界无产者联合起来"，冲出数台满载特种钢的大卡车，变成字面意义的火车，横冲直撞进对岸的国棉六厂。这爿大厂有好几千纺织女工，昼夜三班倒的纱锭跟棉纱瞬间点着，像前两年的甲肝病毒传染了整条长寿路。燎原电影院跟沪西电影院烧得最凶，因为电影胶片是易燃物，老早放黑白电影经常闹火灾，上百个电影观众烧成灰烬。隔壁的上海绢纺厂也升起烈焰,几百万只蚕茧化为烟尘。曹家渡的房子大半砖木结构,失火就像米缸撞上老鼠。凶狠的火星子乘风冲向万航渡路的上海美术电影制片厂,如同蛮族焚烧罗马,人类文明遗产的《大闹天宫》《天书奇谭》还有《小蝌蚪找妈妈》的原始拷贝付之一炬。这场火一路烧到西藏路桥下的大煤气包,等于一次小型的核爆炸,满满一河浜的苏州河蒸发,南京路的国际饭店跟电视塔,四川北路的邮政大厦,一律粉身碎骨。当整个上海被烈火熔化,浓烟遮天蔽日坠入子夜,黄浦江上的渡轮已是唯一的绿洲。我跟火柴望了外滩的剪影,就像拿破仑烧了莫斯科……

我跟火柴坐公交车回家。两个人在沪西电影院门口道别。火柴回到三层阁楼。夕阳坠下来,穿过一层层屋檐、晾衣裳杆跟棉花胎。单田芳藏在无线电里讲诸葛亮挥泪斩马谡。火柴的鼻头闻着腥气味道。天窗上看不到光,拉了电灯线,几下都没亮。火柴擦了一根火柴,先照出小台子上的黄酒瓶子,又在地板上照出横下来的爷爷。人老早凉了。火柴爷爷生在苏北盐城农村,日本人打仗时光发大水,饿得皮包骨头逃难来上海,在苏州河几座桥上踏黄鱼车谋生,不到四十岁身体就垮了,没单位也没退休工资。火柴有三个叔伯,两个孃孃,还有三个堂兄,一个堂妹,两个表姐,一个表弟,平常基本不来往。等到操办后事,叔伯孃孃们吵了七日七夜,最后打进派出所，为了曹家渡的三层阁楼——不管是留给最小的叔叔一家，还是准备结婚的大伯伯儿子，反正轮不上没户口的火柴。亲眷们从曹家渡邮局往加格达奇拍了一封电报，通知火柴妈妈来上海接儿子回去。

火柴爷爷的大殓刚好头七，过两日就要过年，家家户户吊了咸鱼鲞。火柴一家老少披麻戴孝，聚在弄堂口烧锡箔冥钞，又烧了老头子穿过的所有衣裳，有一种在马路上火化的错觉。曹家渡像被日本鬼子入侵，13路电车翘了辫子冲破黑雾，两盏大光灯照亮火柴——他没在腰上绑麻绳，但是袖子管上别了黑纱，再缀一小块红布头，表示老人的孙辈。我立在沪西电影院门口，上街阶的火头烧得兴旺，灰烬像几百只蝙蝠扑到眼目前。我跟火柴之间多了一道楚河汉界，我炮二平五，他并没马八进七，反而挺了小兵要当过河卒。火柴的一双大眼睛已经通红，人却静得像一根等待点燃的火柴。

夜间降温到零下七摄氏度，玻璃窗结了霜花，阴湿气像小老鼠钻出墙壁缝，穿过绒线裤棉毛裤，钻进每一根毛细孔。爸爸打开新买的红外线取暖器。我装模作样写寒假作业，打开电视看两集《春天的十七个瞬间》。我在写字台上翻了翻《战争与和平》，记不牢各种漫长的"夫"与"斯基"，除掉一个叫皮埃尔的男人，单枪匹马要刺杀拿破仑。老皮的运道邪气好，捡一条命回来娶了娜塔莎姑娘。十点钟，我被妈妈盯了上床困觉。我跟外公困一张棕绷大床，两个人各困一头，各盖两条棉被，从头到脚像钻进裹尸袋。电热毯调到最高一档，后背心烫起来，几万只小蚂蚁在大腿上爬来跑去。我睁开眼乌珠，没看到天花板，只见一口薄皮棺材，外面是遍布丰腴尸油的焚尸炉。我想要逃出这地狱，但连一根脚指头都动不了，外公肺里黏滞的喘气声也听不着。我看到一根火柴擦亮了，照亮一对猫眼似的眼乌珠。躺在我对面的不是外公，而是我的小学同学火柴，手臂膊上别一块黑纱加红布。我摇头说，不要。火柴温柔地说，只要一根火柴。火柴久久不肯熄灭，温柔地坠到我的身上，棉毛衫烧出一只洞眼，再变成一张嘴巴，焦黑边缘如同帝国主义疯狂扩张，露出一排锯齿状的獠牙，我逃不脱，也不好呼救，凿子般的火焰穿透薄薄的棺材木板……

吸入一口湿冷气，眼泪水迸出来了。我听到外公拉风箱般的呼吸声。墙上映了几组稀疏暗淡的树影，被窗外的寒风搭讪乱颤。电热毯烤得后背心湿透。五斗橱上"三五"牌闹钟敲响三下。我从火葬场的噩梦中惊醒，身体一节节爬出被头筒，没有惊醒外公。我穿上绒线衫绒线裤，胸口加一件皮马甲，披了羽绒服，双脚蹬上新买的保暖鞋。爸爸妈妈还在里间熟睡。我搓搓手掌心出门。曹家渡在落雪。路灯下每片雪花都在燃烧，仿佛一场浩劫过后的灰烬。地上积起薄薄的泥汻，像被拿破仑的士兵们踩过，我勉强保持平衡不滑跤。废品回收站的屋檐下滴了几根冰条子。我摊开手接了一粒粒雪籽，旋即在细细的掌纹里融化。街头空旷得只剩下孤魂野鬼。汽车和脚踏车长眠不醒，楼上窗门像宇宙中的星星稀薄而遥远。我的鼻孔里喷射热气，走过沪西电影院门口，路灯下看到一张手绘电影海报《一半是火焰，一半是海水》。我把自己当成海水，决定阻止那一半的火焰。穿过电影院隔壁的弄堂，我钻进一栋木头房子，手脚攀爬漆黑油腻的楼梯，希望嗅出火柴点燃的硫黄味道。爬上三层阁楼，我却闻着健民浴室门口姑娘们抱了面盆排队的味道，那一年电视台在放娜塔莎·金斯基的洗发水广告，每趟看到都让我神魂颠倒。

  电灯泡亮起来。晕黄色灯光刺了眼乌珠，好像达·芬奇一笔笔抹上颜料。火柴跳下眠床，右手抓了电灯绳子，左手一包火柴，朝我露出两排雪白牙齿。被头筒里还藏了一个人，拖了一把长头发，糖炒栗子颜色反光。女人的手撩开头发，亮出一张狭长面孔，不成比例的大眼乌珠，向上翘的眼睫毛，鼻梁骨有点高。她是火柴的妈妈。火柴说，妈妈，他是我最好的哥们。火柴妈妈问我，你叫什么名字？我说，蔡骏。中俄混血女人钻出被头筒，细长身体裹了棉毛衫跟棉毛裤，没戴胸罩，可以看到乳房的形状。火柴妈妈套上一件羊毛衫，摸了摸我的头发说，你这孩子，都几点了，有急事吗？火柴妈妈是加格达奇火车站的广播员，普通话字正腔圆，舌头尖卷出花儿。我的眼眶慢慢发酸，有啥东西一滴滴滑出来。火柴披上军大衣，拔出插销，推开天窗玻璃，面对锅底般的黑夜，雪籽变成雪花飘进来。火柴妈妈的毛栗子颜色头发被吹得像一蓬貂皮。火柴攀上天窗，向我伸出手来。他的手掌心像一团炭火，抓牢我一道登上去。瓦片上的积雪像沙沙作响的垫子，两个男小囡并排坐了屋顶上。阁楼上看得到苏州河，冷空气短暂掩埋熏人味道。我听着一艘夜航船的马达声，船头挂一盏马灯，圈出一片酱油色水面，照亮密密匝匝的飞雪。火柴连续擦了三根火柴都没亮。最后一根火柴，我围拢手掌帮他挡风，恨不得自己变成爱斯基摩人的冰房子。火柴终归点着了。我的手掌心被烫着，竟不觉着痛，大概是冻僵了。一粒雪花落进眼乌珠，火柴又熄灭。火柴说，下了这场雪，火就烧不起来了，你放心好了。我说，这场雪能跟大兴安岭比吗？火柴说，这是不好比的，但我觉得这里更冷。

我先打一只冷噤，再打一只喷嚏。火柴拽了我回到阁楼，重新上好插销。火柴妈妈问我，下大雪了，你还要回去吗？我看火柴一眼。火柴说，留下吧，天亮再回家。火柴妈妈对我笑笑，眼角撕开细纹说，小孩，上床吧。火柴帮我脱掉衣裳，拉了我钻进被头筒。我的鼻头闻着火柴外公的黄酒味道。电灯泡灭了。大兴安岭冰窟窿般的史前黑暗里，火柴贴了墙皮，火柴妈妈困外头,我夹在这对母子当中,裹了同一条棉被。火柴妈妈的手是细长的,坚硬的,同时搂了我跟火柴,仿佛我俩都是她的儿子。一对乳房贴着我的后背,像一炉缓慢燃烧的大兴安岭木柴,弥散淡淡的松香味道,帮助我火速地沉溺入梦中。

火烧起来了。绸缎在我的车上点了一把火。紫颜色丝巾撩着火星,绸缎急了从头颈上解开,赛过清明节的烧纸丢出车窗。我打了双跳灯靠上紧急停车带。绸缎推开门自己下去。我从座位底下抄出灭火器,瞄准手套箱一顿猛喷灭了火。我看到绸缎翻过高速公路护栏,大衣毛皮领头蓬松,像一头逃出动物园的母鹿,隐入黑魆魆的绿化带。我跳下车去追她,爬上护栏吼起来,绸缎……王小绸……西北风卷了高速公路上的噪音吞没我的声音。我打了110报警——今夜六点到八点之间,浦东发生一桩杀人纵火案,嫌疑人叫王小绸,刚刚在京沪高速嘉定段下车,一个人翻过护栏绿化带徒步离开,相当危险,警察同志一定要马上来寻到她。

我在紧急停车带上摆开三角警告牌,细看我的副驾驶坐垫,揩掉一层泡沫后没啥问题。绸缎消失了,仿佛今夜里从没来过,上个礼拜在曹家渡天主教堂门口给我扫码做核酸的大白也是个没影子的魂灵头。我打开四道窗门通风,坐在引擎盖上刷手机。我没能找到任何浦东火灾的消息。如果案发时间在六点到八点之间，公安局老早锁定嫌疑犯了，哪怕开出上海也能寻着我们。如果绸缎先化好妆，然后杀人再放火，为啥身上没一点血迹？面孔上也看不出烟熏火燎？难道她又洗了脸，坐定半个钟头重新化一遍妆？我从手套箱里抓起一把被烧焦的文学期刊，其中有一篇我在去年写的小说，文字已成灰烬，恍如黑蝴蝶扭动起舞，穿过京沪高速路灯下的光影，飞上一弯淡淡的月牙里去。

九〇年代上海头一个雪夜，我在火柴的三层阁楼上困到天亮。等到太阳晒着天窗，曹家渡的积雪化了一半，火柴已经跟他妈妈坐上回大兴安岭的火车。火柴留给我一张明信片——绑在高加索山上的普罗米修斯。后来我家搬场离开曹家渡，明信片在混乱中消失了。三十多年过去，我没再见过火柴，不曾听说过他的消息，但我从未忘记过火柴的面孔和双眼。我收起三角警告牌子，回到驾驶座上点火发动。油箱几乎是满的。音响重新唱歌。我给自己绑好安全带，打左方向灯回到快车道，出了最近的匝道绕一圈，掉头开上京沪高速公路。脚底板一滴滴滋下油门，内燃机凶狠地燃烧，变成一匹红鬃烈马，每一根鬃毛点亮一根火柴。继续前进三千二百公里，一直走到路的尽头，我就能骑上鄂温克人的驯鹿，穿过埋葬猛犸象和冰人的森林，踏上一条大河的银色冰面，见到我最好的朋友。

后记

《曹家渡童话》源于2016年秋天创作的《猫王乔丹》，因此开头写到鲍勃·迪伦获得诺奖。至于盘踞在我的汽车引擎盖上那只健硕的流浪猫，也是真实存在过的。那只尾巴尖上燃烧着红色的猫，确实在曹家渡的天井里陪伴我度过了半个暑期，早已被我无数次写进了小说，从二十多年前的短篇《恋猫记》到我的第三部长篇《猫眼》，甚至《天机》等等。那只猫似乎从未在清晨死去，而是变成一个精魂，伴随着我一点点长大，仍然活在我的梦里，撒欢、掉毛、拈花惹草以及安眠。小说最后那一场猫鼠大战的烂尾楼，而今已焕然一新，"现在时"不知不觉间成为"过去式"。彼时，我并未有意识要写曹家渡，更多是写人与猫的关系，却带入许多曹家渡的记忆——曾经的"沪西五角场"，三区交界的神奇地带，从三官堂桥通往中山公园后门的农贸市场，夏日苏州河水面上的油腻波光，神秘五角星似的五岔路口，贴着手绘海报的沪西电影院,三角形街心岛如同一艘惊涛骇浪中的战列舰模型,连同黑夜里我外公沉重的呼吸声,都已沉没到海底坟场去了。重新浮出海面的是赛博朋克的二十一世纪,是天主教堂的哥特式尖顶,以及晚高峰排队拥堵的车流。次年,《猫王乔丹》发表于《十月》杂志。我从未想到自己还会再写第二篇关于曹家渡的小说,直到三年后的冬天。

2020年的1月到2月,伴随着长江中游传来的消息,全国人民封闭于家中,恰好我在昼夜不休地书写《戴珍珠耳环的淑芬》。我与沪西曹家渡的空间距离,仅一步之遥,凭窗可见暗黑流淌的苏州河。我与曹家渡的时间距离,却是漫长的三十年。我只能从记忆的博物馆中复原,褪去光阴的包浆,一寸寸雕刻、打磨、上色,使其重新缤纷浓烈起来,仿佛"画像叔叔"笔下的淑芬,直至小说结尾,衰败淡薄归于尘土。而我少年时学画的经历,尽管一无所成,却让我的脑中充满曹家渡的颜色。奥尔罕·帕慕克说:小说本质上是"图画性"的文学虚构。《戴珍珠耳环的淑芬》这一篇名,自然源于荷兰画家维米尔的《戴珍珠耳环的少女》(一度是我的手机壁纸)。维米尔毕生都在荷兰小城代尔夫特创作,多是描绘日常生活人物,除了那位众所周知的少女,还有《倒牛奶的女仆》《花边女工》《写信女子与女佣》……画中每一位平凡女子,粗粝、健壮、红润,世间从不知晓她们的姓名,至今却鲜艳如生，她们都是我的淑芬。维米尔还有一幅风景画《代尔夫特风景》，展现故土的水乡风光。维米尔去世两百余年后，法国人普鲁斯特注意到这幅画中一小块黄色墙面，"犹如小孩盯住他想捉住的一只黄蝴蝶看"，这一感受被普鲁斯特写入《追忆似水年华》，便是贝戈特临死前的段落："'我也该这样写，'他说，'我最后几本书太枯燥了，应该涂上几层色彩，好让我的句子本身变得珍贵，就像这一小块黄色的墙面。'"

画家死后三百余年，维米尔的代尔夫特还是一座荷兰小城，我的"沪西曹家渡"已是上海的心脏地带。我只要走数百米路，或开车五分钟，就能来到曹家渡的心脏地带。一切皆已面目全非，唯独眺望童年住过的大楼，似乎确有一块黄色的墙面。当时我刚写完长篇小说《春夜》，便决定把《春夜》的语言风格加之于曹家渡，也是加上一块独属于上海的颜色。因此可以看到《猫王乔丹》与《戴珍珠耳环的淑芬》的腔调差异。

这年春夏之际，《戴珍珠耳环的淑芬》发表于《人民文学》杂志。当我想起小说里的"画像叔叔"和"老神医"，便有了写一组小说的念头——他们生活或工作在曹家渡附近，与我的童年有着或多或少的关系，他们的人生看起来波澜不惊，却又潜伏着某种惊心动魄。然而，我在2020年到2022年之间，却着手写了两部长篇悬疑小说，《一千万人的密室》与《谎言之子》，暂时放下了中短篇小说的计划。

　　2022年春天，又一场静默突袭上海。我回到了两年前被关在家里敲打《戴珍珠耳环的淑芬》的时光。颇为幸运，我家小区尚未有断炊之虞，然而家家户户的重心转到了冰箱。我在曹家渡居住过的那幢楼，至今幸存于苏州河畔，居住着不少高龄老人，他们恰恰是这次危局中最令人揪心的群体。我又想起2010年的上海世博会，如果有一台神奇的冰箱，不但能未卜先知十二年后的饥饿，还能源源不断传送食物和药品……解封当日，我步行前往曹家渡，来到那幢六层楼房前，黄色"水马"依然堆积在门口，苏州河上的风习习而来，我只能凭空想象楼里的数十台冰箱们一切安好。感谢《上海文学》杂志在2022年夏天发表了《饥饿冰箱》。次年5月，《上海文学》杂志社七十周年社庆，我还被邀请在庆典上朗诵了《饥饿冰箱》的片段。那是在虹口北外滩的江畔，当我仰望对岸摩天楼的灯火，默默许愿饥饿不再降临这座城市。

　　写完《饥饿冰箱》，关于《曹家渡童话》的念头已成长为一株悬铃木。我几乎是马不停蹄地创作了《断指》。2022年5月27日，微信视频号有一场罗大佑的线上音乐会，六十八岁的罗大佑唱出1983年的《未来的主人翁》："每一个今天来到世界的婴孩，张大了眼睛摸索着一个真心的关怀，每一个来到世界的生命在期待，因为我们改变的世界将是他们的未来……"世界当然改变了太多，但这首歌里所唱的或者所预言的依然未变。超过三十年前，在真实的曹家渡宇宙之中，确实有一对木匠父子来到我家打造一套组合家具。我清晰记得那位年轻的小木匠裸露上半身肌肉，汗流浃背地使用锯子和凿子的画面。我们经常和木匠父子一起吃饭，每次小木匠都能吃上两碗白米饭。有天傍晚放学后，我为了看动画片（也许是《变形金刚》）挪动电线插座意外灭了外面的灯，小说里的小木匠剁掉了自己的手指头——现实中却幸运地差之毫厘。所谓"小说"，大概就是与现实差之毫厘的那个"毫厘"。哪怕只有一根手指头的"毫厘"，也会生长出一根无限的宇宙平行线，那里有楼上的栋梁哥哥和梧桐妹妹，一个神秘的木头人，一次手指头历险记。从前我写过动物视角，也写过马桶视角，这次我想写一根手指头的视角，当它具有自己的生命和情感，必能窥透我们见不到的隐秘世界，被我们的肉身面具隐藏的灵魂世界。这根手指头甚至能潜入苏州河的淤泥之下，横穿整个上海的下水道。我不敢说是魔幻或荒诞，只想说是一个童话，既属于孩子，也属于成人，或者说曾经是孩子的成人童话。这年秋天，《断指》发表于《芙蓉》杂志。

2022年，大约有三分之一光阴，我被困于家中，每天看着苏州河水，几乎可以计算出多少分钟前流过三官堂桥下穿过武宁路桥到我面前，但我的肉身来到曹家渡心脏地带的次数屈指可数。相形之下,我的灵魂却无数次回到曹家渡,回到我童年栖息过的底层天井,回到冬天冰冷刺骨的室内,用生着冻疮的手指贪婪地阅读某一本书。这一年,我写了三则关于曹家渡的小说,《火柴》是最后一篇。盛夏,我经历了一次远行,从西宁归来,重读了威廉·福克纳的小说《烧马棚》,重看了李沧东的电影《燃烧》。我在记忆里悄然点着一枚火柴,照亮了少年时代那些转瞬即逝的朋友们。我在较短的时间内开始构思,这回不需要复杂的故事,只需要一枚火柴,就能点燃一篇小说。遥远的大兴安岭,其实跟我爷爷有关——他的退休关系在加格达奇铁路局,九十年代的某一日,两位客人从大兴安岭风尘仆仆赶到上海,代表单位参加我爷爷的葬礼。客人们的皮衣上残留森林的气味,鞋底踩过狗熊的粪便,声音里含混着伐木工人们的号子。小说最后改定于初冬,彼时全国"由阴转阳",换了人间,而今想起《火柴》的结尾,我义无反顾地夜奔,冲向中国最北端的村庄,不禁释然。

2023年春天,《火柴》发表于《当代》杂志。同时《曹家渡童话》进入出版流程,感谢人民文学出版社,感谢《当代》杂志。但我总觉得还少些什么。那是一个人间四月天(公历而非农历),我在成都刚做完一场签售,大约下午五点,我在听一位前辈的讲座,但实在人困马乏,昏昏欲睡之际,突然想起中学时代课堂，午后第一节课，强忍着不能睡着的痛苦。如果有一位口音独特腔调乏味的老师，自然会成为中学生们的催眠大师。我的人生记忆之中，确实遇到过这样的老师，但我并不觉得他不称职，只是他已被时代远远抛弃令人怜悯。当时我在为准备下一部长篇小说而重读鲁迅，一个月前我还在上海虹口的"1925鲁迅与内山纪念书店"（内山书店原址）签售过两本新书——就在那个极度疲惫的瞬间，我想到了《曹家渡童话》第六篇的创意，如同一杯浓茶灌入脑海，睡意烟消云散，我这才发现前辈的讲座相当精彩，令我重新振作精神一直听到最后。回到上海，我读完了鲁迅的日记与书信，重温少年时读过的《呐喊》《彷徨》与《野草》。"五一"期间，我特地去了一趟虹口四川北路，第一次进入山阴路大陆新村的鲁迅故居，站在二楼房间内凝视鲁迅写作的书案，远远看到那三支绍兴"金不换"毛笔。几日后，我便完成了《鲁先生传》初稿，并在盛夏发表于《北京文学》杂志。

至此，《曹家渡童话》六篇小说已构成一个小小的曹家渡宇宙，但又远不至于曹家渡的百科全书，仅仅存在于1988年到1992年之间，一幅幅早就不见了写生对象的风景画，一半来自个人岁月的流逝和内心的回望，一半来自时代剧变和面目全非的故乡。正如郁达夫先生所说，"我觉得'文学作品，都是作家的自叙传'这一句话，是千真万真的"。至今，仍有许多人生活和工作在彼处,沉默地度过这一时代的每个春秋,它可以叫曹家渡,也可以叫中国大地上的任何一个地名。曹家渡是我的童话,也是庶民的史诗。

2023年6月11日星期日于上海苏州河畔